हिन्द पॉकेट बुक्स

भगवान बुद्ध एवं धम्मसार

आनंद श्रीकृष्ण का जन्म उत्तर प्रदेश के सीतापुर में हुआ। प्राइमरी शिक्षा यहीं के सरकारी स्कूल में हुई और आपने एम-एस. सी. एग्रीकल्चर कॉलेज कानपुर से की, फिर दिल्ली यूनिवर्सिटी से एल. एल. बी. की और तत्पश्चात इंडियन लॉ स्कूल, दिल्ली से एल. एल. एम.। आप एक उत्कृष्ट लेखक हैं और आपने अनेक धर्मों का अध्ययन करने के बाद बौद्ध धर्म अंगीकार किया और महात्मा बुद्ध एवं बौद्ध धर्म से संबद्ध कई पुस्तकें लिखी और बौद्ध धर्म के प्रचार-प्रसार में जुट गए।

भगवान बुद्ध एवं धम्मसार

आनंद श्रीकृष्ण

हिन्द पॉकेट बुक्स
पेंगुइन रैंडम हाउस इम्प्रिंट

हिन्द पॉकेट बुक्स

यूएसए | कनाडा | यूके | आयरलैंड | ऑस्ट्रेलिया | सिंगापुर
न्यू ज़ीलैंड | भारत | दक्षिण अफ्रीका | चीन

हिन्द पॉकेट बुक्स, पेंगुइन रैंडम हाउस ग्रुप ऑफ़ कम्पनीज़ का हिस्सा है,
जिसका पता global.penguinrandomhouse.com पर मिलेगा

पेंगुइन रैंडम हाउस इंडिया प्रा. लि.,
चौथी मंजिल, कैपिटल टावर -1, एम जी रोड,
गुड़गांव 122 002, हरियाणा, भारत

पेंगुइन
रैंडम हाउस
इंडिया

प्रथम हिन्दी संस्करण हिन्द पॉकेट बुक्स द्वारा 2013 में प्रकाशित
यह हिन्दी संस्करण हिन्द पॉकेट बुक्स में पेंगुइन रैंडम हाउस द्वारा 2022 में प्रकाशित

10 9 8 7 6 5 4 3 2

इस पुस्तक में व्यक्त विचार लेखक के अपने हैं, जिनका यथासंभव
तथ्यात्मक सत्यापन किया गया है, और इस संबंध में प्रकाशक एवं
सहयोगी प्रकाशक किसी भी रूप में उत्तरदायी नहीं हैं।

ISBN 9789353492168

मुद्रकः रेप्रो इंडिया लिमिटेड

www.penguin.co.in

FSC
www.fsc.org
MIX
Paper from
responsible sources
FSC® C047271

This is a legitimate digitally printed version of the book and therefore might not
have certain extra finishing on the cover.

अर्पण

बोधिसत्त्व बाबासाहेब डॉ. आम्बेडकर

पूज्य भंते अनागरिक धम्मपाल

महापंडित राहुल सांकृत्यायन

भदंत आनंद कौशलायन

पूज्य भंते एस. धम्मिका

पूज्य भंते के. श्री धम्मानंद

पूज्य भंते थिचन्हात हान्ह

पूज्य भंते आर्य नागार्जुन सुरई ससाई

सहित उन अनगिनत भिक्खुओं को

जिन्होंने अनेकों कठिनाइयाँ सह कर भी

धम्म को भारत में पुनः प्रतिष्ठापित किया

तथा

विपस्सना के समस्त आचार्यों

को

जिन्होंने धम्म को शुद्ध रूप में न केवल जीवित रखा

बल्कि संपूर्ण विश्व में फैलाया

सादर अर्पित

विषय सूची

प्रस्तावना

'अत दीप भव' का संदेश देने वाले महाकारुणिक तथागत गौतम बुद्ध और उनकी शिक्षाओं के बारे में भारत में ही नहीं अपितु संपूर्ण विश्व में लोगों की रुचि दिन प्रतिदिन बढ़ती जा रही है। बहुत से लोग भगवान बुद्ध की शिक्षाओं के प्रति आकर्षित हो रहे हैं और उनकी शिक्षाओं के बारे में अधिक-से-अधिक जानकारी चाहते हैं। शायद यही कारण है कि पश्चिमी देशों में आजकल सर्वाधिक साहित्य भगवान बुद्ध और उनकी शिक्षाओं के बारे में लिखा जा रहा है। बड़े-बड़े विद्वान, कलाकार, वैज्ञानिक, उद्योगपति, व्यवसायी, गरीब, अमीर सब के सब बुद्ध की शिक्षाओं के बारे में जानना चाहते हैं। प्रख्यात, धनी, विद्वान, खिलाड़ी, अभिनेता सभी लोग बुद्ध की शिक्षाओं को अंगीकृत कर सुखी, स्वस्थ और शांतिपूर्ण जीवन जी रहे हैं। अंग्रेजी अखबार 'द टाइम्स ऑफ इंडिया (नई दिल्ली, 10 नवंबर 2006)' में प्रकाशित एक रिपोर्ट के अनुसार केवल भारत वर्ष में सन् 2006 में 30 लाख लोगों ने बौद्ध धम्म की दीक्षा ली। भारत वर्ष में ही नहीं बल्कि अमेरिका और यूरोप में भी बौद्ध धम्म बहुत तेजी से बढ़ती हुई जीवनशैली बनता जा रहा है। जिनेवा आधारित 'अंतर्राष्ट्रीय धार्मिक व आध्यात्मिक संगठन' ने 2009 का 'विश्व के सर्वश्रेष्ठ धर्म का सम्मान' बौद्ध धम्म को प्रदान किया।

लोग भगवान बुद्ध की दिन-प्रतिदिन के जीवन में उपयोगी शिक्षाओं के बारे में जानना चाहते हैं, लेकिन उपभोक्तावादी संस्कृति व आपाधापी वाले इस युग में लोगों के पास समय की कमी होती जा रही है, ऐसे में लोग कम से कम समय में अधिक से अधिक जानकारी चाहते हैं। बौद्ध वांड्मय दुनिया का विशालतम व विस्तृत साहित्य है। भगवान बुद्ध ने 45 वर्षों तक धम्म चारिका की और जीवन के हर पहलू पर उपदेश दिए। मूल बुद्ध वाणी

पंद्रह हजार पृष्ठों में संग्रहित है। बुद्ध वाणी पर आधारित अट्ठकथाएं और अट्ठकथाओं की टीकाएं लगभग पैंतीस हजार पृष्ठों में संग्रहित है। इस प्रकार लगभग पचास हजार पृष्ठों का विशाल पालि साहित्य है। लेकिन सामान्य जिज्ञासु के लिए जो धम्म के बारे में जानना चाहते हैं और धम्म को जीवन में उतारना चाहते हैं उनके लिए ज्ञान के इस विस्तृत सागर में एकाएक गोता लगाना कुछ कठिन प्रतीत हो सकता है, इसलिए सारगर्भित रूप में धम्म का सार जानना आवश्यक है। इस पुस्तक के माध्यम से बौद्ध साहित्य का यही सारगर्भित रूप साधारण भाषा में पाठकों को उपलब्ध कराने का प्रयत्न किया गया है।

कुछ यथास्थितिवादी मनीषियों ने गौतम बुद्ध के जीवन और उनकी शिक्षाओं को तोड़-मरोड़ कर लोगों को गुमराह करने की कोशिश की है। प्रस्तुत पुस्तक में उन ऐतिहासिक भूलों को सुधारने व लोगों के मन में व्याप्त आशंकाओं व दुविधाओं को दूर करने की कोशिश की गई है। मसलन, सिद्धार्थ गौतम के गृहत्याग को लेकर कुछ लोगों ने नासमझी के कारण तो कुछ लोगों ने पूर्वाग्रह के कारण अलग-अलग कहानियां बनाकर उन्हें उत्तरदायित्व से भागने वाले राजकुमार और उनके गृहत्याग को निरर्थक साबित करने की कोशिश की, जबकि वस्तुतः सिद्धार्थ ने स्वयं परिव्राजक बनने का निर्णय लिया था और संपूर्ण परिवार की सहमति व जानकारी में गृहत्याग किया था। पहले अध्याय में इसी तरह के अन्य मिथकों को तोड़ते हुए ऐतिहासिक तथ्य दिए गए हैं।

दूसरे अध्याय में, भगवान बुद्ध के उपदेशों को सारगर्भित रूप में प्रस्तुत किया गया है। तीसरे अध्याय में धम्म सार को सारांश रूप में दिया गया है। चौथा अध्याय पटिच्चसमुप्पाद पर है जो कि भगवान बुद्ध के उपदेशों का आधार है। भगवान बुद्ध ने इसे दुःख चक्र का अनुसंधान करते हुए खोज निकाला था।

विपस्सना भगवान बुद्ध की अद्‌भुत खोज है। विपस्सना जीवन जीने की कला सिखाती है। अर्हत पद को केवल विपस्सना द्वारा ही प्राप्त किया जा सकता है। शील, समाधि व प्रज्ञा धम्म रूपी तिपाई के तीन आधार हैं। तीनों ही एक दूसरे के पूरक हैं, वे एक दूसरे को सहारा देते हैं और

मजबूती प्रदान करते हैं। एक आधार कमजोर होगा तो दूसरे का कमजोर होना स्वाभाविक है, विपस्सना के बिना प्रज्ञा में प्रतिष्ठापित होना असंभव है। इसलिए एक अध्याय विपस्सना की संक्षिप्त जानकारी उपलब्ध कराने की दृष्टि से दिया गया है।

पुस्तक में दी गई जानकारियां बौद्ध धम्म ग्रंथों से ली गई हैं, इसलिए पुस्तक में एक अध्याय बौद्ध वांड्मय के बारे में दिया गया है जिससे पाठकों को मूल बौद्ध ग्रंथों की जानकारी प्राप्त हो सके। जिज्ञासु पाठक अधिक जानकारी के लिए इन मूल ग्रंथों और बाबासाहेब डॉ. आंबेडकर द्वारा लिखित 'भगवान बुद्ध और उनका धम्म' तथा 'प्राचीन भारत में क्रांति एवं प्रति-क्रांति' अवश्य पढें।

जिज्ञासु लोग भिन्न-भिन्न प्रकार के सवाल पूछते हैं, जैसे गौतम बुद्ध को भगवान बुद्ध क्यों कहा जाता है? भगवान और ईश्वर में क्या अंतर होता है? प्रस्तुत संस्करण में ऐसी शंकाओं व आशंकाओं का निराकरण करने की कोशिश की गई है। भगवान बुद्ध ने बार-बार इस सत्य पर जोर दिया था कि हर मनुष्य को अपनी मुक्ति के लिए तथागत द्वारा बताए गए मार्ग पर स्वयं चलना पड़ेगा। कोई भी शक्ति चाह कर भी किसी अन्य का उद्धार नहीं कर सकती। प्रत्येक को स्वयं प्रयत्नरत होना होगा। भगवान बुद्ध के इस उपदेश को यथोचित दृष्टांत देकर समझाने की कोशिश की गई है।

पुस्तक में यथासम्भव पालि भाषा के शब्दों का प्रयोग किया गया है। इसलिए आजकल प्रचलित शब्द 'धर्म' की जगह पर 'धम्म', 'संस्कार' की जगह 'संखार', 'विपश्यना' की जगह 'विपस्सना' इत्यादि शब्दों का प्रयोग किया गया है। पाठकों को इससे पालिभाषा का रस मिलेगा।

पुस्तक का पहला संस्करण 'भगवान बुद्ध : धम्म सार व धम्म चर्या' जब दिसंबर 2001 में प्रकाशित हुआ तो पाठकों ने इसे हाथों-हाथ लिया। देश-विदेश से लोगों ने भाषाई व अंग्रेजी संस्करण की मांग की। इसलिए अंग्रेजी में 'द बुद्धाः द इसेंस ऑफ धम्मा एण्ड इट्स प्रैक्टिस' व क्षेत्रीय भाषा के मूर्धन्य विद्वानों द्वारा अनूदित संस्करण, 'भगवान बुद्धः धम्म सार अने धम्मचर्या' (गुजराती), 'भगवान बुद्धः धम्म-सार आणि धम्म-चर्या' (मराठी), तेलगू संस्करण, तमिल संस्करण व पंजाबी संस्करण भी प्रकाशित किए गए।

ये सभी संस्करण पाठकों ने हाथों-हाथ लिए। पुस्तक का दूसरा संस्करण नवंबर 2004 में प्रकाशित हुआ। पुस्तक की मांग देखते हुए छह बार इसका पुनर्मुद्रण किया गया। निःसंदेह यह मेरे लिए अत्यंत उत्साहवर्धक रहा। पाठकों के इस उत्साहवर्धक प्रतिसाद के लिए उन्हें कोटि-कोटि धन्यवाद।

सुधी पाठकों के बहुमूल्य प्रश्नों एवं सुझावों को ध्यान में रखते हुए प्रस्तुत संस्करण को परिष्कृत तथा सारगर्भित करने की कोशिश की गई है। ऐसे सभी पाठकों को धन्यवाद देना चाहूंगा, जिन्होंने अपना बहुमूल्य सुझाव दे कर पुस्तक के परिष्करण में सहयोग किया। आशा है कि विद्वान पाठक इस संस्करण को भी पहले की ही भांति पसंद करेंगे, साथ ही अपने बहुमूल्य सुझाव भी अवश्य देंगे ताकि आगामी संस्करण को और अधिक उपयोगी बनाया जा सके।

पूज्य गुरुजी विपस्सनाचार्य श्री सत्यनारायण गोयन्का जी का मैं विशेष रूप से आभारी हूँ, जिन्होंने समय-समय पर मन में उठने वाले प्रश्नों का अत्यन्त करुणा के साथ समाधान किया और अपनी मंगल मैत्री देकर धम्म मार्ग पर चलने के लिए हमेशा प्रोत्साहित किया।

मैं, विपस्सना शिक्षक डॉ. आर. एम. चोखानी, डॉ. धनंजय और डॉ. डी. आर. परिहार का हार्दिक आभारी हूँ, जिन्होंने समय-समय पर मन में उठने वाले सवालों के विस्तृत उत्तर दे कर धम्म की गहराई में उतरने में मदद की। पुस्तक लेखन के लिए प्रोत्साहित करने वाले श्री वी. के. बरनवाल जी को विशेष धन्यवाद ज्ञापित करता हूँ, क्योंकि यदि उन्होंने आग्रह नहीं किया होता तो शायद मैं लेखन आरंभ ही नहीं करता। श्री वी. के. पॉल, भंते विशुद्धानंद बोधि, श्री ओंकार गणवीर, श्री एच. एल. दुसाध, श्री कपिल मोहन और बौद्धाचार्य शांतिस्वरूप बौद्ध जी का विशेष रूप से आभारी हूँ, जिन्होंने अपने बहुमूल्य सुझाव देकर इस संस्करण को और अधिक उपयोगी बनाने में मदद की। पुस्तक के संपादन सहायता के लिए श्री दिनेश राजभर व श्री सुधीर हिलसायन को विशेषतः धन्यवाद देना चाहूँगा।

मैं अपने दिवंगत पिता श्री पी. लाल एवं अपनी दिवंगत माता श्रीमती मायादेवी, पत्नी डॉ. मनीषा, पुत्री प्रज्ञा व पुत्र रचित को भी उनके अनन्य सहयोग के लिए धन्यवाद देता हूँ।

पुस्तक के प्रस्तुत संस्करण के प्रकाशन के लिए श्री शेखर मल्होत्रा जी एवं हिंद पॉकेट बुक्स के सभी साथियों को विशेषतः धन्यवाद देना चाहूँगा जिन्होंने पुस्तक को संक्षिप्त रूप में प्रकाशित करके आम पाठकों के लिए अत्यंत सुलभ बनाने की कोशिश की है। उनका ये प्रयास अत्यंत सराहनीय है।

भवतु सब्ब मंगलम् !

आनंद श्रीकृष्ण

25 फरवरी, (माघ पूर्णिमा) 2013

नई दिल्ली

पहला अध्याय

गौतम बुद्ध का जीवन परिचय

गौतम बुद्ध का जन्म ई.पू. ५६३[१] में वैशाख पूर्णिमा के दिन कपिलवस्तु राज्य (नेपाल) के लुंबिनी वन में हुआ था. उनका बचपन का नाम सिद्धार्थ गौतम था. *सिद्धार्थ* का अर्थ है मनोकामना पूरी होना और *गौतम* उनका कुलनाम था.

सिद्धार्थ शाक्य वंशीय राजा शुद्धोदन के पुत्र थे, उनकी माता का नाम महामाया था. शुद्धोदन एक पराक्रमी राजा थे, उन्होंने महामाया और महाप्रजापति गौतमी से विवाह किया था. महामाया और महाप्रजापति गौतमी दोनों बहनें थीं. सिद्धार्थ के जन्म के ७ वें दिन उनकी माता महामाया का देहांत हो गया. सिद्धार्थ का पालन-पोषण उनकी मौसी महाप्रजापति गौतमी ने किया था.

एक ज्ञानी ऋषि असित कालदेवल नवजात शिशु सिद्धार्थ को देखने आए. असित ऋषि ने देखा कि बालक ३२ महापुरूषीय-लक्षणों तथा ८० अनुव्यंजनों से युक्त है, जो संकेत देता है कि यदि वह गृहस्थ रहेगा तो चक्रवर्ती नरेश होगा और यदि वह गृह त्याग कर प्रव्रज्जित हो जायेगा तो सम्यक् सम्बुद्ध होगा. असित ऋषि को विश्वास था कि यह बालक सम्यक् सम्बुद्ध ही बनेगा.

असित ऋषि सिसकियां भर-भर कर रोने लगे. ऋषि की आंखों में आंसू देख राजा शुद्धोदन विचलित हो गए, उन्होंने उनसे आँखों में आंसू आने का

बालक सिद्धार्थ को देखते हुए असित ऋषि

कारण जानना चाहा. असित ऋषि ने कहा-राजन, मैं बच्चे के लिए नहीं रो रहा हूँ. इसका तो भविष्य निर्विघ्न है. मैं अपने लिए रो रहा हूँ. ''ऐसा क्यों?''- शुद्धोदन ने पूछा. ऋषि ने कहा, ''मैं बहुत बूढ़ा हूँ, वयः प्राप्त हूँ और यह बालक बोधि लाभ करेगा, सम्यक् सम्बुद्ध होगा यह निश्चित है. तदन्तर वह लोक-कल्याण के लिए धम्म-चक्र प्रवर्तन करेगा. जिस श्रेष्ठ जीवन की, जिस सद्धम्म की वह घोषणा करेगा वह आदि में कल्याणकारी होगा, मध्य में कल्याणकारी होगा और अंत में कल्याणकारी होगा. वह अर्थ तथा व्यंजन की दृष्टि से निर्दोष होगा. परिशुद्ध होगा. वह परिपूर्ण होगा. अनंत युगों के बाद इस संसार में कहीं बुद्धोत्पाद होता है. राजन, निश्चय ही यह बालक बोधि लाभ करेगा, सम्यक् सम्बुद्ध होगा तदनन्तर अनंत प्राणियों को इस दुःखमय सागर के पार ले जाकर सुखी करेगा. लेकिन राजन, मैं उस बुद्ध को नहीं देख सकूंगा, क्योंकि तब तक मैं जीवित नहीं रह पाऊंगा इसलिए राजन मैं दुःखी हूँ और रो रहा हूँ.''

'मेरे संबंधियों में से कोई इसे बुद्ध हुआ देखेगा या नहीं'- यह विचार कर और अपने भांजे नालक को इस योग्य जान, असित ऋषि अपने बहन के घर गए. और अपने भांजे नालक को बुलाकर कहा, ''तात, महाराज शुद्धोदन के कुल में पुत्र उत्पन्न हुआ है, वह बुद्ध-अंकुर है. पैंतीस वर्ष बाद वह बुद्ध होगा, और तू उसे देख पायेगा. आज ही परिव्राजक हो जा.''[२]

बचपन

८ वर्ष की उम्र होने पर सिद्धार्थ की शिक्षा आरंभ हुई. सिद्धार्थ बचपन से ही कुशाग्र बुद्धि के धनी थे और खूब मन लगा कर पढ़ाई करते थे. उनके शिक्षक उनकी सीखने की प्रवृत्ति से काफी प्रभावित रहते थे. सिद्धार्थ साहित्य, संगीत, धनुर्विद्या, उत्तम लेखन, खेल-कूद इत्यादि में प्रवीण थे.

सिद्धार्थ स्कूल जाते हुए

सिद्धार्थ को शारीरिक-श्रम से किसी तरह की अरुचि नहीं थी. वप्रमंगल उत्सव (धान बोने के प्रथम दिन मनाया जाने वाला उत्सव जिसमें हर शाक्य को अपने हाथ से हल जोतना पड़ता है) के समय वे स्वयं हल जोता करते थे. उनके पिता राजा शुद्धोदन के पास बहुत खेत थे. एक दिन अपने कुछ मित्रों सहित सिद्धार्थ अपने पिता के खेतों पर थे. वहां उन्होंने देखा कि मजदूर खेतों में काम कर रहे हैं; किंतु उनके तन पर पर्याप्त कपड़े भी नहीं हैं. वे तपती दोपहरी में सूरज की धूप से जल रहे हैं. इस दृश्य का सिद्धार्थ के कोमल मन पर गहरा प्रभाव पड़ा. उनके मन में यह प्रश्न कौंधा कि मजदूर मेहनत करें और मालिक उसकी मजदूरी पर गुलछर्रे उड़ायें, यह कैसे ठीक हो सकता है? एक आदमी दूसरे आदमी का शोषण करे, क्या इसे ठीक कहा जाएगा?

पहला ध्यान

९ वर्ष की उम्र में वे एक बार वप्रमंगल उत्सव में गए.[३] जब उत्सव चल रहा था, सिद्धार्थ एक खेत के पास लगे हुए जम्बू (जामुन)वृक्ष की छाया में आ गए और पालथी मार कर बैठ गए. पीठ और रीढ़ को सीधी रखकर, आँखें बन्द कर वे अपनी नाक से आते-जाते श्वांस को देखने लगे. सहज स्वाभातिक श्वांस को देखते-देखते वो गहन ध्यानावस्था में चले गए. उत्सव समाप्त होने पर सिद्धार्थ को ध्यानावस्था में देख और असित ऋषि की भविष्यवाणी याद कर राजा शुद्धोधन चिन्तित हो उठे.

जम्बू वृक्ष के नीचे सिद्धार्थ का पहला ध्यान

सिद्धार्थ स्वभाव से दयालु थे. एक इंसान का दूसरे इंसान द्वारा शोषण उन्हें अच्छा नहीं लगता था.

वे शिकार पर जाने से दो टूक शब्दों में मना कर देते थे. सिद्धार्थ का कहना था कि वे निर्दोष प्राणियों के वध के भागी नहीं होना चाहते. माँ गौतमी के इस तर्क पर कि वे एक क्षत्रिय हैं और लड़ना उनका धर्म है, सिद्धार्थ अक्सर पूछ बैठते थे

कि एक क्षत्रिय को क्यों लड़ना चाहिए? गौतमी जब उत्तर देतीं कि यह उसका धर्म है, तब सिद्धार्थ पूछते - माँ, यह तो बताओ कि *आदमी का आदमी को मारना एक आदमी का धर्म कैसे हो सकता है?* सिद्धार्थ पूछते- माँ, *यदि सब क्षत्रिय परस्पर एक दूसरे को प्रेम करें तो क्या बिना कटे-मरे वे राष्ट्र का संरक्षण नहीं कर सकते?*

एक बार एक घायल पक्षी उनकी गोद में आ कर गिरा. उन्होंने उसे उठाया और उसका उपचार किया. शीघ्र ही उनका ममेरा भाई देवदत्त वहां पहुंचा. उसने कहा कि शिकार के नियमों के अनुसार जो पक्षी को मारता है वह मालिक होता है, इसलिए वही उस पक्षी का मालिक है. सिद्धार्थ का कहना था कि देवदत्त का आधार ही सर्वथा गलत है. ***जो किसी की रक्षा करता है वही उसका मालिक हो सकता है. हत्यारा कैसे किसी का मालिक हो सकता है?*** मामला राज न्यायालय तक जा पहुंचा. न्यायालय ने सिद्धार्थ के तर्क को माना और निर्णय सिद्धार्थ के पक्ष में दिया.

सिद्धार्थ को राजसी जीवन में व्यस्त रखने का प्रयास

उम्र के सोलहवें वर्ष में सिद्धार्थ का विवाह दण्डपाणि कोलिय की सोलह वर्षीया पुत्री **यशोधरा** से हुआ, जो अपने **सौंदर्य व शील के लिए प्रसिद्ध थी.**[४] विवाह के काफी समय बाद यशोधरा ने एक पुत्र को जन्म दिया जिसका नाम राहुल रखा गया. यशोधरा को पालि साहित्य में 'राहुलमाता' के नाम से भी जाना जाता है. सिद्धार्थ प्यार से उन्हें 'गोपा' कहकर पुकारते थे.

सुखी वैवाहिक और राजसी जीवन के बावजूद भी सिद्धार्थ चिन्तन-मनन करते रहते थे लीन हो जाते थे कि आखिर दुनिया में इतना दुःख क्यों है? क्यों ताकतवर लोग गरीबों का शोषण करते हैं? क्यों लोग आपस में लड़ते हैं?

चिंतनशील सिद्धार्थ को देख और असित ऋषि की भविष्यवाणी याद कर महाराज शुद्धोदन चिंतित हो जाते थे कि कहीं उनका बेटा सिद्धार्थ संन्यासी न बन जाए, इसलिए उन्होंने सिद्धार्थ को काम-भोगों के बंधन में बांधने की पूरी कोशिश की. उन्होंने भोगविलास के साधनों से सुसज्जित गर्मी, बरसात व सर्दियों के लिए तीन अलग-अलग महल बनवाए. उनमें एक नौ मंजिला, दूसरा सात मंजिला और तीसरा पाँच मंजिला था. चौवालिस हजार सुंदरियों से परिपूर्ण अंतःपुर बनवाया और अपने प्रधानमंत्री उदायी को कहा कि वह उन सुंदर तरुणियों से सिद्धार्थ का दिल जीतने को कहें. सभी सुंदरियों ने मिल कर अपनी अदाओं से सिद्धार्थ को मोहित करने का पूरा प्रयास किया लेकिन वे

सिद्धार्थ गौतम को काम-भोग के बंधन में बांधने में पूरी तरह असफल रहीं.

उदायी समझ गया कि सुंदरियां असफल रही हैं और राजकुमार ने उनमें कोई दिलचस्पी नहीं ली. नीतिकुशल उदायी ने राजकुमार से स्वयं बातचीत करने की सोची.

''राजकुमार से एकान्त में उदायी ने कहा - 'मैं एक मित्र की हैसियत से ही आपसे दो बातें करना चाहता हूं....काम को ही सर्वप्रथम पुरुषार्थ मानकर, प्राचीनकाल में, इन्द्र तक ने गौतम ऋषि की पत्नी अहिल्या का आलिंगन किया. इसी प्रकार अगस्त्य ऋषि ने भी सोमभार्या रोहिणी के साथ रमण किया और श्रुति अनुसार लोपमुद्रा के साथ भी यही बीती. औतथ्य-पत्नी मरुत की पुत्री ममता के साथ ऋषि वृहस्पति ने सहभोग किया और भारद्वाज को जन्म दिया. अर्ध्य अर्पण करती हुई वृहस्पति की पत्नी को चन्द्रमा ने ग्रहण किया और दिव्य बुध को जन्म दिया. इसी प्रकार पुरातन समय में रागातिरेक से पाराशर ऋषि ने यमुना तट पर वरुण-पुत्र की पुत्री काली के साथ सहवास किया. और बड़ी आयु हो जाने पर भी राजर्षि ययाति ने चैत्ररथ वन में अप्सरा विश्वाची के साथ संभोग किया. इस प्रकार के महान पुरुषों तक ने जुगुप्सित काम-भोगों का सेवन किया है. तब प्रशंसनीय काम-भोगों के सेवन में दोष ही क्या है? यह सब होने पर भी, आश्चर्य है कि शक्ति, तारुण्य और सौन्दर्य से सम्पन्न आप उन काम-भोगों की उपेक्षा कर रहे हैं जिन पर न्यायतः आपका अधिकार है और जिनमें सारा जगत आसक्त है.'[५]

राजकुमार ने उत्तर दिया-'मैं संसार के विषयों की अवज्ञा नहीं करता. मैं जानता हूं कि सारा जगत इन्हीं में आसक्त है. लेकिन क्योंकि मैं जानता हूं कि सारा संसार अनित्य है, इसलिए मेरा मन उनमें रमण नहीं करता. यदि यह स्त्री-सौन्दर्य स्थायी भी रहे, तो भी यह किसी बुद्धिमान आदमी के योग्य नहीं कि उसका मन विषयों में रमण करे. और जहां तक आप कहते हैं कि बड़े-बड़े महात्मा भी विषयों के वशीभूत हुए हैं तो वे इस विषय में प्रमाण नहीं है, क्योंकि अन्त में वे भी क्षय को प्राप्त हुए हैं. जहां क्षय है वहां वास्तविक महानता नहीं है, जहां विषयासक्ति है वहां वास्तविक महानता नहीं है, जहां असंयम है वहां वास्तविक महानता नहीं है. और यह जो आपका कहना है कि ऊपरी मन से ही स्त्रियों से स्नेह करना चाहिए तो चाहे यह दक्षता से भी हो तो भी मुझे यह रुचिकर नहीं है. यदि यह यथार्थ नहीं है तो मुझे स्त्रियों की इच्छा के अनुसार अनुवर्तन भी प्रिय नहीं. यदि आदमी का मन उसमें नहीं है तो ऐसे अनुवर्तन पर भी धिक्कार है. जहां राग का अतिशय है, जहां मिथ्यात्व में विश्वास है, जहां असीम आसक्ति है और जहां विषयों की

सदोषता का यथार्थ दर्शन नहीं-ऐसी वंचना में भी क्या धरा है? और यदि राग के वशीभूत हुए प्राणी परस्पर एक दूसरे को ठगते हैं तो क्या ऐसे पुरुष भी इस योग्य नहीं कि स्त्रियां उनकी ओर देखें तक नहीं और क्या स्त्रियां भी इस योग्य नहीं कि पुरुष उनकी ओर देखें तक नहीं? क्योंकि यह सब ऐसा ही है, इसलिए मुझे विश्वास है कि आप मुझे विषय-भोग के अशोभन कुपथ पर नहीं ले जाएंगे.'

राजकुमार के सुनिश्चित दृढ़ संकल्प ने उदायी को निरुत्तर कर दिया. उसने राजा को सारा वृत्तान्त जा सुनाया. जब शुद्धोदन को यह मालूम हुआ कि उनके पुत्र का चित्त किस प्रकार विषयों से सर्वथा विमुख है तो उन्हें सारी रात नींद नहीं आई. उनके दिल में वैसा ही दर्द था जैसा किसी हाथी की छाती में, जिसे तीर लगा हो.''[६] फिर भी शुद्धोदन को आशा थी कि शायद वक्त गुजरने के साथ सिद्धार्थ का मन सांसारिक विषयों में रमने लगेगा.

सिद्धार्थ अपने राज्य की परिस्थितियों और जनसाधारण की दिन-प्रतिदिन की समस्याओं और दुःख-तकलीफों को बारीकी से समझने की कोशिश करते थे. सिद्धार्थ बारी-बारी से मौसम बदलने के अनुसार निर्धारित राजमहलों में रहते थे. वे पत्नी सहित जनता के बीच जाते थे और यथासंभव उनके दुःख तकलीफों को दूर करने की कोशिश किया करते थे. समाजसेवा में उनका काफी नाम था. राजा शुद्धोदन को यह आस बंधने लगी थी कि उनका पुत्र सिद्धार्थ अब उस मार्ग पर चलने लगा है, जो वे चाहते थे. अपने पुत्र व पुत्रवधू के सतत् सुखद मनोरंजन का ख्याल रखते हुए उन्होंने सर्वोत्तम संगीतकारों व नर्तकियों का चयन किया था. लेकिन सिद्धार्थ ही नहीं यशोधरा भी इस धन-वैभव और विलासितापूर्ण माहौल से प्रभावित नहीं थे. दोनों ही वासनात्मक सुखों में डूबने को तैयार नहीं थे. वे एक दूसरे के आंतरिक मनोभावों को समझकर चलते थे. आध्यात्मिक प्रश्नों के उत्तर पाना और समाज में नई व्यवस्था की स्थापना करना उनका उद्देश्य था.

एक बार गर्मी के मौसम में सिद्धार्थ ग्रीष्मकालीन राजमहल में गए. उन्होंने पत्नी यशोधरा को पूरा राज्य दिखाया. वे प्रत्येक स्थान पर कई-कई दिन ठहरे. कभी-कभी गांववालों के घरों में ही ठहरे. उनके साथ ही भोजन किया, उनकी चारपाईयों पर सोये. उन्होंने घूम-घूम कर प्रत्येक स्थान की जीवन-चर्या और परंपराओं का अध्ययन किया. वे गरीब से गरीब परिवार से मिले. ऐसे परिवारों से, जहां नौ-नौ, दस-दस बच्चे थे, माता-पिता उनका पालन-पोषण करने में समर्थ नहीं थे. हाल-बेहाल किसानों को देखा. लोग दरिद्रता के कारण भीख माँग कर जीवन यापन करते थे, लूले-लंगड़े देखे, बीमार

देखे. यह सब देख कर उनका मन बहुत ही खिन्न हुआ. उनकी सारी खुशियां समाप्त हो गईं. उन्होंने देखा कि निर्धनता और रोगों के अलावा ब्राह्मण उनको और भी कष्ट दे रहे हैं. उन्होंने महसूस किया कि लोग विषम और कठिन परिस्थितियों में फंसे हुए हैं, जिनसे उन्हें कभी मुक्ति नहीं मिल सकती. एक तो राज्य की राजधानी वहां से दूर थी, दूसरे, अगर वे वहाँ पहुँच भी जाते तो सुरक्षाकर्मी उन्हें राजमहल में घुसने देंगे या राजा और उच्च-अधिकारीयों से मिलने देंगे इसकी संभावना कम ही थी; और अगर जैसे-तैसे वे पहुँच भी गए तो उनकी समस्याओं को दूर करने के लिए कोई प्रभावी कदम उठाया जाएगा इसमें संदेह था. सिद्धार्थ ने महसूस किया कि राजा को भी इस स्थिति में परिवर्तन लाने का कोई खास अधिकार नहीं है. वे जानते थे कि राज्य के अधिकारी भी महास्वार्थी हैं. हर अधिकारी जरूरतमंदों की मदद करने की अपेक्षा अपनी सत्ता सुदृढ़ करने और अपनी कुर्सी को सुरक्षित करने में लगा हुआ है. अधिकारी भी भीतर ही भीतर एक दूसरे से द्वेष रखते थे और एक दूसरे के विरुद्ध किसी न किसी षड्यंत्र में शामिल रहते थे. इस कारण सिद्धार्थ का राजनीति से मोहभंग हो गया. उन्होंने महसूस किया कि एक राजा को भी कोई खास स्वतंत्रता नहीं है और वह अपनी स्थिति की कैद में फंसा हुआ है.

राजा शुद्धोदन सिद्धार्थ को राज-काज में व्यस्त करने की काफी कोशिश करते थे. सिद्धार्थ को अनेकों राजसभाओं में आमंत्रित किया जाता था. सिद्धार्थ राजकीय मामलों पर पूरी गंभीरता से विचार करते थे. वे अच्छी तरह समझ गए थे कि राजनीतिज्ञों का अपना निजी स्वार्थ ही राजनीतिक, आर्थिक और सैनिक समस्याओं की जड़ है. भ्रष्ट अधिकारियों को नैतिकता और सदाचार पर भाषण देते देखकर सिद्धार्थ को बहुत क्रोध आता था. लेकिन वे चुप रहते थे क्योंकि उनके पास कोई विकल्प नहीं था. एक दिन राजा शुद्धोदन ने उनसे पूछा कि वे राजदरबार में चुप क्यों रहते हैं, तो सिद्धार्थ ने उत्तर दिया :

''ऐसी बात नहीं है कि मेरे मन में विचार नहीं होते, किंतु उन्हें व्यक्त करना व्यर्थ होगा. मेरे विचार केवल रोग की ओर ही संकेत कर सकेंगे. राजदरबार के मंत्रियों की स्वार्थपूर्ण महत्वाकांक्षाओं का मैं अभी कोई इलाज नहीं निकाल पाया हूँ. उदाहरण के लिए विस्सामित्त को ही लीजिए. दरबार में वह अतिशक्ति संपन्न मंत्री हैं. आप जानते हैं कि वह महा-भ्रष्ट हैं. कई बार तो उसने आपके अधिकार-क्षेत्र में भी घुसने का प्रयास किया लेकिन आप अब भी उसकी सेवाओं पर निर्भर रहने के लिए बाध्य हैं, आखिर क्यों?

क्योंकि आप जानते हैं कि यदि ऐसा नहीं करेंगे तो अराजकता फैल जाएगी.''[७]

राजा शुद्धोधन बड़ी देर तक अपने पुत्र को चुपचाप देखते रहने के बाद बोले,''सिद्धार्थ, तुम भलीभांति जानते हो कि अपने परिवार और राज्य में शांति बनाए रखने के लिए व्यक्ति को कुछ चीजें सहन करनी पड़ती हैं. मेरी अपनी सत्ता भी सीमित है. लेकिन मुझे विश्वास है कि यदि तुम स्वयं को राजा बनने के लिए तैयार कर सको तो तुम मुझसे अच्छा शासन कर सकते हो. तुम में इतनी प्रतिभा है कि भ्रष्टाचार को समाप्त कर सको और अपने देश में अराजकता भी न फैलने दो.''[८]

सिद्धार्थ ने दुःख भरे स्वर में कहा,''पिताजी, मैं नहीं समझता कि इसमें किसी प्रकार की प्रतिभा की आवश्यकता है. मेरे विश्वास में मूल समस्या यह है कि व्यक्ति अपने चित्त और हृदय को मुक्त करे. मैं स्वयं भी क्रोध, ईर्ष्या, भय और इच्छाओं की भावनाओं से ग्रसित हूँ.''[९]

सिद्धार्थ की बातें सुनकर राजा शुद्धोधन चिंतित हो जाते थे. वे अच्छी तरह समझते थे कि सिद्धार्थ की सोच और विचारों में बहुत गहराई है, संसार को समझने की उनकी दृष्टि बहुत पैनी है और राजा की दृष्टि से काफी अलग है. फिर भी वे आशावान थे कि समय आने पर सिद्धार्थ राजा बनना स्वीकार कर लेंगे और कुशलता से राजकाज संभाल लेंगे. लेकिन सिद्धार्थ तो धम्म का मार्ग ढूंढ़ना चाहते थे. सिद्धार्थ ने पिता के समक्ष अपने विचार स्पष्ट कर दिए, ''पिताजी, सिंहासन पर एक दिन के लिए भी बैठना मेरे लिए दहकते अंगारों पर बैठने के समान है. यदि मेरा हृदय ही शांत नहीं होगा तो मैं आपके या जनता के विश्वास की रक्षा कैसे कर सकता हूँ?''

इस तरह सिद्धार्थ के मन में राजनीति और संन्यास को लेकर विचार-मंथन चलता रहता था. अपनी जिम्मेदारियों को वे खूब अच्छी तरह समझते थे, इसीलिए समय आने पर उन्होंने शाक्य संघ की दीक्षा भी ली.

शाक्य संघ में दीक्षा

शाक्य लोगों का अपना संघ था. २० वर्ष की आयु होने पर प्रत्येक तरूण शाक्य को संघ में दीक्षित होना पड़ता था और संघ का सदस्य होना होता था. उसी अनुरूप सिद्धार्थ भी संघ में दीक्षित हुए.

शाक्य संघ के सदस्यों के लिए आठ नियम थे :

१. अपने तन, मन और धन से शाक्यों के हितों की रक्षा करना.

२. संघ की सभाओं में उपस्थित रहना.

३. बिना किसी भय या पक्षपात के किसी भी शाक्य का दोष खुलकर कह देना.
४. दोषारोपण होने पर क्रोधित न होना, दोष होने पर अपना दोष स्वीकार कर लेना, निर्दोष होने पर वैसा कहना.
५. व्यभिचार न करना.
६. किसी की हत्या न करना.
७. चोरी न करना.
८. झूठी गवाही न देना.

सिद्धार्थ शाक्य संघ के काम-काज में पूरी दिलचस्पी रखते थे और उसमें अपना योगदान देते थे.

शाक्य संघ से मतभेद

शाक्य संघ का सदस्य बनने के आठ वर्षों तक सिद्धार्थ सबके प्रिय सदस्य रहे. शाक्यों के राज्य से सटा हुआ कोलियों का राज्य था. रोहिणी नदी दोनों राज्यों के बीच में विभाजक रेखा का काम करती थी. दोनों राज्य इस नदी से सिंचाई करते थे. रोहिणी के जल का पहले कौन और कितना उपयोग करेगा, इसे लेकर शाक्यों व कोलियों में अक्सर विवाद हो जाता था. यह विवाद कभी-कभी युद्ध की स्थिति पैदा कर देता था. सिद्धार्थ की आयु २८ वर्ष हो चुकी थी, उस वर्ष भी रोहिणी का जल झगड़े का कारण बना और स्थिति युद्ध के कगार तक आ चुकी थी. संघ की सभा बुलाई गई. सिद्धार्थ और शाक्य सेनापति के बीच मतभेद उत्पन्न हो गया. सेनापति युद्ध के लिए तत्पर था जबकि सिद्धार्थ युद्ध नहीं चाहते थे. सिद्धार्थ का मत था कि ***युद्ध कभी किसी समस्या का हल नहीं होता.[१०] उनके मत में परस्पर एक दूसरे का नाश करने में बुद्धिमानी नहीं है.*** सिद्धार्थ गौतम का मत था कि झगड़ा शाक्यों के आदमियों ने ही शुरू किया था इसलिए गलती शाक्यों की भी है. उन्होंने सुझाव दिया कि शाक्यों व कोलियों में से दो-दो आदमी चुनें जाएं, वे चारों मिलकर एक पांचवे आदमी का चयन करें. वे पांचों पंच मिलकर झगड़े का निपटारा कर दें. जबकि, सेनापति का कहना था कि जब तक कोलियों को कड़ा दंड नहीं दिया जाता तब तक यह मामला समाप्त नहीं होगा. सेनापति का तर्क था कि ब्राह्मणों का धर्म है यज्ञ करना, क्षत्रियों का धर्म है युद्ध करना, वैश्यों का धर्म है व्यापार करना और शूद्रों का धर्म है सेवा करना, हर किसी को अपना-अपना धर्म निभाने में ही पुण्य है. तब सिद्धार्थ ने कहा,

जहां तक मैं समझ सका हूँ, धर्म तो इस बात को हृदयंगम करने में है कि वैर से वैर कभी शान्त नहीं होता. वह केवल अवैर से शांत होता है. आग से आग नहीं बुझ सकती, वह पानी से ही बुझ सकती है. झगड़ा, झगड़े से नहीं बल्कि आपसी बातचीत से ही सुलझ सकता है.[११]

शाक्य संघ में बहुमत सेनापति के विचार को मानते हुए युद्ध के पक्ष में था. शाक्य संघ को सिद्धार्थ का मत मंजूर नहीं था और शाक्य संघ का फैसला सिद्धार्थ को मंजूर नहीं था. शाक्य संघ के नियमों के अनुसार यदि कोई सदस्य शाक्य संघ के खिलाफ जाता तो संघ उसके परिवार के सामाजिक बहिष्कार का निर्णय कर सकता था, उसके परिवार के खेतों को जब्त कर सकता था, उस व्यक्ति को दंडित कर सकता था और देश निकाला दे सकता था. सिद्धार्थ गौतम ने सुझाव दिया कि उनके परिवार का बहिष्कार न किया जाए न ही राजा शुद्धोदन की संपत्ति जब्त की जाए. वह स्वयं दंड भोगने को तैयार हैं. लेकिन शाक्य संघ के समक्ष समस्या यह थी कि कोसल नरेश को इस बात का पता लगने पर वे शाक्य संघ के खिलाफ कार्रवाई कर सकते हैं और शाक्यों का राज्य हथिया सकते हैं. इसलिए सिद्धार्थ गौतम ने स्वयं यह सुझाव दिया कि यदि वे परिव्राजक बन जाएं और देश के बाहर चले जाएं तो एक प्रकार से देश निकाला भी हो जाएगा और शाक्य संघ को उसके लिए कोसल नरेश दंडित भी नहीं करेंगे. आखिरकार सिद्धार्थ ने प्रव्रज्या (पालि भाषा में *पबज्ज्या*) अभिनिष्क्रमण का निर्णय लिया. गलत बहुमत के आगे झुकने के बजाए सिद्धार्थ ने दंड स्वीकार किया और परिव्राजक का जीवन व्यतीत करने का निर्णय लिया.

महाभिनिष्क्रमण

कुछ विद्वानों का यह मत कि सिद्धार्थ गौतम ने एक बीमार आदमी को, एक बूढ़े आदमी को, एक मुर्दे को और एक संन्यासी को देखकर गृहत्याग का फैसला लिया, यह सर्वथा भ्रामक व तर्कहीन प्रतीत होता है. अज्ञानवश या फिर निहित स्वार्थों की पूर्ति के लिए ऐसी कहानी गढ़ी गई.

यह बात सर्वमान्य है कि सिद्धार्थ गौतम ने २९ वर्ष की उम्र में गृहत्याग किया था, यह भी सर्वमान्य सत्य है कि उनके जन्म के उपरांत ही उनकी माता महामाया का निधन हो गया था. धान बोने के ग्रामीण उत्सव में हल जोतने जब वे जाते थे तो हर उम्र के लोग दिखते ही होंगे. वे स्वयं भी बच्चे से नवयुवक हुए थे, १६ वर्ष की उम्र में पूरे उत्सव के साथ विवाह किया था.

विवाह उत्सव में हर उम्र के लोग होते हैं. वैवाहिक जीवन के फलस्वरूप वे एक पुत्र के पिता बने थे. अपनी पत्नी में आ रहे शारीरिक परिवर्तनों को भी देखा ही होगा. अपने पिता और मौसी तथा अन्य संबंधियों को बूढ़े होते देखा ही होगा. भले ही बूढ़े नौकर-नौकरानियों को राजकुमार सिद्धार्थ की सेवा में न रखा जाता रहा हो लेकिन जब राजकुमार सिद्धार्थ २९ वर्ष के थे तब उनकी मौसी महाप्रजापति गौतमी और पिता शुद्धोदन की उम्र भी ७० वर्ष के आस-पास हो गई थी. पिता के पके बाल, चेहरे की झुर्रियां उन्होंने अवश्य देखी होंगी. इतने बड़े राजपरिवार में जहां पारिवारिक सदस्यों के अलावा अनेकों नौकर-चाकर थे, कोई न कोई बीमार भी अवश्य पड़ता ही होगा. धर्मवान राजघराना था, साधु-संतों को भोजनदान, उनका सम्मान, सत्कार चलता ही रहता था. उनकी वंदना करने और उनका आशीर्वाद लेने के लिए राजकुमार को भी उनके सामने लाया ही जाता रहा होगा (जैसे कि जन्म के समय ही असित ऋषि के सामने लाया गया था) अतः बूढ़े लोगों को, बीमार लोगों को, मृत लोगों और संन्यासियों को पहले भी देखा ही होगा. इसके लिए उन्हें २९ वर्ष तक इंतजार की जरूरत नहीं थी. सामान्य परिवारों में ५ साल का बच्चा भी पूछता है कि दादी-दादा क्यों बूढ़े हो गए? क्यों बीमार हैं? क्यों मर गए? लोग क्यों मरते हैं?...आदि...आदि... तो फिर सिद्धार्थ गौतम जो जन्म से ही ३२ महापुरुषीय गुणों से युक्त थे, २९ साल तक उन्हें यही न पता चला हो कि लोग बूढ़े होते हैं, बीमार होते हैं, और मरते हैं, यह असंभव है. अतः यह कहना कि बूढ़े, बीमार, मृत और संन्यासी को देखकर गौतम परिव्राजक बने सर्वथा भ्रांतियुक्त है. कहानियां गढ़ दी गई हैं कि सिद्धार्थ रात में जब परिवार के सभी सदस्य सोये थे उस समय चुप-चाप, बिना किसी को बताए घर छोड़कर चले गए. राष्ट्रीय कवि के रूप में ख्यातिनाम लोगों ने तो कविता ही रच डाली '*सखी, वो मुझसे कह कर जाते.*' कुछ विद्वान अज्ञानवश गौतमबुद्ध की इसलिए आलोचना करते हैं कि वे अपनी सुंदर पत्नी, छोटे बच्चे और बूढ़े माँ-बाप को छोड़कर चले गए. आलोचक यह भूल जाते हैं कि बुद्धत्व प्राप्त कर गौतम बुद्ध ने पत्नी, बेटे, माँ-बाप और पूरे परिवार को निर्वाण का परम आनंद प्राप्त करने में मदद की. 'गृहस्थ जीवन जीकर वह जो सांसारिक सुख प्रदान कर सकते थे, उससे कहीं अधिक और अतुलनीय भवसंसार से मुक्त होने का परम सुख उन्हें प्रदान किया.'[१२] कुछ आलोचक कहते हैं कि 'सिद्धार्थ गौतम सत्य की खोज में संसार छोड़ कर निकल पड़े थे, इसलिए उनका घर छोड़ना युक्तिसंगत नहीं था.'[१३] इसका मतलब है कि दूसरों के उपकार के लिए नहीं बल्कि अपनी जिज्ञासा पूरी करने के लिए उन्होंने घर छोड़ा. इस तरह की

आलोचनाएं सत्य से सर्वथा परे हैं. आलोचक या तो सत्य को पूरी तरह जान नहीं पाए या फिर किसी पूर्वाग्रह से ग्रसित थे. वास्तविकता यह है कि सिद्धार्थ गौतम एक बोधिसत्त्व थे और सम्यक् सम्बुद्ध बनने के लिए बहुत लम्बे समय से दस पारमिताएं पूरी करते चले आ रहे थे. उनके मन में सभी प्राणियों के प्रति करुणा थी. जब वे देखते थे कि लोग आपस में लड़ रहे हैं, एक दूसरे का शोषण कर रहे हैं, जन्म लेने वाला हर प्राणी बीमारियों, बुढ़ापा और मृत्यु के दुःखों से गुजरता है तो मन में विचार आते थे कि आखिर इन दुःखों से मुक्त होने का कोई तो रास्ता होगा. उन्हें उसी रास्ते की खोज करनी थी. उनके मन में दृढ़ विश्वास था कि जहां इतने दुःख-क्लेश मौजूद हैं, वहां सुख-शांति का भी रास्ता मौजूद होगा ही. उनको उसी रास्ते की खोज करनी थी जो दुःख-क्लेशों के भवसंसरण से मुक्ति दिला सके. जिस पर वे अकेले ही नहीं बल्कि संसार के सभी लोग चलकर मुक्त हो सकें. दूसरों को मुक्ति का रास्ता वे तभी दिखा सकते थे जब उस रास्ते को खोजकर और उस पर चलकर पहले वह स्वयं मुक्त हो सकें. जो स्वयं गरीब हो, वह दूसरों की गरीबी कैसे दूर करेगा? जो स्वयं जंजीरों में जकड़ा हो, वह अन्य को कैसे आजाद कराएगा? जो स्वंय दुःखी हो वह दूसरों को सुखी कैसे बना पाएगा?

हकीकत यह है कि सिद्धार्थ के गृह त्यागने का उद्देश्य न तो परम सत्य जानने की जिज्ञासा पूरी करना था और न ही अपना स्वार्थ सिद्ध करना था बल्कि उस रास्ते की खोज करना था जो बहुजनों के सुख और शांति के लिए हो. कुछ स्वार्थी लोगों ने यह भी प्रचार किया कि परम सत्य की खोज करने के लिए घर छोड़ने की क्या जरूरत थी? परम सत्य तो घर बैठकर भी अपने भीतर झांककर देखने से ज्ञात हो सकता था. ऐसे लोग ये भूल जाते हैं कि सम्यक् संबोधि घर बैठे नहीं प्राप्त होती. जब कोई व्यक्ति सम्यक् संबोधि प्राप्त कर लेता है तो उसका हृदय अनंत करुणा, अनंत मैत्री और अनंत मुदिता से भर उठता है और वह बहुत से लोगों को मुक्त होने में, परम निर्वाण पद प्राप्त करने में सहायक बन जाता है. ऐसा प्रतीत होता है कि ये आलोचनाएँ और मनगढ़ंत कहानियां इसलिए गढ़ी गईं जिससे भोले-भाले लोग स्वर्ग के लालच और नरक के डर से पुरोहित-पुजारियों के चंगुल में फँसे रहें, जिससे धर्म और ईश्वर के नाम पर ठेकेदारी करनेवालों का गोरखधंधा चलता रहे. यदि लोग गौतम बुद्ध के बारे में सही बातें जान लेते कि प्रत्येक इंसान को अपने स्वयं की मेहनत से ही मुक्त होना है तो वे पुजारियों के चंगुल से आजाद हो जाते और पुजारियों की कमाई बंद हो गई होती.

महाभिनिष्क्रमण का सच

सिद्धार्थ गौतम ने आम जनता को युद्ध के विनाश से बचाने के लिए और जीव जगत में जो दुःख मौजूद हैं, उन दुःखों के कारणों और उन दुःखों को दूर करने के उपायों को ढूंढ़ने के लिए समस्त शाक्यों, अपने राज्य की जनता, माता, पिता और पत्नी की जानकारी में परिव्राजक बनने का निर्णय लिया और गृह त्याग किया. पिता शुद्धोदन, माँ गौतमी तथा पत्नी यशोधरा के साथ हुआ उनका मार्मिक वार्तालाप उल्लेखनीय है -

सिद्धार्थ - 'मैं आशा करता हूँ कि इतना तो आप समझते ही होंगे कि मैंने कैसे परिस्थिति को और अधिक बिगड़ने से बचा लिया. मैं सत्य और न्याय के पथ से विचलित नहीं हुआ और सत्य और न्याय का आग्रह करने का जो भी दण्ड था, मैंने उसे अपने ही सिर पर ले लिया.'

शुद्धोदन - 'तुमने यह नहीं सोचा कि इससे हम पर क्या बीतेगी?'

सिद्धार्थ - 'लेकिन इसी कारण तो मैंने प्रव्रज्या लेना स्वीकार किया है, जरा सोचिए तो सही, यदि शाक्यों ने सारे खेत जब्त करने की आज्ञा दे दी होती तो क्या हुआ होता?'

शुद्धोदन - 'लेकिन, तुम्हारे बिना हम इन खेतों को रखकर क्या करेंगे? सारा परिवार ही शाक्य जनपद का परित्याग कर देश से बाहर क्यों न चल दे?

रोती हुई प्रजापति गौतमी भी राजा शुद्धोदन से सहमत थी. बोली-'तुम हम सब को इस प्रकार छोड़ कर अकेले कैसे जा सकते हो?'

सिद्धार्थ ने सान्त्वना दी- 'माँ! क्या तुमने हमेशा क्षत्राणी होने का दावा नहीं किया? तुम्हें वीरता का त्याग नहीं करना चाहिए. इस प्रकार दुःखी होना तुम्हारे लिए अशोभनीय है. यदि मैं युद्ध-भूमि में गया होता और वहाँ जा कर मर गया होता तो तुम क्या करतीं? क्या तब भी तुम इसी प्रकार दुःखी हुईं होतीं.'

गौतमी, 'नहीं, यह तो एक क्षत्रिय के योग्य होता. लेकिन अब तुम लोगों से दूर जंगल में रहने जा रहे हो. हम यहां शांत कैसे रह सकते हैं? मैं यही कहती हूँ कि तुम हमें भी साथ ले चलो.'

सिद्धार्थ ने प्रश्न किया - 'मैं आप सबको कैसे साथ ले चल सकता हूँ? नंद केवल एक बच्चा है. मेरे पुत्र राहुल का अभी जन्म ही हुआ है. क्या आप इन्हें छोड़कर मेरे साथ आ सकती हैं?'

गौतमी को संतोष न हुआ. उनका कहना था: 'हम सब शाक्यों का देश छोड़कर कोसल नरेश की अधीनता में रहने के लिए कोसल जनपद में जा सकते हैं.'

सिद्धार्थ ने आपत्ति की- 'लेकिन माँ! शाक्य क्या कहेंगे? क्या वे इसे देश-द्रोह न समझेंगे? फिर मैंने वचन दिया है कि मैं वचन या कर्म से कोई ऐसी बात न कहूँगा, न करूंगा कि जिससे कोसल नरेश को मेरी प्रव्रज्या का यथार्थ कारण ज्ञात हो सके!'

सिद्धार्थ ने अपनी माँ से कहा, 'यह सही है कि मुझे अकेले जंगल में रहना होगा. लेकिन कोलियों के विरुद्ध लड़ाई में हिस्सा लेने और जंगल में रहने, इन दोनों में से अधिक श्रेयस्कर क्या है?'

सिद्धार्थ का स्पष्ट मत था कि कोलियों के विरुद्ध लड़ाई करने से बेहतर परिव्राजक जीवन व्यतीत करना होगा.

शुद्धोदन ने कहा, 'लेकिन इतनी जल्दी किसलिए? शाक्य संघ ने अभी कुछ समय के लिए लड़ाई को स्थगित कर दिया है. हो सकता है कि युद्ध कभी छिड़े ही नहीं. तुम अपनी प्रव्रज्या भी क्यों स्थगित नहीं करते? हो सकता है कि शाक्य संघ तुम्हें यहां बने रहने की ही अनुमति दे दे.'

सिद्धार्थ- 'यह भी संभव है कि मेरे प्रव्रज्या ग्रहण कर लेने पर शाक्य-संघ अपनी युद्ध की घोषणा को वापस ले लें, किंतु यह सब कुछ मेरे पहले प्रव्रज्या ले लेने पर ही निर्भर करता है. मैंने वचन दिया है और मुझे उसे अवश्य पूरा करना चाहिए. वचन भंग का बड़ा बुरा परिणाम हो सकता है, हमारे लिए भी और शांतिपक्ष के लिए भी......मां, अब मेरे मार्ग में बाधक न बनो. मुझे आज्ञा दो और अपना आशीर्वाद. जो कुछ हो रहा है, अच्छे के लिए ही हो रहा है.'

गौतमी और शुद्धोदन चुप थे. सिद्धार्थ यशोधरा के कमरे की ओर चल दिए.

सिद्धार्थ यशोधरा के कमरे में पहुंचे, सिद्धार्थ मौन थे, यशोधरा भी चुप. यशोधरा ने मौन भंग किया - 'कपिलवस्तु में शाक्य संघ की सभा में जो कुछ हुआ वह सब मैं सुन चुकी हूँ.'

सिद्धार्थ ने पूछा, 'यशोधरा ! मुझे बताओ कि तुम्हें मेरा प्रव्रजित होने का निर्णय कैसा लगा है?'

अपनी भावनाओं को अच्छी तरह अपने वश में रख कर यशोधरा ने उत्तर दिया - 'यदि मैं भी तुम्हारी स्थिति में होती तो मैं भी वही करती, निश्चय ही मैं कोलियों के विरुद्ध छेड़े जाने वाले युद्ध में हिस्सा नहीं लेती.'

यशोधरा ने कहा,'तुम्हारा निर्णय ठीक है. तुम्हें मेरी अनुमति और समर्थन है. मैं भी तुम्हारे साथ प्रव्रजित हो जाती. यदि मैं नहीं हो रही हूँ तो इसका मात्र यही कारण है कि मुझे राहुल का पालन-पोषण करना है.'

अच्छा होता यदि ऐसा न हुआ होता. लेकिन हमें वीरतापूर्वक स्थिति का मुकाबला करना चाहिए. अपने माता-पिता तथा पुत्र की चिंता न करना. मैं जब तक जीऊंगी, सबकी देखभाल करूंगी.

अब मैं इतना चाहती हूँ कि अपने प्रिय संबंधियों को छोड़ कर जो तुम प्रव्रजित होने जा रहे हो, तुम किसी ऐसे नये पथ की खोज कर सको, जो मानवता के लिए कल्याणकारी हो.''[१४]

सिद्धार्थ इससे बड़े प्रभावित हुए. इससे पहले उन्हें नहीं मालूम था कि यशोधरा इतनी दृढ़ थी, इतने वीर भाव से समन्वित थी और इतनी अधिक उदार थी. आज ही उन्हें पता लगा कि वह कितने भाग्यवान थे कि उन्हें यशोधरा जैसी पत्नी मिली थी. लेकिन आज परिस्थितियों ने दोनों को पृथक-पृथक कर दिया था. सिद्धार्थ ने यशोधरा से राहुल को लाने को कहा. एक पिता की वात्सल्यपूर्ण दृष्टि डाल कर वह वहाँ से विदा हो गये.

परिव्राजक का जीवन व्यतीत करने की पूरी तैयारी करके सिद्धार्थ गौतम अगने प्रिय घोड़े कंथक पर सवार हो कर भारद्वाज ऋषि के आश्रम पहुंचे. उनके परिव्राजक बनने की खबर आग की तरह पूरे कपिलवस्तु में फैल चुकी थी, इसलिए आश्रम के द्वार पर लोगों की भारी भीड़ सिद्धार्थ से मिलने के लिए मौजूद थी. लोगों से मिलते हुए और भीड़ में से रास्ता बनाते हुए सिद्धार्थ आश्रम में पहुंचे. राजा शुद्धोधन और महारानी प्रजापति गौतमी वहां पहले ही पहुँच चुके थे. सिद्धार्थ के चचेरे भाई महानाम एक परिव्राजक की

सिद्धार्थ गौतम का महाभिनिष्क्रमण

जरूरत के वस्त्र और भिक्षापात्र ले कर वहाँ उपस्थित थे. सिद्धार्थ ने अपने सारथी छन्न को अपने राजकीय वस्त्र और आभूषण दे दिए और परिव्राजक के कपड़े पहन लिए. इस तरह परिव्राजक की पूरी तैयारी कर सिद्धार्थ भारद्वाज के पास गए. अपने शिष्यों की सहायता से भारद्वाज ऋषि ने आवश्यक संस्कार किए और सिद्धार्थ गौतम के परिव्राजक बनने की घोषणा कर दी. सिद्धार्थ गौतम ने प्रव्रज्या का संस्कार समाप्त होते ही प्रतिज्ञा के अनुसार अपनी यात्रा आरंभ कर दी. प्रव्रज्या के समय सिद्धार्थ गौतम की उम्र २९ वर्ष की थी.

कपिलवस्तु के लोगों की भारी भीड़ उनके पीछे-पीछे चल रही थी. सिद्धार्थ ने उन्हें रोका और कहा, ''बहनों और भाइयों! मेरे पीछे-पीछे चले आने से क्या लाभ है? मैं शाक्यों और कोलियों के बीच का झगड़ा न निपटा सका. लेकिन यदि तुम समझौते के पक्ष में जनमत तैयार कर लो, तो तुम सफल हो सकते हो. इसलिए कृपा करके वापस लौट जाओ.'' सिद्धार्थ की प्रार्थना सुन कर लोग पीछे लौटने लगे. राजा शुद्धोधन और गौतमी भी महल को लौट गए. उन्होंने सिद्धार्थ के त्यागे वस्त्रों और गहनों को एक कमल के तालाब में प्रवाहित कर दिया.

लोग उन्हें याद करते और यह कह-कह कर उनकी प्रशंसा करते थे कि उच्च कुलोत्पन्न है, यह श्रेष्ठ माता-पिता की संतान है, यह संपन्न है, यह तारुण्य के मध्य में है, यह सुंदर शरीर और बुद्धि से युक्त है, सुख-भोग में पला है और वही अपने संबंधियों से इसलिए लड़ा कि पृथ्वी पर शांति बनी रहे और जनता का भला हो.

यह एक शाक्य तरूण था जिसने बहुमत के आगे झुकने के बजाय स्वेच्छा से दण्ड स्वीकार किया, जिसका मतलब था ऐश्वर्य के स्थान पर दरिद्रता, सुख-समृद्धि के स्थान पर भिक्षाटन, गृह-निवास के स्थान पर गृह-त्याग. और यह जा रहा है जहां कोई इसकी चिंता करनेवाला नहीं, और यह जा रहा है बिना किसी भी ऐसी एक चीज को साथ लिए जिसे यह अपनी कह सके. इसका यह स्वेच्छा से किया हुआ त्याग महान है. यह बड़ी ही वीरता और साहस का कार्य है. संसार के इतिहास में इसकी तुलना नहीं. यह शाक्य-मुनि अथवा शाक्य-सिंह कहलाने का अधिकारी है. सिद्धार्थ गौतम के ही संबंध में कहा गया शाक्य-कुमारी कृषा गौतमी का कथन कितना सही था- ''धन्य हैं वे माता-पिता जिन्होंने ऐसे पुत्र को जन्म दिया और धन्य है वह नारी जिसका ऐसा पति है.''

लोगों की भीड़ तो चली गई लेकिन सिद्धार्थ के सारथी छन्न ने जिद्द पकड़

ली की वह अनोमा नदी के किनारे तक उन्हें छोड़ने जाएगा. छन्न की जिद्द को देखते हुए सिद्धार्थ को उसकी बात माननी पड़ी. अनोमा नदी के तट पर पहुँच कर छन्न ने सिद्धार्थ को समझाने की कोशिश की कि वह वापस लौट चलें. सिद्धार्थ ने उसे समझाते हुए कहा कि -

''तुम्हारा मेरे प्रति जो भाव है उससे मैं बहुत प्रसन्न हूँ. खेद है कि मैं इस समय ऐसी स्थिति में हूँ कि तुम्हारे लिए कुछ कर नहीं सकता. जिससे उपकार की आशा हो उसके प्रति कौन अनुरक्त नहीं होगा? लेकिन विपत्ति के समय आदमी के अपने सगे-संबंधी तक पराए बन जाते हैं. परिवार के लिए पुत्र का पालन-पोषण किया जाता है, अपने भावी-सुख के लिए पिता, पुत्र को मानता है, किसी न किसी आशा से ही संसार के लोग बंधे रहते हैं; बिना आशा का निःस्वार्थ भाव कहीं नहीं है. जब वियोग अनिवार्य ही है तो यह कैसे हो सकता है कि संबंधियों से वियोग न हो. आदमी के मरने पर उसकी संपत्ति के उत्तराधिकारी तो बहुत होते हैं किंतु उसके पुण्य का उत्तराधिकारी मिलना कठिन है, शायद होता ही नहीं. राजा-मेरे पिता-की देखभाल रखनी होगी. हो सकता है कि वह कहें कि मैंने अनुपयुक्त समय पर गृह-त्याग किया है; किंतु धर्म करने के लिए कोई भी समय अनुपयुक्त समय है ही नहीं. छन्न! मेरे वियोग से उत्पन्न होने वाले दुःख का परित्याग करो. नाना जन्म ग्रहण करने वाले प्राणियों के लिए परस्पर वियोग अनिवार्य है. यदि मैं स्नेह के कारण आज अपने संबंधियों का परित्याग न भी करूँतो भी एक न एक दिन मृत्यु हमें एक दूसरे से अनिवार्य तौर पर पृथक कर ही देगी. मेरी जिस माँ ने मुझे इतना कष्ट सहन करके जन्म दिया था, अब वह कहाँ है? और मैं कहाँ हूँ? जैसे पक्षी अपने विश्राम-वृक्ष पर इकट्ठे होते हैं, किंतु सुबह होते ही फिर विभिन्न दिशाओं में उड़ जाते हैं, यही प्राणियों की दशा है. उनका भी वियोग अवश्यंभावी है. जैसे बादल एकत्र होकर फिर पृथक-पृथक नाना दिशाओं में चले जाते हैं, यही प्राणियों की दशा है. उनका भी वियोग अवश्यंभावी है. और चूंकि यह संसार इसी प्रकार परस्पर एक दूसरे की वंचना करता हुआ गतिमान है, इसलिए किसी भी चीज को अपना समझ बैठना भयावह है. क्योंकि यह ऐसा ही है, इसलिए मित्र! शोक मत करो! वापस लौट जाओ. यदि मन नहीं माने तो जाकर फिर वापस चले आना. बिना मुझे कुछ और कहे, कपिलवस्तु के लोगों से जाकर कहना कि उसके लिए जो तुम्हारे स्नेही हैं, उसे छोड़ दें, क्योंकि उसका निश्चय दृढ़ है.''[१५]

जब स्वामी और सेवक के बीच की यह बातचीत कंथक ने सुनी तो उस श्रेष्ठ अश्व ने स्वामी के चरण चाटे और उसकी आँखों से उष्ण आँसू गिरने

लगे. सिद्धार्थ गौतम ने उसे अपने हाथ से थपथपाया और एक मित्र की तरह संबोधित कर कहा, ''कंथक! सहन कर! आँसू मत बहा. तेरा परिश्रम शीघ्र ही सफल होगा.''

जब छन्न ने देखा कि अब शीघ्र विदा होना ही होगा, तो उसने सिद्धार्थ गौतम के उस परिव्राजक रूप को नमस्कार किया और उनसे विदा लिया. कंथक और छन्न के जाने के बाद सिद्धार्थ गौतम भी अपने मार्ग पर चल दिये.

राजा बिम्बिसार का राजपाट संभालने का आग्रह

कपिलवस्तु से निकलकर सिद्धार्थ गौतम राजगृह की ओर चल दिए. राजगृह मगध राज्य की राजधानी थी, उस समय वहां राजा बिम्बिसार का राज्य था. पाण्डव-पहाड़ी पर लोध वृक्षों से भरे जंगल में, जहां मयूरों का स्वर गूंज रहा था, सिद्धार्थ पर्वतासन लगा कर बैठ गए. राजा बिम्बिसार को जब इस बात का पता चला तो वे स्वयं वहां पहुंचे. कुशलक्षेम के बाद राजा बिम्बिसार ने सिद्धार्थ गौतम से पुनः गृहस्थ जीवन में जाने व राजपाट संभालने का अनुरोध किया व कहा,

''यदि आप अपने पैतृक राज्य वापस नहीं ही जाना चाहते हो तो मैं आपको अपना आधा राज्य देता हूँ, इसे ग्रहण करने की कृपा करें. यदि अपने कुलाभिमान से मेरा कहना अमान्य हो, तो अनंत सेना के साथ धनुष-बाण का उपयोग कर मेरी सहायता से अपने विरोधियों पर विजय प्राप्त कर लें.''

राजा बिम्बिसार ने आगे कहा, ''पहले अर्थ और काम की प्राप्ति की कामना करें और अंत में मोक्ष की इच्छा करें. धर्म, अर्थ, काम और मोक्ष की प्राप्ति में ही जीवन की सफलता है. आपकी बाहुओं में पृथ्वी तो पृथ्वी, तीनों लोकों को जीत लेने की शक्ति है. अभी आप जवान हैं और यह समय काम भोगों का आनंद लेने का है. बाद में बुढ़ापा आ जाएगा और सौंदर्य को मलिन कर देगा. इस संसार में जवानी का धन और धर्म से विरोध है क्योंकि काम सुखों को कितना ही सुरक्षित रखा जाए वे सुरक्षित रखे ही नहीं जा सकते. इसलिए जब और जहां भी सुख-भोग प्राप्त हो, उनका आनंद लेना चाहिए. और अगर आपकी धर्म में ही विशेष रुचि है तो यज्ञ करके ऊंचे से ऊंचा स्वर्ग प्राप्त किया जा सकता है.''[१६]

सिद्धार्थ गौतम ने राजा बिम्बिसार को उत्तर दिया-

''मैं संसार के कलहों से आहत हूँ. मैं शांति की खोज में हूँ. मैं इस दुःख का अंत करने के बदले में इस पृथ्वी का राज्य तो क्या, दिव्य लोक का राज्य भी न चाहूँगा. यह जो आपने कहा है कि धर्म,अर्थ और काम ही मनुष्य

के तीन पुरूषार्थ हैं, और आपका यह भी कहना है कि मैं दुःख के मार्ग पर हूँ तो आपके तीनों पुरूषार्थ अनित्य हैं और असंतोषकारक हैं. और जहां आपका यह कहना है कि बुढ़ापा आने तक प्रतीक्षा करनी चाहिए, क्योंकि जवानी का कोई ठिकाना नहीं, तो आपका यह कथन ही सुनिश्चित नहीं क्योंकि जवानी में भी दृढ़ता हो सकती है और बुढ़ापे में भी नहीं हो सकती. चाहे तरूण हो, चाहे वृद्ध हो और चाहे जवान हो, हर किसी के लिए यही योग्य है कि वह करुणा के धार्मिक पथ पर अग्रसर हो. जहां आपका यह कहना है कि मैं यज्ञ करने में अप्रमादी बनूं, क्योंकि वे मेरे कुल के अनुकूल है और महान फलदायी हैं, तो ऐसे यज्ञों को नहीं करना चाहिए जिनमें निरीह प्राणियों का वध होता है. किसी भी भावी फल के लिए किसी भी निरीह प्राणी की हत्या करना किसी भी कारुणिक व शील-संपन्न मनुष्य के योग्य नहीं, चाहे फिर वह यज्ञ का फल अनंतकालीन ही क्यों न हो. याज्ञिक होना ठीक नहीं है, क्योंकि ऊँचे-से-ऊँचा फल पशुओं की हत्या से ही मिलने की कल्पना यज्ञों से की जाती है. मैं अगले जन्म में मिलने वाले किसी फल की आशा से कोई कर्म करने के लिए प्रेरित नहीं हो सकता. हे राजन, मेरे मन को भावी जन्मों की कल्पना में सुख नहीं मिलता, क्योंकि ऐसे कर्मों की दिशा उसी तरह अनिश्चित और अस्थिर है जैसे बादलों से गिरी वर्षा से प्रताड़ित किसी पौधे की दिशा.''[११]

राजा बिम्बिसार ने हाथ जोड़कर कहा, ''बिना किसी बाधा के आपका उद्देश्य सफल हो. जब भी कभी आप को बोधि प्राप्त हो जाए तब फिर यहां पधार कर मुझे भी दीक्षा देने की कृपा कीजिएगा.''

शांति का समाचार

सिद्धार्थ गौतम राजगृह में एक कुटी बनाकर ठहरे हुए थे. उसी समय दूसरे पांच परिव्राजक - कौंडन्न, वप्प, भद्दिय, महानाम और अस्साजी, भी वहां आए और उनके पास ही एक कुटिया बना कर रहने लगे. इन पांच परिव्राजकों से सिद्धार्थ गौतम को पता चला कि उनके चले जाने के बाद कोलियों से युद्ध करने के मुद्दे पर शाक्यों में बड़ा भारी आंदोलन छिड़ा. कोलिय और शाक्य भाई-भाई के नारे लगने लगे, युद्ध का विरोध होने लगा. मजबूरन शाक्य संघ को एक सभा बुलानी पड़ी. इसके बाद शाक्यों व कोलियों की तरफ से संधिवार्ता के लिए पांच-पांच दूत चुने गए. और स्थाई पंचायत की नियुक्ति हुई. इस तरह युद्ध का खतरा हमेशा के लिए समाप्त हो गया.

समस्या नए परिप्रेक्ष्य में

शाक्यों व कोलियों के बीच शांति स्थापित होने की खबर मिलने पर सिद्धार्थ गौतम ने अपने आप से सवाल किया कि अब जब युद्ध की आशंका समाप्त हो गई है तो क्या उनकी समस्या भी समाप्त नहीं हो गई? गहराई से सोचने पर उन्होंने पाया कि समस्या तो अभी भी शेष है, क्योंकि युद्ध की समस्या तो मुख्य रूप से विरोध की समस्या है, एक बड़ी समस्या का अंश मात्र है. यह विरोध न केवल जातियों और राजाओं में ही विद्यमान है, बल्कि क्षत्रियों में, ब्राह्मणों में, गृहस्थों में, माता-पुत्र में, पिता-पुत्र में, भाई-भाई में, बहन-भाई में तथा साथी-साथी में, यह विरोध, यह संघर्ष विद्यमान है. जातियों में जो संघर्ष होता है वह तो कभी-कभी होता है लेकिन **वर्गों के बीच में जो संघर्ष होता है वह स्थाई है और लगातार जारी है. संसार के कष्टों और दुःख के मूल में यह वर्ग-संघर्ष ही है.** यह सत्य है कि "मैंने युद्ध के कारण ही गृहत्याग किया था. लेकिन शाक्यों और कोलियों का युद्ध समाप्त हो जाने पर भी मैं घर वापस नहीं लौट सकता. मैं देखता हूँ कि मेरी समस्या ने व्यापक रूप धारण कर लिया है. **मुझे सामाजिक संघर्ष की समस्या का हल खोज निकालना है.**"[१८]

पुराने पंरपरागत दर्शनों के पास इस सामाजिक संघर्ष की समस्या का हल है या नहीं और यदि है तो कहां तक? क्या हम इन सामाजिक दर्शनों में से किसी एक को भी सही मान सकते हैं?

सिद्धार्थ ने हर परंपरा और हर मत का स्वयं परीक्षण करने का निश्चय किया. वे भृगु के आश्रम पहुंचे. उन्होंने स्वर्ग-कामी तपस्वियों की विचित्र-विचित्र तपस्याओं का निरीक्षण करते हुए आश्रम देखा. कुछ साधु ऐसे थे जो अन्न न खाकर फल और कंदमूल पर ही गुजारा करते थे, कुछ लोग ऐसे थे जो अपने शरीर को जल में या अग्नि में तपाते थे. इन साधुओं को विश्वास था कि शरीर को कष्ट देने से और कठोर तप करने से मरने के बाद उन्हें स्वर्ग मिल जाएगा. सिद्धार्थ ने पाया कि ये सभी तपस्वी स्वर्ग पाने के लिए लालायित हैं. सिद्धार्थ ने विचार किया कि ऐसी **कठिन तपस्या से अगर स्वर्ग मिल भी गया तो इससे दुनिया के लोगों की समस्याएं तो नहीं हल हो सकतीं. लोगों की समस्याएं तो ज्यों की त्यों रहेंगी जबकि सिद्धार्थ का उद्देश्य ऐसे रास्ते की खोज करना था जिससे लोगों के दुःखों को दूर किया जा सके और उनके जीवन को सुखमय बनाया जा सके.** सिद्धार्थ गौतम की इच्छा तो संसार के समस्त दुःखों का मूल कारण और उनका निवारण ढूंढ़ने की थी.

इसलिए वे भृगु आश्रम छोड़कर दूसरे आश्रम की खोज में निकल पड़े. एक आश्रम से दूसरे आश्रम, दूसरे से तीसरे आश्रम, इस प्रकार सिद्धार्थ गौतम ने तत्कालीन भारत के करीब-करीब सभी जाने-माने आश्रमों का भ्रमण किया. किसी आश्रम में तीन महीने तो किसी में छह महीने रह कर उन्होंने सही रास्ते की खोज जारी रखी. तरह-तरह की ध्यान साधना सीखने से उन्हें कुछ आध्यात्मिक लाभ तो हुआ लेकिन जन्म और मरण के भवसंसार से मुक्ति का मार्ग नहीं मिल पा रहा था. समय बड़ी तेजी से बीत रहा था. गृहत्याग किए हुए तीन वर्ष बीत चुके थे लेकिन खोज जारी थी. इसी तरह खोज करते करते वे मुनि आलार कालाम के आश्रम में पहुंचे.

आलार कालाम के आश्रम में उन्होंने सांख्य परंपरा का अध्ययन किया और सातों ध्यान सीखे. ध्यान करते समय सिद्धार्थ अपने मन में विचारों और अतीत के राग-द्वेषों तथा भविष्य संबंधी कामनाओं को नहीं आने देते थे. इससे उन्हें शांति तो बहुत मिलती थी लेकिन उन्हें यह भी मालूम था कि अंतर्मन की गहराईयों में दबे हुए राग और द्वेष ज्यों के त्यों बरकरार हैं. ध्यान करते-करते ऐसी भी अवस्था आई जब उन्हें महसूस हुआ कि चित्त से राग और द्वेष मिट गए हैं और आनंद अथवा पीड़ा की अनुभूतियां समाप्त हो गई हैं. धीरे-धीरे उन्होंने देखा कि इंद्रियों के क्षेत्र से भी वे बाहर निकल गए हैं और उनका चित्त शांत सरोवर के जल के समान स्थिर हो गया है. लेकिन उनके अंतर्मन की चिंताएं और दुःख अभी भी मौजूद थे. ध्यान में और प्रगति करने पर वे अपदार्थता की अवस्था जिसमें व्यक्ति की चेतना दृष्टा की भांति हो जाती है, उस अवस्था को पहुंच गए. लेकिन उन्होंने महसूस किया कि उनके अंतर्मन में विकार अभी भी मौजूद थे. जब उन्होंने आलार कालाम को बताया कि वे अपदार्थता की अवस्था को प्राप्त कर चुके हैं, लेकिन अंतर्मन के विकार अभी पूरी तरह खत्म नहीं हुए हैं, क्या इसके आगे भी उनके पास कुछ और ज्ञान है? आलार कालाम ने उनसे कहा कि जितनी शिक्षा देने की क्षमता उनमें थी उन्होंने सब दे दी, अब उनके पास सिद्धार्थ को सिखाने के लिए और अधिक कुछ नहीं है. आलार कालाम ने सिद्धार्थ से कहा कि वे दोनों मिलकर आश्रम चलाएंगे. लेकिन सिद्धार्थ गौतम ने देखा कि उनको अभी भी बोधि प्राप्त नहीं हुई है. अतः आलार कालाम को धन्यवाद दे कर सिद्धार्थ आश्रम से निकल पड़े.

आलार कालाम के आश्रम से वे उद्दक रामपुत्त के आश्रम में गए. वहां उन्होंने आठवां ध्यान सीखा. इस ध्यान में साधक चेतना के उस स्तर तक पहुंच जाता है जहां भाव-बोध तथा भाव-बोध-हीनता दोनों ही अवस्थाएं

समाप्त हो जाती हैं. यह विचार से निर्विचार की अवस्था होती है, जब साधक चेतना की सभी अवस्थाओं को पार कर जाता है. लेकिन सिद्धार्थ गौतम ने देखा कि उनके अंतर्मन की गहराइयों में राग-द्वेष के विकार अब भी मौजूद हैं और ध्यान की अवस्था से बाहर आते ही आनंद की अवस्था समाप्त हो जाती है. इस आठवें ध्यान से भी जीवन और मरण का तथा जीव-जगत में विद्यमान दुःखों के न तो कारणों का पता चला न ही उनके निवारण का रास्ता मिला. सिद्धार्थ गौतम ने उद्दक रामपुत्त को बताया कि वे विचार से निर्विचार की अवस्था को प्राप्त कर चुके हैं. उन्होंने उद्दक रामपुत्त से पूछा कि अब आगे क्या? उद्दक रामपुत्त ने कहा कि वो जो कुछ भी जानते थे, वह सारा कुछ सिद्धार्थ को सिखा चुके हैं. इतना ही नहीं, उद्दक रामपुत्त ने सिद्धार्थ से कहा कि वे उनके आश्रम के प्रमुख बन जाएं. लेकिन यहां भी सिद्धार्थ को अपने उद्देश्य की पूर्ति होती नहीं दिखी इसलिए यहां भी वे नहीं रुके और उद्दक रामपुत्त को धन्यवाद दे कर उनके आश्रम से निकल पड़े.

तत्कालीन भारत के ध्यान-साधना जगत के दो सर्वोत्तम व सर्वमान्य आचार्यों से शिक्षा पाकर सिद्धार्थ ने आध्यात्म के क्षेत्र में बहुत कुछ प्राप्त कर लिया था फिर भी इंसान को दुःखों से पूर्णतः मुक्ति दिलाने के मूलभूत प्रश्न का उत्तर अब भी पता नहीं चला था. उन्होंने अनुभव किया कि पूरे भारत में कोई भी साधु-संन्यासी या आचार्य शायद इससे अधिक शिक्षा नहीं दे सकता, इसलिए बोधि प्राप्ति के लिए उन्हें स्वयं ही साधना करनी होगी. इस इरादे के साथ चलते-चलते सिद्धार्थ गया के पास निरंजरा नदी के तट पर पहुंचे. उस नदी को भी पार करके तब तक चलते रहे, जब तक वह डुंगेश्वरी पर्वत तक नहीं पहुंच गए. उस पर्वत से उरूवेला ग्राम तक आधे दिन में पैदल चलकर पहुंचा जा सकता था. सिद्धार्थ ने निश्चय किया कि जब तक मुक्ति का सद्मार्ग नहीं खोज लेते, तब तक वह यहीं साधनारत रहेंगे. उन्हें वहां ऐसी गुफा भी मिल गई, जहां वह लंबे समय तक साधना अभ्यास कर सकते थे. इस गुफा में बैठकर उन्होंने अपनी साधना के उन चरणों पर नए सिरे से दृष्टिपात किया जिनकी उन्होंने पिछले पांच वर्षों से अधिक समय तक महामान्य आचार्यों से शिक्षा प्राप्त की थी. उन्हें स्मरण आया कि किस प्रकार उन्होंने संन्यासियों को समझाया था कि अपने शरीर के साथ अत्याचार मत करो. इससे तो दुःख में डूबे जगत के दुःख और बढ़ेंगे. अब उन्होंने उनके मार्ग पर और गंभीरता से मनन किया और सोचा कि-अग्नि-प्राप्ति की कामना करने वाला व्यक्ति जल में खड़ा हो कर या भूमि पर स्थिर होकर गीली अराणियों के घर्षण से अग्नि प्रज्जवलित नहीं कर सकता. यही बात शरीर के लिए भी सच है. यदि व्यक्ति मन को तो भोगों से दूर रखता है

किंतु शारीरिक रूप से उसमें लिप्त रहता है तो वह धर्म-संप्राप्ति का अधिकारी नहीं बन सकता. इसलिए मुक्ति-लाभ के लिए आत्म-साधना और रागातीत अवस्था प्राप्त करने के लिए उन्होंने घोर शरीर-पीड़न तप शुरू किया.

सिद्धार्थ गौतम ने डुंगेश्वरी पर्वत पर लंबे समय तक कठिन से कठिनतम तपस्या की. शुरू के तीन महीने तक वह अकेले ही डुंगेश्वरी गुफा में निवास करते रहे थे किंतु चौथे महीने में वहां उन्हें वे पांच परिव्राजक भी मिले जिन्होंने कपिलवस्तु की शांति का समाचार सुनाया था. वे पांचों सिद्धार्थ गौतम की सेवा करते हुए उनकी आज्ञा में रहने लगे. उनमें से बारी-बारी से एक रोज आस-पास के गांवों से भिक्षा माँग लाता. भिक्षा में जो कुछ भी मिलता उसके छः भाग करते थे और उसी से गुजारा करते थे. कभी कभी केवल फल और कंदमूल से ही गुजारा करना पड़ता था. बहुत कम खाने की वजह से उनका पेट-पीठ एक से हो गए थे. शरीर इतना दुर्बल हो गया था कि वह हिल-डुल भी न सकते थे. लेकिन तब भी दुःख की समस्या का कारण नजर नहीं आ रहा था.

एक दिन, जब श्मशान में बैठकर सिद्धार्थ साधना कर रहे थे तो उनको महसूस हुआ कि आत्मज्ञान प्राप्ति की दृष्टि से घोर शरीर-पीड़न तप का यह मार्ग बड़ा ही भ्रांतिपूर्ण है. उन्होंने सोचा कि जिसका शरीर बलहीन हो गया हो, जो भूख-प्यास से परेशान हो, जिसका मन थकावट के कारण एकाग्र व शांत नहीं है उसे नया ज्ञान प्राप्त नहीं हो सकता. शरीर से अत्याचार करना, चित्त से भी अत्याचार करना है. सच्ची शांति व चित्त की एकाग्रता शरीर की आवश्यकताओं की पूर्ति से ही ठीक-ठीक प्राप्त हो सकती है.

उन्होंने विचार करने पर निष्कर्ष निकाला कि अभी तक की गई तपस्या और साधना विफल रही है. विफलता इतनी अधिक थी कि किसी को भी संपूर्ण रूप से निराश कर सकती थी लेकिन सिद्धार्थ विल्कुल निराश नहीं थे. उनको विश्वास था कि कोई न कोई मार्ग तो अवश्य होगा जो इस संसार चक्र से और भव-संसार से पार ले जाता होगा. उन्हें पूरा विश्वास था कि दुःख चक्र से पार जाने का रास्ता एक न एक दिन अवश्य मिलेगा. सिद्धार्थ गौतम ने तत्क्षण निर्णय किया कि अब वह भिक्षाटन करेंगे, अपना स्वास्थ्य संभालेंगे और अपनी ध्यान-साधना के द्वारा तन-मन दोनों का पोषण करेंगे. उन्होंने सोचा कि सम्यक् संबोधि प्राप्त करने का कोई न कोई मार्ग तो होगा.[१९] **उन्होंने निर्णय लिया कि वह अपने गुरू स्वयं बनेंगे, किसी अन्य से शिक्षण ग्रहण नहीं करेंगे और धम्म का मार्ग**

स्वयं ढूंढ निकालेंगे. इस निर्णय से प्रसन्न हो कर वह धरती पर लेट गए और शांतचित्त निद्रामग्न हो विश्राम करने लगे. दूसरी सुबह वह नदी तक चलकर आए और काफी देर तक स्नान किया. स्नान के बाद वह नदी से निकल कर बाहर आए, लेकिन उनकी शक्ति जबाब दे रही थी और वह चलने में अक्षम महसूस कर रहे थे. वह धीरे-धीरे खड़े हुए और स्वाभाविक श्वांस लेने लगे. इस दौरान उन्होंने देखा कि एक वृक्ष की शाखा जल की ओर झुकी हुई है और उसके पत्ते पानी को छू रहे हैं. वह धीरे-धीरे बढ़े और उसे पकड़ कर उसका सहारा लेकर, नदी के जल से बाहर आ गए. कुछ देर नदी किनारे विश्राम करने के पश्चात् वे उरूवेला गांव की तरफ गए और न्यग्रोध वृक्ष की छाया में बैठकर ध्यान करने लगे.

सिद्धार्थ को याद आया कि ९ वर्ष की उम्र में जंबू वृक्ष की शीतल छाया में बैठकर उन्होंने पहली बार ध्यान-साधना करते हुए जब उन्होंने सहज स्वाभाविक श्वांस को ज्यों का त्यों देखते देखते ध्यान किया था तो मन धीरे-धीरे बिल्कुल शांत और एकाग्र हो गया था और देखते-देखते चित्त निर्मल हो गया था. छन्न के चले जाने के बाद वन में साधना करने की अनुभूति का भी उन्हें स्मरण आया. उन्होंने पहले ध्यान की परिस्थितियों पर विचार करने पर पाया कि उस समय वे एकांत में थे और आस-पास कोई शांति भंग करने वाला न था. ध्यान के लिए एकांत जगह और शांत वातावरण चाहिए. वातावरण के साथ मन भी शांत होना चाहिए. उन्होंने विचार किया कि पहले छः वर्षों की तपश्चर्या के दौरान वे अपनी श्वांस को और शरीर की क्रियाओं को नियंत्रित करने की कोशिश करते रहे हैं जो प्राकृतिक स्वभाव के अनुरूप न होकर काफी हद तक कृत्रिम था. पिछले छः वर्षों की तपस्या के दौरान वह शरीर और चित्त की सहज स्वाभाविक प्रवृत्तियों से लड़ते रहे थे और उनको जबरदस्ती काबू में करने के लिए तरह-तरह की साधना करते थे. इस दौरान वे प्रत्येक सुख का त्याग करते रहे थे. उन्होंने विचार किया कि इससे तो अहं और बढ़ता जा रहा है. गहन सोच विचार के बाद सिद्धार्थ ने निर्णय लिया कि सहज स्वाभाविक सुखानुभूति से डरने की बजाए उसको तटस्थ भाव से दृष्टा भाव से अनुभव करेंगे. उन्होंने विचार किया कि शायद यही प्रक्रिया संबोधि प्राप्त करने का मार्ग है. शरीर को अत्यधिक कष्ट देने की बजाए शरीर की सामान्य आवश्यकताओं की पूर्ति करते हुए, सहज और स्वाभाविक रूप से संबोधि प्राप्त करना शायद अधिक आसान हो. अगर ९ वर्ष का बालक सहज और स्वाभाविक श्वांस को देखते-देखते गहन ध्यानावस्था में पहुँच सकता है तो शायद इसी प्रक्रिया के द्वारा चित्त विमुक्ति की अवस्था तक पहुँचा जा सकता है. सिद्धार्थ को यकीन हो गया कि यही बुद्धत्व प्राप्ति

का मार्ग है. अब उन्हें इसी रास्ते पर चलना था.

सिद्धार्थ ने अब भिक्षाटन करके शरीर की आवश्यकता अनुसार नियमित भोजन शुरू कर दिया और शरीर आत्म-पीड़न छोड़ दिया. पांच परिव्राजक जो सिद्धार्थ गौतम के साथ थे उनसे नाराज हो गए, उनको लगा कि उन्होंने आत्मपीड़न जीवन का परित्याग कर दिया था. वे सिद्धार्थ गौतम को छोड़ कर चले गए.

सिद्धार्थ नियमित भिक्षाटन के लिए जाते और भिक्षा में मिले भोजन को दोपहर से पहले ग्रहण कर लेते. यह सिलसिला लगभग छः महीने तक चला. धीरे-धीरे उनका स्वास्थ्य सुधरता गया.

कुछ विद्वानों का यह मत कि तपश्चर्या का अंत करने के बाद केवल एक बार सुजाता की खीर खाकर सिद्धार्थ ध्यान के लिए बैठ गए और उसी रात बुद्धत्व प्राप्त हो गया, बहुत तार्किक नहीं लगता है. बुद्धत्व का मार्ग लंबा और धीमा होता है. बुद्धत्व चमत्कार से प्राप्त नहीं होता, वह धीरे-धीरे उपलब्ध होता है. बुद्ध ने स्वयं कहा है, जैसे महासागर धीरे-धीरे भरता है, धीरे-धीरे चढ़ता है, धीरे-धीरे उतरता है, उसी तरह इस बुद्धत्व के मार्ग पर धीरे-धीरे और लंबे समय तक चलना पड़ता है.[२०]

प्रतिदिन प्राकृतिक क्रियाओं से निपटकर और भोजन करके वे ध्यान में लीन हो जाते. सबसे पहले उन्होंने प्रत्येक विचार के प्रति सजगता का विकास किया. यह सजगता मन में उठने वाले प्रत्येक विचार के साथ-साथ शरीर में होने वाली प्रत्येक संवेदना के प्रति भी थी. मन और शरीर में होने वाली प्रत्येक क्रिया और प्रतिक्रिया का वे दृष्टा भाव से परीक्षण करते. खाते-पीते, उठते-बैठते, बोलते-मौन रहते, चलते-फिरते, झुकते-लेटते हर क्षण वे जागरुक रहते.[२१] हर पल सचेत और हर क्षण सजग रहते-रहते उन्होंने देखा कि मन और शरीर छोटे-छोटे अणुओं-परमाणुओं का जिसको उन्होंने उन दिनों की भाषा में अष्ट कलाप कहा, का एक पुलिंदा मात्र है जो हर पल बन और बिगड़ रहे हैं. उन्होंने पाया कि ये अष्ट कलाप चार मूलभूत तत्वों- अग्नि, वायु, जल और पृथ्वी धातु से बने हैं और प्रत्येक धातु का अपना अपना गुणधर्म है. प्रत्येक अष्ट कलाप में यह चार धातुएं हैं और उनके चार गुणधर्म. यह नन्हा सा अष्ट कलाप इतनी तेजी से उत्पन्न होता है और इतनी तेजी से नष्ट होता है कि जितनी देर में एक चुटकी बजती है या पलक झपकती है उतनी देर में यह एक कोटि सहस्त्र बार उत्पन्न होता है और नष्ट हो जाता है. यह प्रक्रिया इतनी तेज गति से हो रही है कि कंपन का अनुभव न होकर शरीर के ठोस होने का आभास होता रहता है. सिद्धार्थ ने अपने प्रत्यक्ष अनुभव

से देखा कि बाह्य जगत में जो कुछ भी हो रहा है मन और शरीर उसके प्रति प्रतिक्रिया कर रहे हैं. उन्होंने निष्कर्ष निकाला कि सारे दुःख हमारी इस साढ़े तीन हाथ की काया और उससे जुड़े चित्त में ही उत्पन्न हो रहे हैं.[२२] इसलिए सबसे पहले अपने मन और शरीर के वास्तविक स्वभाव को समझना चाहिए. सचेतन अवस्था का अभ्यास करते-करते ध्यानावस्था में उन्होंने देखा कि मन और शरीर की कोई भी स्थिति स्थायी नहीं है. हर भाव, विचार या अवस्था कुछ देर रहती है और फिर अपने आप दूसरा भाव, विचार या अवस्था आ जाती है. सब कुछ परिवर्तित हो रहा है, सब परिवर्तनशील है, अनित्य है. जीवन की अनित्यता ही दुःख का प्रमुख कारण है. जीवन का दुःख बीमारी, बुढ़ापा और मृत्यु जैसी बड़ी घटनाओं से ही नहीं है बल्कि यह तो क्षण प्रतिक्षण दिन प्रतिदिन की विफलताओं, कुंठाओं, निराशाओं, हताशाओं, जीवन की कमियों के कारण चलता ही रहता है. मनचाही नहीं होती तो भी दुःख होता है, अनचाही होने पर दुःख होता है, प्रियजनों से बिछुड़ाव और अप्रियजनों से संपर्क के कारण दुःख होता है. संक्षेप में पंचस्कंधों से चिपकाव दुःख है. अपने क्षणिक सुख को जिसे हम वास्तविक सुख समझ बैठते हैं वह भी आगे चलकर दुःख ही बन जाता है क्योंकि जैसे ही सुख आता है हम उसको बचाने की चिंता में लग जाते हैं. उन्होंने प्रत्यक्ष अनुभव किया कि दुःख के मूल में तृष्णा है. हम स्थितियों, परिस्थितियों, वस्तुओं का यथाभूत ज्ञान दर्शन नहीं करते बल्कि अपनी शिक्षाओं और मान्यताओं के रंगीन चश्मे से उनको देखते हैं. जो इच्छा जगाते हैं, उसे हर कीमत पर पूरा करना चाहते हैं. अगर उसमें बाधा पड़ती है तो उन सभी के प्रति जो इच्छापूर्ति में बाधक है, क्रोध, घृणा, ईर्ष्या जैसे मनोविकारों को जन्म देते हैं. इसके विपरीत अगर इच्छा पूरी हो गई तो उसके प्रति चिपकाव पैदा करते हैं. जैसे-जैसे सिद्धार्थ ने मन की प्रत्येक अवस्था का सूक्ष्म से सूक्ष्मतर विश्लेषण किया तो उनको प्रत्यक्ष अनुभव होता गया कि कैसे एक तृष्णा के बाद दूसरी तृष्णा का जन्म होता जाता है और मन हमेशा वर्तमान परिस्थिति से संतुष्ट न होकर वह चाहता है जो इस समय नहीं है. इससे लगातार भव का निर्माण होता जाता है और निरंतर कुछ से कुछ बनता ही जाता है. संसार का स्वभाव ही परिवर्तनशीलता है और कुछ से कुछ बनता ही जा रहा है. यह परिवर्तन के नियम से बंधा है और तभी खुश होता है जब परिवर्तन की प्रक्रिया में पड़ा होता है लेकिन परिवर्तनशीलता के प्रति लगाव में भय भी समाया रहता है और यह भय अपने आप में दुःख का कारण है.[२३]

इस तरह सिद्धार्थ ध्यान करते-करते आत्मनिरीक्षण द्वारा अपने अन्दर प्रकट

होने वाली सच्चाईयों का साक्षात्कार कर रहे थे. प्रतिदिन भिक्षा से प्राप्त भोजन को दोपहर से पहले ग्रहण कर लेते थे और बोधगया में एक पीपल के वृक्ष तले पूरब दिशा की तरफ मुँह करके पद्मासन लगा कर बैठ जाते और लगातार ध्यान करते रहते. ध्यान के बाद मंगल मैत्री की साधना करते थे और सभी दिशाओं में, विश्व के समस्त प्राणियों के मंगल की कामना करते थे. इस मंगल मैत्री की कामना में छोटे-बड़े, दूर-समीप, जल के, थल के और नभ के समस्त प्राणियों का, पेड़-पौधों का, पशु-पक्षियों का समावेश रहता था. इस प्रकार सिद्धार्थ की साधना प्रगति पर थी.

वसंत ऋतु समाप्त होने वाली थी. सिद्धार्थ कुछ ही दिनों में ३५ वर्ष के होने वाले थे. ध्यान करते-करते चार सप्ताह पूरे होने में चौबीस घंटे शेष थे. भोर होने वाली थी. सूर्योदय नहीं हुआ था और न ही ऊषा का आगमन. इस शांत नीरव, ब्रह्म मुहुर्त में पीपल वृक्ष के नीचे ध्यानरत सिद्धार्थ ने अपने शरीर को थोड़ा आराम देना चाहा. वह वहीं लेट गए और कुछ ही देर में उन्हें झपकी आ गई. उनकी निद्रित अवस्था में एक के बाद एक, पाँच स्वप्न प्रकट हुए जो कि भविष्य की ओर संकेत करने वाले पूर्वाभास थे. स्वप्न समाप्त होते ही बोधिसत्त्व सिद्धार्थ जाग उठे और उनके अर्थों पर विचार करने लगे. प्रथम स्वप्न के अंतर्गत उन्होंने अपना विशाल विराट रूप देखा. उन्होंने देखा कि वह आज के नेपाल और भारत की संपूर्ण धरती पर लेटे हुए हैं जो कि उनके लिए बिछौना बन गई है. हिमालय का उत्तुंग शिखर उनका तकिया बन गया है. उनके पांव दक्षिण भारत में कन्याकुमारी तक फैले हुए हैं और दक्षिण महासागर पर टिके हैं जो उनका पाद प्रक्षालन कर रहा है. दाहिना हाथ पश्चिम में अरब सागर के तट पर पड़ा है और बायां हाथ पूर्व में बंगाल की खाड़ी के तट पर. दोनों समुद्र उनकी हथेलियों और अंगुलियों का प्रक्षालन कर रहे हैं. द्वितीय स्वप्न में उन्होंने देखा कि छीरिका नामक घास उनकी नाभि से निकल कर आकाश की ओर उन्नतिशील है और रथ के पहिए के आकार का कमल खिला हुआ है. तीसरे स्वप्न में उन्होंने देखा कि विभिन्न रंगों के अनगिनत पक्षी सभी दिशाओं से उड़कर उनके पास आ रहे हैं. इसी प्रकार उन्होंने दो स्वप्न और देखे.[२४]

यह स्वप्न संकेत करते थे कि उनको बुद्धत्व प्राप्त होने वाला है और उनके उपदेशों का प्रभाव समस्त जंबूद्वीप, आज का संपूर्ण भारत और नेपाल पर पड़ेगा और फिर दक्षिण, पूर्व और पश्चिमी समुद्रों द्वारा तथा उत्तरी हिमालय के रास्ते सारे विश्व में फैलेगा. सभीं दिशाओं से विभिन्न रंगों के पक्षियों का आना इस बात का संकेत करता था कि प्रत्येक वर्ग, जाति, संप्रदाय और

देशों के लोग उनके बताए मार्ग को अपनाएंगे. बोधिसत्व सिद्धार्थ उठ कर बैठ गए और इन स्वप्नों के अर्थों पर चिंतन करने लगे.

उरूवेला में सेनानी नाम का एक गृहस्थ रहता था, उसकी पुत्री सुजाता ने एक वृक्ष के प्रति मन्नत मान रखी थी कि यदि उसकी मंशा पूरी हो तो प्रति वर्ष वृक्ष देवता को भेंट चढ़ाएगी. मंशा पूरी होने पर उसने अपनी पुण्णा नाम की दासी को पूजा-स्थली तैयार करने के लिए भेजा. सिद्धार्थ गौतम को वृक्ष के नीचे बैठा देख पुण्णा ने सोचा कि आज वृक्ष देवता ही साक्षात् प्रकट हो गए हैं. सुजाता स्वयं आई और उसने अपनी बनाई हुई खीर स्वर्ण पात्र में सिद्धार्थ गौतम को अर्पण की.

सिद्धार्थ गौतम ने स्वर्ण पात्र लिया और निरंजरा नदी में सुपतिट्ठ नाम के घाट पर, स्नान कर अनंतर भोजन ग्रहण किया. सुजाता की खीर से अपने को तरोताजा कर के सिद्धार्थ पुनः पद्मासन लगाकर इस दृढ़ निश्चय के साथ ध्यान करने बैठे कि जब तक वे सम्यक् संबोधि प्राप्त नहीं कर लेंगे अपने आसन से नहीं उठेंगे.

जब वे दृढ़ निश्चय के साथ बैठे तो बुरे विचारों व बुरी चेतनाओं के झुंड के झुंड, जिन्हें ***'मार'*** कहा जाता है, ने उन पर आक्रमण किया. एक बार तो सिद्धार्थ को डर लगा कि कहीं ये ***'मार'*** उन पर हावी न हो जाएं, उनकी साधना को विफल न कर दें. लेकिन अपना सारा साहस बटोर कर उन्होंने मार से कहा, 'मुझमें श्रद्धा है, मुझमें वीर्य है, मुझमें प्रज्ञा है. हे मार! तू मुझे

सिद्धार्थ गौतम को खीर अर्पित करते हुए सुजाता

'मार' का आक्रमण

कैसे पराजित कर सकता है. चाहे वायु इस नदी के स्रोत को सुखाने में भी सफल हो जाए किंतु तू मुझे मेरे निश्चय से डिगा नहीं सकता. पराजित होकर जीने की अपेक्षा इस संग्राम में मर जाना मेरे लिए अधिक श्रेयस्कर है.'

सिद्धार्थ गौतम का दृढ़ निश्चय देख कर अकुशल व बुरे विचार *(मार)* अपने आप चले गए.

बुद्धत्व प्राप्ति

क्षण-प्रतिक्षण की सजगता का अभ्यास करते-करते सिद्धार्थ का चित्त, शरीर और श्वांस-प्रश्वांस पूरी तरह एकाकार हो गया था. लगातार ध्यान और सतत् जागरुकता के कारण उनको चित्त को एकाग्र कर शरीर के अणु-अणु को निरीक्षण करने की अद्‌भुत शक्ति प्राप्त हो गई थी जिससे वह शरीर और चित्त के एक-एक अणु-परमाणु को बींध कर उसके पार जा सकते थे. ध्यान करते-करते बोधिसत्त्व सिद्धार्थ ने अनुभव किया कि 'वेदों में प्राणि मात्र में एक आत्मा का जो भाव प्रतिपादित किया गया है, वह भ्रमपूर्ण है. वास्तव में सभी वस्तुएं या प्राणी आत्माओं से रहित होते हैं. समस्त जागतिक प्रपंचों की मूल प्रकृति आत्म रहित अथवा अनात्म की है. आत्मा का कोई पृथक अस्तित्व ही नहीं होता. वह तो एक चमकती बिजली के समान है जो सभी भ्रामक विचारों को नष्ट कर देती है. अनात्म भाव पकड़ने के बाद सिद्धार्थ एक ऐसे सेनापति हो गए जो ध्यान-साधना के युद्ध क्षेत्र में

अपनी अंतर्दृष्टि की तलवार उठाए हुए हों. दिन-रात वह पीपल वृक्ष के नीचे बैठे रहते और चेतना की नई-नई परतें उनके सामने, बिजली की कौंध के समान खुलती जाती.'[२५]

ध्यान की गहन से गहनतम अवस्था में जाकर उन्होंने अपने सभी भूतकाल के जन्मों, जीवन और मृत्युओं को देखा. उन्होंने अपने शरीर के प्रत्येक अणु-परमाणु में समस्त लोकों की उपस्थिति और भूतकाल, वर्तमान एवं भविष्य काल के तीनों आयामों, देश काल की सभी अवस्थाएं देखीं. ध्यान की और गहन अवस्था में पहुँचने पर उन्होंने देखा कि किस प्रकार अनगिनत जगतों का उत्थान और पतन होता है, उनकी कैसे रचना और विनाश होता है. उन्होंने अपनी प्रत्यक्ष अनुभूति से देख लिया कि किस प्रकार तमाम प्राणी अनगिनत जन्मों और मृत्युओं के बीच से गुजरते हैं. ध्यान की और गहराइयों में उतरने पर उन्होंने पाया कि प्राणी मात्र अज्ञान के कारण अनेक प्रकार के दुःख और कष्ट भोगते हैं. लोभ, मोह, क्रोध, अहंकार, भ्रम, भय, राग, द्वेष सभी की जड़ अज्ञान है. अज्ञान के दूर होने से रोग, द्वेष, मोह इत्यादि समूल नष्ट हो गए तो चित्त निर्मल हो गया, निर्विकार हो गया. चित्त में अनन्त करुणा, अनंत मुदिता, अनंत समता, अनंत उपेक्षा का उदय हुआ. वे इंद्रियातीत अवस्था में चले गए और अनुत्तर (सर्वोच्च) अवस्था को प्राप्त हो गए जिसे इंद्रियों से न तो बयान किया जा सकता है और न ही समझा जा सकता है. उन्होंने चार आर्य सत्य और आर्य आष्टांगिक मार्ग को ढूंढ निकाला. ध्यान की गहनतम अवस्था में उन्होंने दिव्य दृष्टि, दिव्य गुण, और अपनी जगह बैठे-बैठे ही कहीं भी आ-जा सकने की सामर्थ्य प्राप्त कर ली थी. इससे वे समस्त प्राणियों के हृदयों को देखते हुए प्रत्येक के मन की अवस्था को समझ ले रहे थे. सिद्धार्थ को ऐसी अनुभूति हुई जैसे हजारों योनियों के कारागार से आजादी मिल गई हो. इस कारागार के अज्ञान रूपी द्वारपाल को उन्होंने प्रत्यक्ष अनुभूति से जान लिया था. अज्ञानरूपी इस द्वारपाल को पहचानते ही उनके मुख से उदान निकला.

अनेकजातिसंसारं सन्धाविस्सं अनिब्बिसं ।
गहकारक गवेसन्तो दुक्खा जाति पुनप्पुनं ॥
गहकारक ! दिट्ठोसि पुन गेहं न काहसि ।
सब्बा ते फासुका भग्गा गहकूटं विसङ्खितं ॥
विसङ्खारगतं चित्तं तण्हानं खयमज्झगा ॥ [२६]

अनेक जातिसंसारं - (ज्ञान की अपूर्व सिद्धि द्वारा अपने पूर्वजन्मों का स्मरण करते हुए उन्होंने देखा कि) इस भव संसार में मैं अनेक बार जन्मा और...

सन्धाविस्सं अनिब्बिसं - बिना कुछ प्राप्त किए, बिना रूके इस भव संसार में संसरण-संधावन करता ही रहा. दौड़ लगाता ही रहा.

गहकारकं गवेसन्तो - घर बनाने वाले की खोज करते हुए,

अर्थात् इस खोज में लगा कि प्रत्येक मृत्यु पर अगले जन्म के लिए नए शरीर का निर्माण कौन करता है जन्म मरण की सृष्टि का रचयिता कौन है? परंतु ऐसे किसी सृष्टा व्यक्ति की निरर्थक और निष्फल खोज में

दुक्खा जाति पुनप्पुनं - बार-बार जन्म लेता रहा, अर्थात् भव-संसरण बंद नहीं हुआ.

गहकारक! दिट्ठोसि - घर बनाने वाले, (अब) तू देख लिया गया है.

पुन गेहं न काहसि - अब तू पुनः (मेरे लिए) घर नहीं बना सकेगा. क्योंकि

सब्बा ते फासुका भग्गा - तेरी सारी कड़ियां भग्न हो गई हैं. और

गहकूटं विसङ्खितं - घर का कूटस्थ स्तंभ टूट चुका है.

कौन है यह घर बनाने वाला, जिसका तथागत ने दर्शन कर लिया? कैसा है यह गृहकूट और कैसी हैं ये पसलियों जैसी कड़ियां जो नष्ट कर दी गई हैं? जब तक किसी व्यक्ति विशेष के रूप में रचयिता की खोज थी, तब तक भ्रांति-ही-भ्रांति थी. अब सारे भवचक्र के निर्माण का और उसके भग्न होने की सच्चाई का यथाभूत दर्शन करके जो ज्ञान जागा, उससे वास्तविक सच्चाई स्पष्टतया समझ में आ गई.

यह जो अविद्या अर्थात अज्ञान का अंधकार है, उसी में पुनः पुनः जन्म देने वाले भव संखार बनते रहते हैं और तृष्णाओं की ये कड़ियां हैं जो अविद्याजन्य संखारों से जुड़ी रहती हैं. प्रतीत्यसमुत्पाद का यह सारा क्रम देख लिया गया और उसे विनष्ट कर दिया गया. अब अज्ञान का विनाश हो गया इसलिए तृष्णा का लेश मात्र अंश भी शेष नही बचा और दुबारा जन्म लेने की सारी संभावनाएं जड़ से नष्ट हो गईं. तभी उन्होंने कहा-

विसङ्खारगतं चित्तं - नए जन्म देने वाले सभी संखारों से चित्त सर्वथा रिक्त हो गया.

तण्हानं खयमज्झगा - (अर्हत्व फल की) वह अवस्था प्राप्त हो गई, जहां सारी तृष्णाओं का क्षय हो गया.

उन्होंने देखा कि उनके अंदर के अज्ञान का अंधकार पूर्णतया विलीन हो गया और ज्ञान प्रकट हुआ, प्रज्ञा प्रकट हुई, नए प्रकाश का साक्षात्कार हुआ और एक ऐसे नए पथ की खोज हुई जिसके बारे में उन्होंने पहले कभी सुना भी नहीं था. उनके मुख से उदान निकला.

पुब्बे अननुस्सुतेसु धम्मेसु चक्खुं उदपादि, ञाणं उदपादि, पञ्ञा उदपादि, विज्जा उदपादि, आलोको उदपादि । [१]

(पहले कभी सुना तक नहीं, ऐसे धर्म में मेरे अंतर्चक्षु खुले, ज्ञान जागा, प्रज्ञा जागी, अविद्या दूर हुई, विद्या जागी, अंधकार दूर हुआ, आलोक जागा.)

जिस सत्य का उन्होंने साक्षात्कार किया उसको चार आर्यसत्य और जिस मार्ग को उन्होंने खोज निकाला उसे आर्य आष्टांगिक मार्ग कहा. इस तरह उन्होंने निर्वाण का साक्षात्कार किया जो इंद्रियातीत होने की वजह से अनुभव तो किया जा सकता है लेकिन शब्दों में बयान नहीं किया जा सकता.

सन् ५२८ ई.पू. की वैशाखपूर्णिमा को बोधिसत्त्व सिद्धार्थ गौतम बुद्धत्व प्राप्त कर सम्यक् सम्बुद्ध बन गए.

बुद्धत्व प्राप्ति, सांची

बुद्ध द्वारा धम्म का प्रसार

बोधि प्राप्त कर सात सप्ताह तक वे लगातार निर्वाण सुख का आनंद लेते रहे. इसके बाद उन्होंने सोचा कि यह जो ज्ञान उन्होंने इतनी तपस्या व त्याग से प्राप्त किया है, जिसे प्राप्त करने का रास्ता बिल्कुल सीधा और सरल परन्तु लम्बा है, पता नहीं लोग समझ पाएँगे कि नहीं क्योंकि लोगों ने अपनी आँखों पर तरह-तरह की दार्शनिक मान्यताओं और परंपराओं के मोटे-मोटे लेप लगा रखे हैं. लेकिन उनके भीतर की ब्रह्मिन्य प्रवृत्तियों ने कहा कि कुछ लोग तो अवश्य ऐसे हैं जिनके अंधकार का पर्दा बहुत बारीक है, वे लोग इसे तुरन्त समझ जाएंगे. यह विचार करके और लोक पर अनुकंपा करके और लोगों की भलाई के लिए बुद्ध ने धम्म उपदेश देने का निश्चय किया. उनके मन में कृतज्ञता का भाव उन सभी लोगों के प्रति था जिन्होंने ज्ञान की खोज में उनकी मदद की थी. सबसे पहले उन्होंने आलार कालम के बारे में सोचा जिनसे उन्होंने सात ध्यान सीखे थे. पता लगा कि सात दिन पहले ही आलार कालम का देहांत हो गया है. फिर उन्होंने उद्दक रामपुत्त के बारे में सोचा जिनसे उन्होंने आठवां ध्यान सीखा था, लेकिन पता चला कि एक दिन पहले ही उनका भी देहांत हो गया है. फिर उन्होंने उन पांचों परिव्राजकों के बारे में सोचा जिन्होंने छः वर्षों तक उनकी सेवा की थी. उपक नामक संन्यासी से पता चला कि वे पांचों सारनाथ के नजदीक इसिपत्तन के मृगदाय वन में साधना कर रहे हैं. उन पांचों परिव्राजकों को धम्म सिखाने के ध्येय से भगवान बुद्ध इसिपत्तन पहुंचे और मृगदाय वन की तरफ चल पड़े. उन पांचो परिव्राजकों ने भगवान बुद्ध को अपनी ओर आते देख आपस में तय किया कि बुद्ध के आने पर न तो वे उठ कर खड़े होंगे न उनकी अगवानी करेंगे और न ही उन्हें प्रणाम करेंगे, क्योंकि उन्होंने शरीर को कठोरतम पीड़ा पहुँचाने वाले तप का रास्ता छोड़ दिया था. लेकिन भगवान बुद्ध ने जब मृगदाय वन के मुख्यद्वार से अंदर प्रवेश किया तो उनकी आत्मविश्वास पूर्ण व सधी चाल, शांत, शालीन, कांतिपूर्ण व ओजस्वी व्यक्तित्व से वे परिव्राजक इतना प्रभावित हुए कि अपना निश्चय भूल कर एकदम खड़े हो गए. भगवान बुद्ध की आंखों की चमक, चेहरे की मुस्कान, मुखमंडल की आभा और आकर्षक व्यक्तित्व से उनके बुद्धत्व प्राप्ति की स्पष्ट झलक मिल रही थी. उनकी महाकारुणिक दृष्टि से वे परिव्राजक अवाक् से रह गए. कौंडन्न ने दौड़ कर उनका भिक्षापात्र संभाला, महानाम दौड़ कर एक बर्तन में पानी ले आये जिससे बुद्ध अपने हाथ-पैर धो सकें, भद्दीय ने उनके बैठने के लिए जल्दी-जल्दी एक आसन तैयार किया, वप्प पत्तियों से बना हुआ पंखा ले आए और

अस्साजी ने पीने के लिए एक कटोरे में ठंडा पानी दिया. भगवान बुद्ध ने उनको अपार करुणा के साथ बताया कि उन्होंने भवसंसार से और जीवन-मरण के चक्र से मुक्त होने का मार्ग खोज निकाला है और वही मार्ग अब वे उनको समझाएंगे.

थोड़ी देर की बातचीत में ही उन पांचों परिव्राजकों को यह विश्वास हो गया कि सिद्धार्थ गौतम को बुद्धत्व की प्राप्ति हो गई है और उन पांचों ने हाथ जोड़कर, सिर झुका कर भगवान बुद्ध से प्रार्थना की कि वे उन पांचों को भी धम्म सिखाएं.

धम्मचक्र प्रवर्तन

भगवान बुद्ध ने उन पांचों परिव्राजकों को संबोधित करते हुए कहा, ''भिक्खुओं, जो परिव्रजित हैं उन्हें दो अतियों से बचना चाहिए. पहली अति है कामभोगों में लिप्त रहने वाले जीवन की, यह कमजोर बनाने वाला है, गंवारू है, तुच्छ है और किसी काम का नहीं है. दूसरी अति है आत्मपीड़ाप्रधान जीवन जो कि दुःखद होता है, व्यर्थ होता है और बेकार होता है.'' इन दोनों अतियों से बचे रह कर ही तथागत ने मध्यम मार्ग का अविष्कार किया है, यह मध्यम मार्ग साधक को अंतर्दृष्टि प्रदान करने वाला है, बुद्धि देने वाला है, ज्ञान देने वाला है, शांति देने वाला है, संबोधि देने वाला है और पूर्ण मुक्ति अर्थात निर्वाण तक पहुंचा देने वाला है. यह मध्यम मार्ग श्रेष्ठ आष्टांगिक मार्ग है. इस आर्य आष्टांगिक मार्ग के अंग हैं, **सम्यक् दृष्टि, सम्यक् संकल्प, सम्यक् वचन, सम्यक् कर्मान्त, सम्यक् आजीविका, सम्यक् व्यायाम, सम्यक् स्मृति, सम्यक् समाधि हैं.**

भगवान बुद्ध ने अपनी बात आगे बढ़ाते हुए कहा, ''भिक्खुओं, पहला आर्यसत्य यह है कि दुःख है ! जन्म लेना दुःख है, बुढ़ापा आना दुःख है, बीमारी दुःख है, मृत्यु दुःख है, अप्रिय चीजों से संयोग दुःख है, प्रिय चीजों से वियोग दुःख है, मनचाहा न होना दुःख है, अनचाहा होना दुःख है. संक्षेप में पांच स्कंधों से उपादान (अतिशय तृष्णा का होना) दुःख है.

अब हे भिक्खुओं, दूसरा आर्यसत्य यह है कि इस दुःख का कारण हैः राग के कारण पुनर्भव अर्थात पुनर्जन्म होता है, जिससे इस और उस जन्म के प्रति अतिशय लगाव पैदा होता है. यह लगाव काम-तृष्णा के प्रति होता है, भव-तृष्णा के प्रति होता है और विभव तृष्णा के प्रति होता है. अब हे भिक्खुओं, तीसरा आर्यसत्य है दुःख निरोध आर्यसत्य, इस तृष्णा को जड़ से पूर्णतः उखाड़ देने से इस दुःख का, जीवन-मरण का जड़ से निरोध हो जाता

धम्मचक्र प्रवर्तन, सारनाथ

है. और अब हे भिक्खुओं चौथा आर्यसत्य है दुःख निरोधगामिनी प्रतिपदा(दुःख से मुक्ति का मार्ग), इस दुःख को जड़ से समाप्त किया जा सकता है और जिसके लिए तथागत ने आठ अंगों वाला आर्य आष्टांगिक मार्ग खोज निकाला है जो **सम्यक् दृष्टि, सम्यक् संकल्प, सम्यक् वचन, सम्यक् कर्मान्त, सम्यक् आजीविका, सम्यक् व्यायाम, सम्यक् स्मृति, सम्यक् समाधि हैं.** इस प्रकार हे भिक्खुओं, इन चीजों के बारे में मैंने पहले कभी सुना नहीं था, मुझमें अंतर्दृष्टि जागी, ज्ञान जागा, प्रज्ञा जागी, अनुभूति जागी और प्रकाश जागा.

बुद्ध ने अपनी बात पूरी करते हुए आगे कहा, हे भिक्खुओं जब मैंने अपनी अनुभूति पर इन चारों आर्य सत्यों को इनके तीनों रूपों के साथ, और उनकी बारह कड़ियों के साथ, पूर्ण रूप से सत्य के साथ जान लिया, पूरी तरह समझ लिया और पूरी तरह अनुभव कर लिया, उसके बाद ही मैंने कहा कि मैंने सम्यक् सम्बोधि प्राप्त कर ली है. इस तरह मुझमें ज्ञान की अंतर्दृष्टि जागी, मेरा चित्त सारे विकारों से मुक्त हो गया है, हे भिक्खुओं जब मैंने अपने स्वयं के प्रत्यक्ष अनुभवों से और पूर्ण ज्ञान और अंतर्दृष्टि के साथ इन चारों आर्यसत्यों को जान लिया, यह मेरा अंतिम जन्म है अब इसके बाद कोई नया जन्म नहीं होगा.

बुद्ध का मध्यम मार्ग

भगवान बुद्ध के इन चार आर्यसत्य और आर्यअष्टांगिक मार्ग को सुनकर कौंडन्न के धर्मचक्षु जागे और उन्हें यह प्रत्यक्ष अनुभव हो गया कि जो कुछ भी उत्पन्न होता है वह नष्ट होता है, जिसका उत्पाद होता है उसका व्यय होता है. कौंडन्न के चेहरे के भावों को देखकर भगवान बुद्ध ने कहा 'कौंडन्न ने जान लिया! कौंडन्न ने जान लिया!'[२७] इसलिए कौंडन्न का नाम ज्ञानी कौंडन्न पड़ गया. भगवान बुद्ध के इस उपदेश से कौंडन्न के अंदर भवसंसार चक्र, धम्म चक्र में परिवर्तित हो गया, इसलिए इस प्रथम उपदेश को धम्मचक्र प्रवर्तन सुत्त कहते हैं.[२८] भगवान बुद्ध ने यह उपदेश आषाढ़ी पूर्णिमा के दिन दिया था, इसलिए बौद्धों में आषाढ़ पूर्णिमा पवित्र दिन माना जाता है.

पाली ग्रंथों के अनुसार धम्म-चक्र परिवर्तन सुत्त से प्रकट हुई धम्मतरंगें इतनी शक्तिशाली व प्रभाववाली थीं कि दस हजार सौरमंडल उल्हास और आनंद से कंपायमान हो उठे. पांचों परिव्राजकों को यह एहसास हुआ कि उन्हें सच्चा और पवित्र गुरू और मार्गदर्शक मिल गया है, जो सम्यक् संबोधि प्राप्त है, जो खूब अच्छी तरह समझ में आ सकने वाली भाषा में पूर्ण मुक्ति का सही-सही मार्ग बतला कर सही-मार्गदर्शन कर सकते हैं. आभार और कृतज्ञता से गद्गद् हो कर पांचों परिव्राजक भगवान बुद्ध के चरणों में गिर गए और उनसे अपना शिष्य बनाने के लिए प्रार्थना करने लगे. भगवान बुद्ध ने उनको 'भिक्खु आ' कह कर अपना शिष्य बना लिया और इस तरह वे पांचों परिव्राजक भगवान बुद्ध के पहले पांच भिक्खु बने और पंचवग्गीय भिक्खु कहलाए. भगवान बुद्ध ने उनसे कहा कि अगर वे पूरी सजगता के साथ, पूरी मेहनत के साथ धम्म की साधना करेंगे तो तीन महीने में ही उनके राग-द्वेष-मोह पूरी तरह जड़ से निकल जाएंगे और उनको अर्हत पद की प्राप्ति हो जाएगी.

भिक्खु संघ की स्थापना

पंचवग्गीय भिक्खुओं को ध्यान सिखाने के लिए भगवान बुद्ध मृगदाय वन में ही रहने लगे, कुछ दिनों बाद ही भगवान बुद्ध ने उन पांचों भिक्खुओं को अनंतलक्खन सुत्त का उपदेश दिया.[२९] जिसमें अनित्य और अनात्मवाद को विस्तार से समझाया. भगवान बुद्ध ने कहा, ''आत्मा में विश्वास करना अपने आपको भ्रम में रखना है. वास्तव में आत्मा का अस्तित्त्व होता ही नही''. विपस्सना साधना का अभ्यास करते करते कौंडन्न ने प्रत्यक्ष अनुभूति द्वारा अनित्य, अनात्म और चारों आर्यसत्यों को जान लिया, और अर्हत पद को प्राप्त हुए, दो महीने बाद ही वप्प और भद्दीय भी अर्हत पद को प्राप्त हो गए, कुछ दिनों बाद महानाम और अस्साजी को भी अर्हत पद की प्राप्ति हो गई. इस तरह तीन महीने के अंदर ही पांचों भिक्खुओं को पूर्ण मुक्ति की अवस्था प्राप्त हो गई और अर्हत पद प्राप्त हो गया. इन पांचों भिक्खुओं को लेकर भगवान बुद्ध ने संघ की स्थापना की जो कि ऐसे लोगों का समुदाय था जो पूर्ण जागरूक होकर सौहार्द के साथ रहते हैं. इस भिक्खु संघ में कोई केंद्रीय सत्ता नहीं थी और यह एक लचीला संगठन था.

कुछ दिनों बाद ही यश नाम का एक नवयुवक जो बनारस के एक बहुत धनी व्यापारी का पुत्र था और सांसारिक भोग-विलासों से पूरी तरह ऊब चुका था, बुद्ध की शरण में आया और धम्म दीक्षा ली. कुछ दिनों बाद यश के ५४ साथी भी बुद्ध की शरण में आए और धम्म दीक्षा लेकर भिक्खु बन गए. धम्म साधना करते-करते और शील-समाधि-प्रज्ञा का जीवन जीते हुए थोड़े ही दिनों में यश और उनके साथियों ने भी अपने चित्त को राग-द्वेष से पूरी तरह मुक्त करके अर्हत पद को प्राप्त कर लिया. कुछ समय बाद यश के माता-पिता भी त्रिरत्नों(बुद्ध, धम्म और संघ) की शरण लेकर धम्म उपासक बन गए.

गौतम बुद्ध ने पहला वर्षावास भिक्खुसंघ के साथ सारनाथ में बिताया. वर्षावास के समाप्त होने पर भिक्खु संघ को संबोधित करते हुए बुद्ध ने कहाः

'चरथ भिक्खवे चारिकं, बहुजन हिताय, बहुजन सुखाय, लोकानुकम्पाय अत्थाय हिताय, सुखाय देवमनुस्सानं मा एकेन द्वे अगमित्थए'[३०]

हे, भिक्खुओं, बहुतों के हित के लिए, बहुतों के सुख के लिए, लोक पर अनुकम्पा के लिए, सभी दिशाओं में जाओ. समस्त विश्व के कल्याण के लिए, लोगों के सुख और लाभ के लिए, दो भिक्खु एक दिशा में न जाएं,

लोगों को धम्म सिखाओ और स्वयं भी इस धम्म की साधना करते रहो. लोगों को धम्म मार्ग पर चलने की शिक्षा दीजिए, आप मुक्ति और आत्म जागृति तथा शांति एवं आनंद के बीज लोगों के मन में बोइए. धम्म शिक्षा के आपके कार्य से अनगिनत लोगों को लाभ होगा, धम्म आदि से अन्त तक कल्याणकारी है.

चुँकि भिक्खुओं की संख्या केवल ६० थी और धम्म अधिक से अधिक लोगों तक और जल्दी से जल्दी पहुँचे, इसलिए भगवान बुद्ध ने कहा कि दो भिक्खु एक दिशा में न जाएं. भिक्खुओं की संख्या बढ़ने पर इस नियम को बदला गया.

भिक्खुओं को धम्म शिक्षा के प्रचार-प्रसार के लिए विभिन्न दिशाओं में भेजकर कुछ ही दिनों बाद भगवान बुद्ध धम्मचारिका करते हुए राजा बिम्बिसार से मिलने के लिए राजगृह की तरफ निकल पड़े. रास्ते में उन्होंने अनेकों लोगों को धम्म दीक्षा दी. बुद्ध और भिक्खु जिधर भी गए उधर ही उनका बोलबाला होता गया और लोग चुम्बक की तरह खिंचे हुए आने लगे. धम्म प्रचार-प्रसार का उनका तरीका बिल्कुल अनोखा था. उनकी कथनी और करनी में कोई अन्तर नहीं होता था. वो शब्दों से अधिक व्यवहार पर ध्यान देते थे. वे वही बातें सिखाते थे, जिन पर स्वयं अमल करते थे. चूंकि वे अर्हत पद को प्राप्त थे, इसलिए उनकी बातों में, उनके शब्दों में धम्म तरंगों का भी प्रवाह होता था और इससे लोगों पर बहुत अच्छा प्रभाव पड़ता था. कथनी और करनी एक जैसी देखकर, उनका शान्त, सौम्य और करुणा से भरा रूप देखकर लोगों में उनके प्रति श्रद्धा और आदर जगता था और धम्म मार्ग पर चलकर अनगिनत लोग शील, सदाचार का जीवन जीने लगे और उनका जीवन खुशियों से भरने लगा. धम्म मार्ग पर चलने वालों के जीवन में आए बदलाव को देखकर बुद्ध के अनुयायियों की संख्या बहुत तेजी से बढ़ने लगी. उन दिनों के प्रसिद्ध विद्वान, राजा, व्यापारी, योद्धाओं के साथ-साथ गृहस्थ, किसान, मजदूर, अमीर-गरीब, हर वर्ग और संप्रदाय के लोग धम्म की शरण में आने लगे.

उस समय के वैदिक प्रथा के आचार्य उरुवेला काश्यप, नदी काश्यप और गया काश्यप जिन्हें काश्यप बन्धुओं के नाम से जाना जाता है, अपने हजारों शिष्यों के साथ बुद्ध-धम्म और संघ की शरण में आ गए. दो मशहूर ब्राह्मण विद्वान सारिपुत्त और मोग्गालन ने भी धम्म दीक्षा ली और अर्हत पद को प्राप्त हुए. भगवान बुद्ध ने उन्हें अपना धम्म सेनापति नियुक्त किया. इसके अलावा मगध नरेश बिम्बिसार, कोसल नरेश प्रसेनजित और उनकी पटरानी मल्लिका

युवराज जेतकुमार, श्रावस्ती के धनी व्यापारी अनाथपिण्डक, जोतिय, जतिला, मेण्डक, पुन्नका, कारुवलिया, मिगारमाता विशाखा, सुप्पवासा, महारानी खेमा, वैशाली की नगरवधु आम्रपाली, शाक्यवंश के राजा, रानियां, युवराज सहित अनगिनत लोगों ने धम्म दीक्षा लेकर बुद्ध, धम्म और संघ की शरण ली. और अपने जीवन को दुःखों से मुक्त करके शान्त और सुखमय बनाया.

बारिश का मौसम यात्रा के लिए सुविधाजनक नहीं होता है. खुले रास्तों पर चलते हुए कीड़े-मकाड़ों पर पैर पड़ सकता है और बारिश में भीगने से बीमार पड़ने की भी संभावना रहती है. इसलिए बुद्ध ने बारिश के मौसम में भिक्खुओं के एक ही जगह पर रहने का 'वर्षावास' का नियम बनाया. भिक्खु कोई एक बुद्ध विहार या निश्चित केन्द्र चुन सकते थे. हर केन्द्र की भौगोलिक सीमाएं निश्चित होती थीं. भिक्खुओं को तीन महीनों के वर्षावास के दौरान सामान्यतया उस सीमा से बाहर जाने की अनुमति नहीं होती थी, जब तक कि कोई खास मजबूरी न हो. इससे भिक्खुओं में सामुदायिक विकास की भावना पनपती थी और आपस में एकता व भाई-चारे की भावना भी बढ़ती थी. सुबह-सुबह विहार या केन्द्र के धम्म हाल में या ध्यान कक्ष में कुछ मामूली रस्में होती थीं और उसके बाद सबसे वरिष्ठ भिक्खु धम्म के बारे में प्रवचन देते थे. अगर भिक्खुओं की संख्या बहुत अधिक होती थी, तो उनको समूहों में बांट दिया जाता था और हर समूह की जिम्मेदारी एक वरिष्ठ भिक्खु को दे दी जाती थी. प्रवचन और धम्म साधना के बाद भिक्खु अलग-अलग दिशाओं में 'पिण्डपात'(भिक्षाटन) के लिए निकल जाते थे. भिक्षाटन के बाद सब वापस विहार में आते थे और आपस में मिल-बांटकर भोजन करते थे. अगर किसी भिक्खु को दान में कुछ नहीं मिला होता तो बाकी भिक्खु अपनी भिक्षा में मिले हुए भोजन को उनके साथ विभाजित करते. भोजन के पश्चात् थोड़ी देर का विश्राम होता था. दोपहर के बाद अपरान्ह में सब लोग ध्यान साधना करते और शाम को भगवान बुद्ध या कोई वरिष्ठ भिक्खु धम्म प्रवचन देते.

भगवान बुद्ध स्वयं भी वर्षावास के दौरान एक ही जगह ठहरते थे और बाकी पूरे साल घूम-घूम कर गांव-गांव, कस्बे-कस्बे, शहर में जाकर धम्म शिक्षा देते थे. एक धम्म यात्रा के दौरान वे महाराज शुद्धोदन के निमंत्रण पर कपिलवस्तु गए. उनकी इस यात्रा के दौरान हजारों लोगों ने; जिनमें उनके पुत्र राहुल, सौतेला भाई नन्द के अलावा अनिरुद्ध, भद्दिय, आनन्द, भगु, किम्बिल, देवदत्त, शाही हमाम उपाली शामिल थे; बुद्ध धम्म और संघ की शरण ली और भिक्खु संघ में शामिल हो गए.

भगवान बुद्ध ने दूसरा, तीसरा और चौथा वर्षावास राजगृह में मगधनरेश बिम्बिसार द्वारा दान दिए गए 'वेलुवन' में बिताया. बुद्ध ने पांचवां वर्षावास वैशाली में बिताया. इसी वर्ष उनकी मौसेरी माता महाप्रजापति गौतमी सहित अनेकों गणमान्य महिलाओं को भिक्खु संघ में शामिल किया गया और 'भिक्खुणी संघ' की स्थापना की गई.

बुद्ध ने छठवां वर्षावास मंकुल पर्वत पर बिताया, इसी वर्षावास में उन्होंने अभिधम्म की देशना की. सातवां वर्षावास उन्होंने संकिसा पर्वत पर बिताया और आठवें वर्षावास में वे सुंसमार गिरि पर रहे. बुद्ध ने नवां वर्षावास गोशिरा वन के विहार में बिताया. गोशिरा वन शिंशप वृक्षों से आच्छादित था. एक दिन साधना के बाद हाथ में शिंशप के कुछ पत्ते मुट्ठी में दबाए हुए वे विहार में लौटे. मुट्ठी में पकड़े पत्तों को दिखाते हुए बुद्ध ने पूछा- 'भिक्खुओं, मेरी मुट्ठी के पत्तों की संख्या अधिक है अथवा वन में वृक्षों पर लगे पत्तों की?' जब भिक्खुओं ने उत्तर दिया कि वन में वृक्षों पर लगे पत्तों की संख्या बहुत अधिक है तो बुद्ध ने कहा- 'उसी प्रकार जो मैं देखता हूं, वह मेरी शिक्षाओं से कहीं अधिक बड़ा है. ऐसा इसलिए है कि मैं केवल उन्हीं बातों की शिक्षा देता हूं, जो सद्धर्म के मार्ग पर सफलता के लिए वास्तव में आवश्यक तथा सहायक होती है.'[३१]

उसके पश्चात् बाद के दसवें से उन्नीसवें वर्षावास उन्होंने क्रमशः पालिलेयक्कु वन, एकनाला नामक ब्राह्मण गांव, बैजनारा, चलिका पर्वत, श्रावस्ती के जेतवन, कपिलवस्तु, आलावी और राजगृह में बिताया.

महाराजा शुद्धोदन से अंतिम मुलाकात

जब भगवान बुद्ध राजगृह में थे, उनके पिता महाराजा शुद्धोदन ने संदेश भिजवाया कि वे मरने से पहले बुद्ध को देखना चाहते हैं. दूसरों को उनका धम्मामृत पान करने को मिला है उनके पिता को नहीं, उनके संबंधियों को नहीं.

महाराजा शुद्धोदन के अनुग्रह पर भगवान बुद्ध भिक्खु संघ के साथ कपिलवस्तु पहुंचे. महाराजा शुद्धोदन व महाप्रजापति गौतमी ने उनकी अगवानी की.

भगवान बुद्ध ने महाराजा शुद्धोदन से कहा - राजन ! आपको अपने पुत्र के लिए महान दुःख है. लेकिन प्रेम के जो धागे आपको अपने उस पुत्र से बांधे हुए हैं, जो आपको छोड़कर चला गया, उसी प्रेम के अंतर्गत आप अपने सारे मानव बंधुओं को बांध लो. तब आपको अपने पुत्र सिद्धार्थ से भी बड़े

किसी लक्ष्य की प्राप्ति होगी. आपको मिलेगा वह जो सत्य का संस्थापक है और आपको मिलेगा वह जो धम्म का मार्गदर्शक है और आपको मिलेगा वह जो शांति को लाने वाला है, तब आपका हृदय निर्वाण से भर जायेगा.

अगले दिन तथागत ने भिक्षा-पात्र लिया और कपिलवस्तु में भिक्षाटन के लिए निकले. बात तुरंत फैल गई. जिस नगर में कभी सिद्धार्थ रथ में बैठकर सवारी के लिए निकलते थे, आज उसी नगर में भिक्षा-पात्र हाथ में लिए घर-घर विचर रहे हैं. चीवर का रंग भी लाल-मिट्टी के ही समान है और हाथ का भिक्षा-पात्र भी मिट्टी का ही है. इस विचित्र वार्ता को सुना तो शुद्धोदन घबराये हुए दौड़े और बुद्ध से कहा - आप इस प्रकार मुझे क्यों लज्जि ते हैं? क्या आप नहीं जानते कि मैं आपको और आपके संघ को भोजन करा सकता हूँ?

तथागत का उत्तर था- **यह हमारी वंश-परंपरा है.**

शुद्धोदन ने कहा - यह कैसे हो सकता है? हमारे वंश मे कभी किसी एक ने भी भिक्षाटन नहीं किया है.

तथागत का उत्तर था - **राजन् ! निश्चय से आप और आपका वंश क्षत्रियों का वंश है. किन्तु अब मेरा वंश बुद्धों का वंश है. सभी बुद्धों ने भिक्षाटन किया है और हमेशा भिक्षा पर ही निर्भर रहे हैं.**

शुद्धोदन निरुत्तर थे, तथागत कहते रहे - किसी को कहीं कुछ खजाना मिले तो उसमें से जो बहुमूल्य रत्न होगा, वह लाकर उसे अपने पिता को ही भेंट करेगा. मैं आपको यह धम्म निधि अर्पण करता हूँ.[३२]

यदि आप अपने आपको इन मिथ्या स्वप्नजालों से मुक्त करो, यदि आप सत्य को अंगीकार करो, यदि आप अप्रमादी रहो और यदि आप धम्म पथ पर ही चलो तो आपको अक्षय सुख प्राप्त होगा.

शुद्धोदन ने निःशब्द हो कर यह शब्द सुने और बोले - 'पुत्र! मैं तुम्हारे कथनानुसार आचरण करने का प्रयास करूंगा.'

जब बुद्ध वहां से वापस राजगृह लौटने का विचार कर रहे थे, तब राजा शुद्धोदन एक बार फिर रो पड़े, उन्होंने अपने मंत्री और पुरोहित से पूछा कि क्या वे जाकर सिद्धार्थ (भगवान बुद्ध) को यहीं रोके रखने का और अपने परिवार में ही सम्मिलित हो जाने का प्रयास कर सकते हैं? राजा की इच्छानुसार मंत्री और पुरोहित विदा हुए और अभी भगवान बुद्ध रास्ते में ही

थे कि उनके पास जा पहुंचे. अभिवादन के बाद राजपुरोहित ने निवेदन किया- हे राजकुमार ! जिस राजा के ह्वदय को आपकी विदाई के तीर ने बुरी तरह बींधा है और जिसकी आंखों से आंसुओं की धारा बहती रहती है, उस राजा की भावनाओं का जरा तो ख्याल करें. उसकी कामना है कि आप फिर घर में चले आएं. वह तभी शांति से मर सकेगा. उसका कथन है, 'मैं जानता हूँ कि आप धम्म स्थित हैं और मैं यह भी जानता हूं कि आपका यह संकल्प वज्र के समान दृढ़ है लेकिन इस प्रकार घर छोड़कर चले जाने से उत्पन्न वियोगाग्नि से मेरा ह्वदय जल रहा है. हे धम्म प्रिय! धम्म के लिए ही आप अपने इस संकल्प को छोड़ दें.'

पुरोहित ने माता गौतमी का वास्ता दिया, यशोधरा का वास्ता दिया, पुत्र राहुल का वास्ता दिया, लेकिन बुद्ध दृढ़ रहे. उन्होंने अपना उत्तर दिया-

''कुछ है या नहीं, इसमें मेरे लिए कोई दूसरा प्रमाण नहीं है, तपस्या और साधना द्वारा मैंने स्वयं सत्य को जान लिया है. मैं किसी ऐसे सिद्धांत को सही स्वीकार नहीं कर सकता जो अज्ञानाश्रित है और जिसका सिर नीचे और पैर ऊपर की तरफ हैं. मैं किसी ऐसे सिद्धांत को सही स्वीकार नहीं कर सकता, जिसमें सैंकड़ों बातों को यूं ही पहले से सही मानकर चलना होता है. कौन बुद्धिमान आदमी केवल किसी दूसरे पर आश्रित होकर किसी बात में विश्वास करेगा? मानव जाति तो अंधेरे में एक अंधे के पीछे चलने वाली चक्षुहीन जाति बनी हुई है.

लेकिन यदि कोई सत्य और झूठ में विभेद न कर सके, यदि कोई भलाई और बुराई के विषय में संदिग्ध हो, तो उसे भी अपना चित्त भलाई में ही लगाए रखना चाहिए. सद्‌वृत्ति वाले के लिए थोड़ा व्यर्थ का परिश्रम भी कल्याणकारी ही होता है. लेकिन यह देखकर कि इस पवित्र परंपरा का भी ठिकाना नहीं, यह समझ लो कि ठीक वही होता है जो विश्वसनीय लोगों का वचन हो, और विश्वसनीयता का मतलब है निर्दोषता. जो सर्वथा निर्दोष है, वह सत्य का अपलाप कर ही नहीं सकता.

चाहे सूर्य, पृथ्वी पर आ गिरे और चाहे हिमालय भी अपने स्थान से हट जाए, तो भी मैं किसी हालत में इंद्रिय विषयोन्मुख होकर घर नहीं लौट सकता. मैं जलती हुई आग में प्रविष्ट हो जाऊंगा किंतु बिना अपने मानवता के कल्याण के उद्देश्य को पूरा किए घर नहीं लौट सकता.''

इतना कहा और अपने दृढ़ निश्चय के कारण तथागत सर्वथा उपेक्षावान होकर उठकर चल दिए.

महापरिनिर्वाण

उम्र के ८० वें वर्ष में भगवान बुद्ध वैशाली के चापाल चैत्य में विहार कर रहे थे. उन्होंने आनंद से कहा कि तीन महीने बाद तथागत महापरिनिर्वाण प्राप्त करेंगे. आनंद ने प्रार्थना की कि बहुजनों के हित के लिए, बहुजनों के सुख के लिए, लोगों पर अनुकंपा करने के लिए एक कल्प तक और जीवित रहने की कृपा करें. भगवान ने आनंद को समझाते हुए कहा कि सभी संखार अनित्य हैं. हमें अपने प्रियजनों से बिछुड़ना ही पड़ता है क्योंकि जो कुछ भी उत्पन्न होता है उसका नष्ट होना स्वाभाविक है. भगवान ने भिक्खुओं को संबोधित कर और वैशाली निवासियों को अपना भिक्षापात्र निशानी के रूप में भेंट कर कुशीनगर की ओर प्रस्थान कर दिया. रास्ते में पावा पड़ता था जहाँ चुन्द लुहार ने अत्यंत श्रद्धापूर्वक भगवान को भोजन के लिए आमंत्रित किया. भोजन भारी और गरिष्ठ था, जो भगवान के बूढे और रोगी शरीर के लिए अपच्य साबित हुआ. उन्हें पेचिस होने लगी. असह्य पीड़ा होने लगी. भगवान लेट गए. पीड़ा को समताभाव से सहते हुए आनंद से बोले कि जब चुन्द को पता चलेगा कि उसके भोजन के कारण भगवान को शरीर त्यागना पड़ा तो वह दुःखी हो जायेगा. लोगों के ताने सुनकर तो और भी व्याकुल हो जाएगा. इस चिंतन मात्र से भगवान का करुण हृदय द्रवित हो उठा और उन्होंने आनंद से कहा- ''आनंद! ध्यान रखना, उस श्रद्धालु उपासक चुन्द के मन में किसी प्रकार की दुश्चिंता जागने न पावे. मेरे कारण वह दुःखी होने न पावे. उसे समझाना कि तुम्हारा यह भोजनदान तुम्हारे लिए पाप नहीं, बल्कि पुण्य का कारण बना है. जिस भोजन को ग्रहण कर तथागत ने पापी मार पर विजय प्राप्त की और सम्यक् संबोधि पाई, सुजाता की खीर का वह भोजन-दान जैसे सुजाता के लिए असीम पुण्य का कारण बना, वैसे ही तुम्हारे इस भोजन को ग्रहण कर तथागत अनुपादिशेष-निर्वाण धातु को प्राप्त हुए हैं, सदा के लिए मृत्युराज मार के चंगुल से मुक्त हुए हैं, अतः तुम्हारा यह भोजन भी सुजाता की खीर से कम पुण्यदायी नहीं है, कम फलदायी नहीं है. आनंद! ऐसा कह कर चुन्द के मन की उदासी दूर करना. उसे उत्साहित करना.''[३३]

वैशाख पूर्णिमा के दिन भगवान बुद्ध भिक्खु संघ के साथ कुशीनगर के नजदीक मल्लों के सालवन में पहुंचे. आनंद ने दो सालवृक्षों के बीच बिस्तर बिछा दिया और भगवान उत्तर दिशा की ओर मुँह किए लेट गए. आनंद ने नगर में खबर कर दी कि रात के तीसरे पहर में तथागत का परिनिर्वाण हो जाएगा. दर्शनार्थियों का तांता लग गया.उसी समय सुभद्र नाम का

परिव्राजक आनंद के पास आया और भगवान से धर्मदीक्षा की जिद करने लगा. आनंद ने उसको कहा कि तथागत थके हैं, विश्राम कर रहे हैं. भगवान ने उनका वार्तालाप सुन लिया और सुभद्र को अपने पास बुलाकर धर्म की दीक्षा दी.

आनंद के पूछने पर कि महापरिनिर्वाण के लिए उन्होंने कुशीनगर ही क्यों चुना, भगवान बुद्ध ने बताया कि किसी समय वहां महासुदर्शन राजा की राजधानी थी और उस नगरी का नाम केशवती था.

भिक्खुओं को अंतिम बार संबोधित करते हुए भगवान ने कहाः

वयधम्मा संखारा, अप्पमादेन सम्पादेथ [३४]

भिक्खुओं ! सुनो, सारे संखार व्यय-धर्मा हैं, मरण धर्मा हैं, नष्ट धर्मा हैं. जितनी भी संस्कृत यानी बनी हुई वस्तुएं हैं, व्यक्ति हैं, घटनाएं हैं, स्थितियां हैं, वे सब नश्वर हैं, भंगुर हैं, मरणशील हैं, परिवर्तनशील हैं. यही प्रकृति का कठोर सत्य है. प्रमाद से बचते हुए, आलस्य से दूर रहते हुए, सतत् सचेत और जागरूक रहते हुए, प्रकृति के इस सत्य का संपादन करते रहो! इस सत्य में स्थित रह कर अपना कल्याण साधते रहो!

यह अंतिम उपदेश देकर वैशाख पूर्णिमा की रात के तीसरे पहर में ४८३ ई.पू. को तथागत महापरिनिर्वाण को प्राप्त हुए.

बुद्ध का महापरिनिर्वाण

सुगंधियों, फूलों, मालाओं द्वारा पूजा करते हुए और बाजे नगाड़ों, नृत्य गीतों द्वारा सात दिन तक तथागत की मृतदेह का सम्मान होता रहा और सातवें दिन अग्निदाह किया गया. अस्थि धातुओं, अवशेषों को आठ भागों में बांटकर कुशीनगर के मल्लों, मगधनरेश अजातशत्रु, वैशाली के लिच्छवियों, कपिलवस्तु के शाक्यों, अहकप्य के वल्लियों, रामगाम के कोलियों, वेठा तथा पावा के मल्लों में बांट दिया गया और हर जनपद में उन अस्थि धातुओं पर स्तूप बनाए गए.

बाद में सम्राट अशोक ने इन आठों स्तूपों से अस्थिधातु निकाल कर उनके ८४००० भाग करवा कर ८४००० स्तूप बनवाए.

बुद्ध के उत्तराधिकारी

भगवान बुद्ध ने अपने धम्म शासन में अपने लिए कोई विशेष स्थान सुरक्षित नहीं रखा था. भगवान बुद्ध अपने धम्म से सर्वथा पृथक थे. उनका अपना स्थान था, धम्म का अपना. भगवान बुद्ध ने किसी को अपना उत्तराधिकारी बनाने से इंकार किया, यह भी इस बात का उदाहरण या प्रमाण है कि वह अपने धम्म शासन में अपने लिए कोई स्थान सुरक्षित रखना नहीं चाहते थे. उनका उत्तर था- **धम्म ही धम्म का उत्तराधिकारी है.**

बहुत से धर्म इल्हामी धर्म माने जाते हैं. बुद्ध का धम्म इल्हामी धर्म नहीं है. बुद्ध ने कभी भी अपने को खुदा का पैगंबर होने का दावा नहीं किया, यदि कभी किसी ने ऐसा समझा तो भगवान बुद्ध ने उसका खण्डन किया. **भगवान बुद्ध का धम्म एक आविष्कार है. एक खोज है.** क्योंकि यह पृथ्वी पर जो मानवीय-जीवन है उसके गंभीर अध्ययन का परिणाम है और जिन स्वाभाविक-प्रवृत्तियों को लेकर आदमी ने जन्म ग्रहण किया है, उन्हें पूरी तरह समझ लेने का परिणाम है और साथ ही उन प्रवृत्तियों को भी, जिन्हें आदमी के इतिहास ने जन्म दिया है और जो अब उसके विनाश का कारण बनी हुई हैं.

कुछ लोग प्रचारित करते हैं कि बुद्ध का धम्म दुःखवादी है और अगर सभी निर्वाण प्राप्ति में लग जाएंगे तो भौतिक उन्नति नहीं होगी, लोग मेहनत नहीं करेंगे इत्यादि...इत्यादि. यह मिथ्यापरक बाते हैं. वास्तविकता यह है कि बुद्ध के उपदेशों का उद्देश्य मानवीय चेतना को सुधारना और परिष्कृत करना था. दुःख और क्लेश से तड़पते मानवीय जीवन को सुख और शांति का मार्ग दिखाना था.

स्वयं भगवान बुद्ध बुद्धत्व प्राप्ति के बाद ४५ वर्षो तक लगातार गाँव-गाँव,

नगर-नगर घूम-घूमकर धम्मचारिका करते हुए लोकसेवा करते रहे और लाखों-करोड़ों लोगों को विकार विमुक्ति की विपस्सना विधि का संदेश देते, उसका समुचित निर्देशन देते, रात को लगभग एक प्रहर शरीर को विश्राम देने के लिए लेटते, बाकी सारा समय असीम करुण चित्त से लोक सेवा ही लोक सेवा में लगे रहे. निर्वाण का साक्षात्कार कर सम्यक् सम्बुद्ध जब स्वयं लगातार लोक सेवा करते रहे तो उनके द्वारा बताए गए धम्म मार्ग पर चलने वाले लोग कैसे हतोत्साहित हो सकते हैं?

भगवान बुद्ध केवल मार्गदाता थे. अपनी मुक्ति के लिए हर किसी को स्वयं अपने आप ही प्रयास करना होता है. हमें स्वयं अपने श्रम से भवसंसार से मुक्त होना होता है, कोई तथागत बड़े प्यार से मार्ग आख्यात करता है, मार्ग निर्देशन करता है, रास्ते पर चलते हुए मुक्त स्वयं होना पड़ता है.

सिद्धार्थ गौतम स्वयं कड़ी मेहनत से अपनी पारमिताओं को परिपूर्ण कर सम्यक् सम्बुद्ध हुए. किसी आकस्मिक चमत्कार से वे बुद्ध नहीं हुए थे.

गौतम बुद्ध के पूर्व अनेकों बुद्ध हो चुके हैं. उनमें से २७ बुद्धों के नाम ही मिलते हैं. गौतम बुद्ध २८ वें बुद्ध थे. २८ बुद्धों के नाम इस प्रकार हैं :

१) थनहंकर	२) मेधांकर	३) सारांकर	४) दीपांकर
५) कोंडन्न	६) मंगल	७) सुमन	८) रेवत
९) सोबित	१०) अनोमदस्सी	११) पदूम	१२) नारद
१३) पदूमूत्तर	१४) सुमेध	१५) सुजथ	१६) पियदस्सी
१७) अट्टदस्सी	१८) धम्मदस्सी	१९) सिद्धार्थ	२०) तिस्स
२१) फुस्स	२२) विपस्सी	२३) सिखी	२४) वेस्साभू
२५) ककुसंड	२६) कोनकगाम	२७) कस्सप	२८) गोतम

भगवान बुद्ध श्रमण परंपरा के थे. अपने श्रम द्वारा कोई भी व्यक्ति उस अवस्था को प्राप्त कर सकता है, जो भगवान बुद्ध ने प्राप्त की.

भगवान बुद्ध की सबसे महत्वपूर्ण देन यह है कि उन्होंने विश्व को दिखाया कि वे स्वयं भी अन्य लोगों की ही तरह एक गृहस्थ थे. वे कहीं से अवतरित नहीं हुए थे. उनका जन्म-विवाह-गृहस्थ जीवन सामान्य और प्राकृतिक था. उन्होंने सिखाया कि कैसे एक सामान्य व्यक्ति भी अपनी मेहनत, त्याग और दृढ़ निश्चय से उच्च से उच्चतम अवस्था को पहुँच सकता है, वह विपस्सना साधना द्वारा निर्वाण जैसी सर्वोच्चतम् अवस्था को प्राप्त हो सकता है. इसके लिए किसी वरदान या किसी दैवीय शक्ति या किसी गुरु के आशीर्वाद की आवश्यकता नहीं है.

'भगवान' और 'ईश्वर' का अंतर

कुछ लोग गौतम बुद्ध को महात्मा बुद्ध कहते हैं. कुछ लोग पूछते हैं कि गौतम बुद्ध को भगवान बुद्ध क्यों कहा जाता है? उनका प्रश्न होता है कि गौतम बुद्ध तो 'ईश्वर' को मानते ही नहीं थे तो फिर उनके नाम के आगे 'भगवान' क्यों लिखा जाता है? इस प्रश्न का निराकरण आवश्यक लगता है, इसलिए, इस अध्याय को समाप्त करने से पहले इस विषय पर अवश्य रोशनी डालना चाहूंगा.

आज की बोलचाल की भाषा में 'भगवान' का अर्थ होता है - 'ईश्वर' या 'परमात्मा', इस सृष्टि का निर्माण करने वाला, इसका पालन करने वाला और इसका संहार करने वाला. 'ईश्वर' यानी वह जो संसार का मालिक है, जिसकी पूजा करने से, जिसका भजन गाने से, जिसका नाम जपने से, जिसका ध्यान करने से वह प्रसन्न हो जाता है और भक्तों के पापों को क्षमा कर, उन्हें भवसागर से तार देने का दावा करता है. यदि बुद्ध के लिए प्रयुक्त 'भगवान' शब्द को ऐसे किसी अर्थ में मान लिया गया, तो गलत होगा. बुद्ध और उनकी शिक्षा का अवमूल्यन हो जाएगा, क्योंकि उनकी शिक्षा को भली-भांति समझ कर ही कहा गया है -

न हेत्थ देवो ब्रह्मा वा, संसारस्सात्थिकारको ।

सुद्धधम्मा पवत्तन्ति, हेतुसम्भारपच्चया ॥(विसुद्धि २.६८९, पच्चयपरिग्गहकथा)

(संसार का निर्माण करने वाला न कोई देव है न ब्रह्मा. हेतु-प्रत्यय यानी कारणों पर आधारित मात्र शुद्ध धर्म प्रवर्तित हो रहे हैं.)

संसार चक्र को इस स्पष्टतया से समझने और समझाने वाले महापुरुष को हम संसार का निर्माता ईश्वर मान लेंगे तो वास्तविक 'भगवान' शब्द को दूषित कर लेंगे. परवर्ती पौराणिक काल में भगवान को इस अर्थ में माना जाने लगा कि वह किसी देवलोक का ऐसा समर्थ देवता है जो कि समय-समय पर इस पृथ्वी पर इस या उस रूप में अवतरित होता है यानी जन्म लेता है और साधु-सज्जनों का परित्राण तथा दुष्ट-दुर्जनों का विनाश करता है और जो उसकी शरण ग्रहण कर ले, उसे सारे पापों से मुक्त कर देने का दावा करता है. बुद्ध को ऐसा ईश्वरावतार मान लेना, उनके प्रति तथा उनकी शिक्षा के प्रति नितांत अज्ञानता का प्रदर्शन होगा...

...भव-भ्रमण से स्वयं नितांत विमुक्त हुए तथा भव-भ्रमण में पड़े हुए अन्य लोगों को नितांत भव-विमुक्त हो सकने की शिक्षा देने वाले बुद्ध की सायुज्जता, सारुप्यता और तादात्म्यता बार-बार जन्म लेने वाले भव-भ्रमण

में पड़े हुए किसी ईश्वर नामधारी देवता से की जाए तो यह बुद्ध और उनकी शिक्षा के प्रति नितांत अज्ञानता ही मानी जाएगी. और फिर ऐसा ईश्वर जिसकी शरण ग्रहण कर लेने मात्र से वह अपने भक्त को सारे पापों से मुक्त कर देने का दावा करे, ऐसी मान्यता बुद्ध की शिक्षा के विपरीत है. वे तो डंके की चोट पर कहते हैं कि

'तुम्हेहि किच्चमातप्पं, अक्खातारो तथागता.' (धम्मपद २७६, मग्गवग्ग)

(मैं तो मार्ग आख्यात करता हूँ, तुम्हारी मुक्ति के लिए तपना तो तुम्हें ही पड़ेगा.)

ऐसे मार्ग-आख्याता तथागत को तारक-ब्रह्म के अर्थ वाला भगवान मान लें, तो 'भगवान' शब्द के अर्थ का अनर्थ हो जाएगा. इसलिए समझें- किस अर्थ में भगवान? पालि भाषा में कहा गया है -

'भगवाति, गारवाधिवचनं' - भगवान शब्द गौरव व गरिमा का पर्यायवाची है. गौरव, गरिमायुक्त होने के कारण गौतम बुद्ध 'भगवान' कहलाए.

'भग्गरागोति भगवा' - राग भग्न कर लिया, इस माने में भगवान.

'भग्गदोसोति भगवा' - द्वेष भग्न कर लिया, इस माने में भगवान.

वीतराग और वीतद्वेष तो आठों ध्यान समापत्तियों से संपन्न व्यक्ति भी हो सकता है, जो कि मैत्री, करुणा, मुदिता और उपेक्षा के ब्रह्मविहार का जीवन जीता है. लेकिन इससे अधिक महत्वपूर्ण है- वीतमोह होना, क्योंकि वीतराग, वीतद्वेष होते हुए भी किसी काल्पनिक मिथ्या मान्यता में उलझा हुआ, आत्मभाव में लिपटा हुआ, मोहग्रस्त व्यक्ति भवमुक्त नहीं होता. अतः मोह का नष्ट होना नितांत अनिवार्य है. इसलिए कहा-

'भग्गमोहोति भगवा' - मोह भग्न कर लिया, इस माने में भगवान.

'भग्गमानोति भगवा' - अभिमान नष्ट कर लिया, इस माने में भगवान.

'भग्गदिट्ठीति भगवा' - दार्शनिक मान्यताओं को भग्न कर लिया, इस माने में भगवान.

'भग्गकण्डकोति भगवा' - कंटक भग्न कर लिया, इस माने में भगवान.

'भग्गकिलेसोति भगवा' - क्लेश, काषाय भग्न कर लिये, इस माने में भगवान.

'भजि विभजि पविभजि धम्मरतनन्ति भगवा',

-'भजि' यानी जिसने धर्म रत्न का भजन किया, यानी सेवन किया, इस माने में भगवान.

आज की हिंदी में 'भजन' शब्द का अर्थ बदल गया. आज यह कीर्तन का पर्यायवाची बन गया है. उन दिनों की जनभाषा में इसका अर्थ सेवन करना अर्थात संगति करना था. 'भजि' विभाजन करने के अर्थ में भी प्रयुक्त होता था. इस माने में भी कहा गया-

भजि, विभजि, पविभजि यानी जिसने एक शोधकर्ता वैज्ञानिक की भांति धर्मरत्न का विभाजन किया, भली प्रकार विभाजन किया, विभक्त किया, विघटन किया और यों विश्लेषण कर-कर के उसे भली प्रकार जान लिया, इस माने में भगवान.

'भवानं अन्तकरोति भगवा,' - अपने भव-संस्कारों का अंत कर निर्वाण तक पहुंचे, इस माने में भगवान.

'भावितकायो भावितसीलो भावितचित्तो भावितपञ्ञोति भगवा,'

काया, शील, समाधि और प्रज्ञा की साधना भावित कर ली, इस माने में भगवान.

'भागी वा भगवा चतुन्नं झानानं चतुन्नं अप्पमञ्ञानं चतुन्नं अरूपसमापत्तीनन्ति भगवा'

चार सामान्य ध्यान, चार अप्रामाण्य (ब्रह्मविहार) ध्यान, चार अरूप ध्यान समापत्तियों के ऐश्वर्य के भागीदार हैं, इस माने में भगवान.

'भागी वा भगवा चतुन्नं सतिपट्ठानानं चतुन्नं सम्मप्पधानानं चतुन्नं इद्धिपादानं पञ्चन्नं इन्द्रियानं पञ्चन्नं बलानं सत्तन्नं बोज्झङ्गानं अरियस्स अट्ठङ्गिकस्स मग्गस्साति भगवा',

चार स्मृति-प्रस्थान, चार सम्यक प्रधान, चार ऋषिपाद, पांच इंद्रिय, पांच बल, सात बोध्यंग और आठ अंग वाला आर्य मार्ग- यों इन सैंतीस बोधिपक्षीय धर्मों के ऐश्वर्य के भागीदार हैं, इस माने में भगवान.

'भागी वा भगवा दसन्नं तथागतबलानं चतुन्नं वेसारज्जानं चतुन्नं पटिसम्भिदानं छन्नं अभिञ्ञानं छन्नं बुद्धधम्मानन्ति भगवा',

दस तथागत बल, चार वैशारद्य, चार प्रतिसंभिदा, छः अभिज्ञान और छः बुद्ध धर्म, यानी बुद्ध-गुणों के ऐश्वर्य के भागीदार हैं, इस माने में भगवान. इन -इन विशेषताओं के अर्थ में बुद्ध को भगवान कहा जाता है, न कि ईश्वर या परमात्मा के अर्थ में.

..'विमोक्खन्तिकमेतं बुद्धानं भगवन्तानं बोधिया मूले सह सब्बञ्ञुतञ्ञाणस्स पटिलाभा सच्छिका पञ्ञत्ति यदिदं भगवा'

-बोधि वृक्ष के तले विमोक्ष की अंतिम अवस्था प्राप्त करते हुए भगवान बुद्ध ने सर्वज्ञता ज्ञान की प्राप्ति के साथ-साथ जिस शुद्धि का स्वयं साक्षात्कार किया, उसी की प्रज्ञप्ति भगवान नाम में साक्षात स्थापित हुई. इसी के कारण भगवान कहलाए.

'भाग्यवान', शील आदि कुशल कर्मों के फलस्वरूप हमें जो लौकिक सुख, ऐश्वर्य मिलता है, इससे हम भाग्यवान कहलाते हैं. परंतु वे इन लौकिक सुखों को पार कर गए और लोकोत्तर निर्वाण के परम सुख के भागीदार बने. इसलिए सामान्य लोगों की भांति भाग्यवान न कहला कर भगवान कहलाए.''[३५]

संक्षेप में कहें तो, 'भग्ग रागो, भग्ग द्वेषो, भग्ग मोहोति भगवा' अर्थात् जिसने अपने चित्त को राग-द्वेष और मोह से पूरी तरह मुक्त कर लिया, वह 'भगवान' हो गया. 'भगवान' वह है जिसने 'भगवत्ता' प्राप्त कर ली. यह एक उपलब्धि है जिसे दस पारमिताएँ पूरी करके आर्य आष्टांगिक मार्ग पर चलकर, सम्यक् संबोधि प्राप्त कर किसी भी इंसान द्वारा हासिल किया जा सकता है. इसका अवतारवाद से कुछ लेना-देना नहीं है. बुद्ध ने स्वयं कहा था कि प्रत्येक इंसान के भीतर संबोधि का बीज मौजूद है और प्रत्येक इंसान में बुद्ध होने की संभावना होती है. बुद्धत्व प्राप्त करने का मार्ग सबके लिए खुला है. इसलिए बुद्धत्व एक उपलब्धि है जिसे स्वयं हासिल करना पड़ता है. इसमें किसी की कृपा और अनुकम्पा के लिए कोई स्थान नहीं है.

भगवान बुद्ध पैंतालिस वर्षों तक अनन्त करुणा व मैत्री के साथ लोगों पर अनुकम्पा करके उन दिनों की जनभाषा, पालि में धम्म सिखाते रहे. उनकी धम्म सिखाने की विधि बहुत सरल और अनोखी थी. भगवान बुद्ध की उपदेश पद्धति और उपदेश अगले अध्याय में दिए गए हैं.

दूसरा अध्याय

भगवान बुद्ध के उपदेश

भगवान बुद्ध ने करोड़ों लोगों को धम्म सिखाया, उन्होंने यश कुल पुत्र व उसके साथियों, काश्यप बंधुओं, सारिपुत्र तथा मौद्गल्यायन, राजा बिम्बिसार, अनाथपिण्डक, राजा प्रसेनजित, जीवक, रट्ठपाल, सहित अनेकों कुलीनों तथा धर्मज्ञों को धम्म-दीक्षा दी. उन्होंने गंवार ब्राह्मणों, उत्तरवती के ब्राह्मणों, नाई उपाली, सुणीत, सोपाक तथा सुप्पिय अछूतों, सुमंगल, कुष्ठ रोगी सुप्रबुद्ध, अंगुलिमाल व अनेकों स्त्रियों, प्रकृति नामक चंडालिका, नगरवधू आम्रपाली सहित अनेक लोगों को धम्म दीक्षा दी जो हर वर्ग से थे, हर संप्रदाय के थे, हर उम्र के थे. उनके द्वारा दीक्षित होने वालों में स्वयं उनके पिता राजा शुद्धोदन, माता महाप्रजापति गौतमी, पत्नी यशोधरा और पुत्र राहुल समेत कपिलवस्तु के अनेक शाक्यवंशी थे.

उनके अनुयायियों में भिक्खुओं की संख्या तो कुछ लाख ही थी लेकिन गृहस्थ अनुयायियों की संख्या करोड़ों में थी. जिनमें गरीब-अमीर, स्त्री-पुरुष, बूढ़े-जवान, विख्यात और सामान्य, राजा और रंक, कर्मचारी और अधिकारी, मालिक और नौकर, उच्च और निम्न सभी वर्गों के लोग शामिल थे, लेकिन सभी को समान दर्जा प्राप्त था. धम्म में किसी के साथ किसी तरह का कोई भेदभाव नहीं किया जाता था.

उपदेश पद्धति

भगवान बुद्ध की धम्म सिखाने की पद्धति बहुत अद्‌भुत तथा आसान थी. वह धम्म को उपदेशों और उदाहरण के माध्यम से समझाते थे. सबसे पहले वह श्रोताओं की मानसिक स्थिति को समझते और श्रोताओं के मानसिक स्तर को ध्यान में रखकर कुछ दिन-प्रतिदिन की सामान्य घटनाओं की चर्चा करते थे. जब सुननेवाले थोड़ा गम्भीर हो जाते और भगवान बुद्ध के साथ तारतम्य स्थापित कर लेते, तब वो धम्म के सामान्य और मूलभूत सिद्धांतों जैसे दान, नैतिकता, शील, सदाचार की चर्चा करते और जब श्रोताओं की मनःस्थिति धम्म से सराबोर हो जाती तब अनित्य, प्रतीत्य सुमत्पाद, प्रज्ञा और आर्य आष्टांगिक मार्ग समझाते थे कि कैसे दुःख पैदा होता है, कैसे दुःख से छुटकारा पाया जा सकता है और कैसे परम शान्ति और परम सुख प्राप्त किया जा सकता है. भगवान बुद्ध हमेशा स्थानीय भाषा पालि में उपदेश देते थे और विशेष बातों को कई-कई बार दुहराते थे जिससे मुख्य बातें सुनने

वालों के दिलोदिमाग में पूरी तरह से बैठ जाएं. अपने उपदेश को सरल और जनता के समझने लायक बनाने के लिए जीवन में दिन-प्रतिदिन घटित होने वाली सामान्य घटनाओं का सहारा लेते थे. ऐसे ही कुछ उपदेशों को यहाँ दिया जा रहा है:

पायेक्का हाथी की कहानी :

कोसल नरेश प्रसेनजित के पास पायेक्का[१] नामक हाथी था जो अपने बल, बहादुरी और साहस के लिए मशहूर था. हाथी देखने में बहुत विशाल था तथा बुद्धि और चालाकी में बेजोड़ था. हाथी राजा की शान माना जाता था और राजा को उस पर बहुत गर्व था. यह हाथी कभी भी, किसी भी युद्ध में नहीं हारा था. कहा जाता था कि अगर महाराज प्रसेनजित पायेक्का की पीठ पर सवार हैं,तो युद्ध वही जीतेंगे और कोई भी सेना उनको हरा नहीं सकती थी. पायेक्का की चिंघाड़ सुनकर दुश्मनों की सेना में भगदड़ मच जाती थी. अतः दुश्मनों की सेना ने पायेक्का को मारने के लिए तरह-तरह के षड्यंत्र किए, युद्ध में भी मारने की कोशिश की, लेकिन पायेक्का को नहीं मारा जा सका.

समय बीतता गया और धीरे-धीरे हाथी बूढ़ा हो गया, उसका पुराना महावत भी बूढ़ा हो कर सेवानिवृत्त हो चुका था. एक दिन हाथी तालाब में नहाने गया और कीचड़ में फँस गया. हाथी ने कीचड़ से निकलने के लिए काफी जोर लगाया लेकिन वह बाहर आने के लिए जितना ज्यादा जोर लगाता उतना ही दलदल में और धंसता जाता. हाथी को दलदल में धँसा देख कर उसके नए महावत ने तरह-तरह के उपाय किए. हाथी को गन्ने और केले दिखाए, जैसे पण्डे-पुजारी लोगों को स्वर्ग का लालच देते हैं, कि शायद लालच में आकर ज्यादा जोर लगाए और बाहर आ जाए, कुछ ने हाथी को डराने-धमकाने के लिए भाले और जंजीरे फेंके, जैसे पण्डे-पुजारी लोगों को नरक से डराते हैं, लेकिन कोई तरकीब काम नहीं आई. अपनी दुर्दशा को देखकर हाथी रोने लगा. खबर सुनकर राजा प्रसेनजित भी तालाब पर पहुॅंचे. अपने सबसे प्यारे हाथी की दुर्दशा देखकर राजा भी बहुत दुःखी हुए. शाम होते-होते यह खबर पूरी श्रावस्ती में आग की तरह फैल गई और लोगों की भीड़ तालाब पर उमड़ पड़ी.

भगवान बुद्ध उन दिनों श्रावस्ती में ही अनाथपिण्डक के जेतवनाराम में विहार कर रहे थे और हाथी का पुराना महावत सरकारी नौकरी से निवृत्त हो कर भगवान बुद्ध की शरण में धम्म सीख रहा था. हाथी की खबर जब भगवान बुद्ध तक पहॅुंची तो उन्होंने पुराने महावत को हाथी की मदद करने के लिए भेजा. आदेश पाकर महावत तालाब पर पहुँचा. दलदल में फँसे

हाथी की ओर देखकर पहले तो वह खूब जोर से हँसा, फिर युद्ध का बिगुल बजवाने का आदेश दिया. युद्ध का बिगुल सुनते ही हाथी इतनी जोर से चिंघाड़ा कि पूरी श्रावस्ती में चिंघाड़ गूंज गई. लोगों को उसकी चिंघाड़ सुने बरसों बीत गए थे. चिंघाड़ते हुए ही हाथी फुर्ती के साथ ऐसी सहजता और मस्ती से दलदल से बाहर निकल आया जैसे कि तालाब में न कोई दलदल हो और न वह फँसा हो.

भीड़ में कुछ भिक्खु भी थे. शाम की सभा में उन्होंने भगवान बुद्ध को पूरी घटना बताकर महावत के हँसने और बिगुल बजवाने का कारण पूछा. बुद्ध ने उस दिन के प्रवचन में इसी घटना को आधार बनाया. उन्होंने साधकों को समझाया कि हाथी से ही कुछ सीखो. महावत इसलिए हँसा कि इतना महान हाथी, जिसकी शोहरत सैकड़ों मीलों तक है, फँसा भी तो तालाब के दलदल में, यह कैसे भूल गया कि वह एक महान हाथी है, जिसने अनेकों युद्ध जीते हैं. और बिगुल इसलिए बजवाया जिससे कि हाथी को अपना स्वभाव याद आ जाए और वही हुआ. बिगुल सुनते ही हाथी भूल गया कि वह दलदल में है. पलभर के लिए उसे युद्ध याद आने लगा और उसने अपनी सारी ताकत, सारा ध्यान युद्ध की तरफ लगा दिया और दलदल से बाहर आ गया. बुद्ध ने कहा कि हाथी से कुछ सीखो कि कैसे बलवान से बलवान जवान एक दिन बूढ़ा होकर शक्तिहीन हो जाता है, कैसे अमीर से अमीर लोग एक दिन निर्धन हो जाते हैं. इस संसार में कुछ भी हमेशा एक जैसा नहीं रहता. हम वासनाओं की जो भी आदतें जवानी में डालते हैं, बुढ़ापे में वह और मजबूती के साथ सिर उठाती हैं. यह हाथी जवानी में भी उस तालाब में नहाने जाता रहा होगा लेकिन उस समय जवानी की ताकत थी इसलिए दलदल में नहीं फँसा. बूढ़े होने पर भी तालाब की आदत नहीं बदली, इसलिए कभी इस भ्रम में नहीं पड़ना चाहिए कि जवानी में ऐश कर लो, बुढ़ापे में छोड़ देंगे. बुद्ध ने कहा कि महावत ने बिगुल बजवाकर हाथी को उसका स्वभाव याद दिलाया कि वह एक महान हाथी है, वो चाहे तो अपनी पूरी ताकत और ध्यान दलदल से बाहर आने में लगा दे और हाथी ने वही किया. बुद्ध ने कहा कि मैं भी तो अनित्यता का बिगुल बजा रहा हूँ, तुम लोग भव संसार की कीचड़ से बाहर आ सकते हो. जन्म-मरण, रोग-बुढ़ापे के दुःखदायी दलदल से बाहर निकल सकते हो अगर अपना सारा ध्यान, सारी ताकत राग-द्वेष, मोह और भय के संखार मिटाने में लगा दो. इच्छा शक्ति को मजबूत करो और भवसंसार रूपी दलदल से बाहर निकलो.

इस घटना से यह भी पता लगता है कि सच्चे मार्गदर्शक अपने अनुयायियों को न स्वर्ग का लालच देते हैं न नर्क का भय. वे तो केवल उन्हें उनके

असली स्वभाव से परिचित करा देते हैं और सही और सच्चा मार्ग दिखा देते हैं, जिस पर चलकर लोग स्वयं निर्वाण के परम आनंद को प्राप्त कर सकें और जीवन को दुःखों से मुक्त कर सकें.

धम्म का फल धम्म मार्ग पर चलने से ही सम्भव :

एक समय भगवान बुद्ध श्रावस्ती में मिगारमाता विशाखा के पुब्बाराम में विहार कर रहे थे.[२] धम्म सीखने और सुनने वाले काफी लोग प्रतिदिन वहाँ आते थे, उनमें मोंग्गालन नामक ब्राह्मण लेखाकार भी आता था. एक दिन वह जल्दी आ गया और भगवान को अकेले पाकर उनके पास जाकर बोला कि उसके मन में एक प्रश्न उठता रहता है कि भगवान के पास जो लोग आते हैं उसमें कुछ लोग तो पूर्ण ज्ञान प्राप्त हैं, कुछ लोग हैं जो इसके नजदीक हैं लेकिन कुछ लोग ऐसे भी हैं जिनको इस सुख की प्राप्ति नहीं हुई है. तो भगवन आप जैसा अद्‌भुत शिक्षक और पथ प्रदर्शक है, निर्वाण का अद्‌भुत मार्ग है तो फिर क्या कारण है कि कुछ साधकों को निर्वाण सुख प्राप्त होता है और कुछ को नहीं होता? तो भगवान आप अपनी अपार करुणा से क्यों नहीं सबको निर्वाण सुख दे देते और भवसंसार के बंधनों से मुक्त कर देते?

भगवान बुद्ध सवाल पूछने वाले की मनःस्थिति देखकर कभी-कभी प्रतिप्रश्न पूछ देते थे. उन्होंने मोग्गालन से कहा, 'ब्राह्मण मैं तुम्हारे इस प्रश्न का उत्तर दूंगा, लेकिन पहले तुम जैसा तुम्हें लगे, वैसे मेरे इस प्रश्न का उत्तर दो. ब्राह्मण अब यह बताओ कि क्या तुम राजगृह आने-जाने का मार्ग अच्छी तरह जानते हो?'

मोग्गालन ने कहा, 'श्रमण गौतम! मैं निश्चय से राजगृह आने-जाने का मार्ग अच्छी तरह जानता हूँ.'

'अब कोई एक आदमी आता है और राजगृह जाने का मार्ग पूछता है, लेकिन उसे जो रास्ता बताया जाता है, उसे छोड़कर वह दूसरा रास्ता पकड़ लेता है, वह गलत मार्ग पर चल देता है, पूर्व की बजाए पश्चिम की ओर चल देता है.'

'तब एक दूसरा आदमी आता है और वह भी रास्ता पूछता है और तुम उसे भी ठीक-ठीक वैसे ही रास्ता बता देते हो, वह तुम्हारे बताए रास्ते पर चलता है और सकुशल राजगृह पहुँच जाता है.'

ब्राह्मण बोला, 'तो मैं क्या करूं, मेरा काम रास्ता बता देना है.'

भगवान बुद्ध बोले, 'तो ब्राह्मण मैं भी क्या करूं, तथागत का काम भी केवल रास्ता बता देना है. अब कोई उस रास्ते पर चले नहीं तो उसको कैसे निर्वाण सुख की प्राप्ति होगी.'

जैसी करनी वैसी भरनी :

पाथमा महानाम सुत्त[3] में भगवान बुद्ध ने घी और कंकड़-पत्थर से भरे दो घड़ों का उदाहरण देकर समझाया कि जैसे हमारे कर्म होंगे वैसा ही फल मिलेगा. एक समय भगवान बुद्ध नालंदा में विहार कर रहे थे. एक दिन असिबंधक ग्रामण रोता हुआ भगवान बुद्ध के पास आया. भगवान बुद्ध ने उससे पूछा, ''क्या हुआ बेटा, क्यों रो रहे हो?''

''भगवन, कल मेरे बूढ़े पिता की मौत हो गई.''

''लेकिन रोने से तो वो वापस नहीं आ सकते.''

''मैं समझता हूँ भगवन कि रोने से कुछ नहीं होगा लेकिन मैं आपके पास आया हूँ कि आप मेरे दिवंगत पिता के लिए कुछ कीजिए.''

''मैं क्या कर सकता हूँ तुम्हारे दिवंगत पिता के लिए?''

''भगवन, आप जरूर कुछ कर सकते हैं, आप तो करुणासागर और शक्तिमान हैं. पण्डे-पुजारी, जादू-टोना, तंत्र-मंत्र करने वाले बाजीगर तो मरे लोगों के लिए तरह-तरह से क्रिया कर्म करवाते हैं, जिससे मरने वाले को स्वर्ग में जगह मिल जाती है. आप तो इतने महान हैं,आप मेहरबानी कर मेरे पिता के लिए कोई क्रिया-कर्म कर दीजिए, जिससे वो भवसागर तर जाएँ.''

भगवान बुद्ध ने उसकी दशा देखकर समझ लिया कि केवल शब्दों से समझाने से यह नहीं समझेगा. भगवान बुद्ध ने उस युवक से दो मिट्टी के घड़े लाने को कहा, युवक ले आया. बुद्ध ने उससे कहा कि एक घड़े में कंकड-पत्थर और दूसरे में मक्खन भर दो. युवक ने वैसा ही किया. भगवान बुद्ध ने कहा अब इन दोनों घड़ों को बंद करके तालाब में डाल दो. युवक ने वैसा ही किया. दोनों घड़े पानी में डूब गए. भगवान बुद्ध ने कहा अब एक बांस ले आओ और बांस से दोनों घड़े फोड़ दो.

युवक खुश था कि इधर घड़े फूटे और उधर उसके पिता के लिए स्वर्ग का दरवाजा खुल जाएगा. युवक ने बांस से घड़े फोड़ दिए. घड़े फूटते ही घी और मक्खन पानी के ऊपर तैरने लगे और कंकड़ पत्थर तालाब की तह में चले गए.

भगवान बुद्ध ने युवक से कहा, ''इतना क्रिया-कर्म तो मैंने करवा दिया. अब अपने पण्डे-पुजारियों को बुला कर उनसे मंत्र-तंत्र के जरिए घी को पानी के नीचे और कंकड़-पत्थर को पानी के ऊपर लाने को कहो. मैं भी देखूं वे कैसे कर पाते हैं.''

''भगवन, आप तो मजाक कर रहे हैं, ऐसा कैसे हो सकता है, कंकड़-

पत्थर पानी से भारी हैं इसलिए नीचे ही रहेंगे और घी-मक्खन पानी से हल्के इसलिए पानी के ऊपर तैरेंगे, नीचे नहीं जा सकते, यह प्रकृति का नियम है.'' युवक ने कहा.

भगवान बुद्ध बोले, ''नवयुवक, तुम प्रकृति के नियम को तो इतनी अच्छी तरह जानते हो लेकिन यह नहीं जान पाए कि तुम्हारे पिता ने अगर अच्छे और पुण्यकर्म किए होंगे तो उनकी सद्गति ही हुई होगी कोई उनको नीचे के लोक में नहीं भेज सकता और अगर कंकड़-पत्थर की तरह से दुष्कर्म और पाप किए होंगे तो दुर्गति ही हुई होगी, कोई उन्हें सद्गति नहीं दिला सकता. इसलिए प्रकृति के नियम को समझो और अपने जीवन को प्रकृति के नियमों के अनुसार शील और सदाचार का जीवन जियो.''

युवक समझ गया कि जैसी करनी होगी, वैसी ही भरनी होगी, कोई उसे बदल नहीं सकता. हमें भी पण्डे-पुजारियों, ज्योतिषियों और देवी-देवताओं के चक्कर में न पड़कर, शील-सदाचार का जीवन जी कर पुण्य कर्म करने चाहिए और पापकर्मों से बचना चाहिए.

भगवान बुद्ध के मुख्य अनुयायी

भगवान बुद्ध की शिक्षा से प्रभावित होकर हर वर्ग और तबके के लोग, करोड़ों की संख्या में उनके अनुयायी बने. भगवान बुद्ध के कुछ अनुयायियों की कहानियां संक्षिप्त में नीचे दी जा रही हैं.

मगध नरेश बिम्बिसार :

मगध साम्राज्य की राजधानी राजगृह थी. बिम्बिसार मगध के सम्राट थे. वह भगवान बुद्ध के प्रथम राजसी शिष्य थे और प्रमुख संरक्षक बने. महाभिनिष्क्रमण के बाद जब सिद्धार्थ गौतम मगध आये तो राजा बिम्बिसार ने उन्हें गृहस्थ जीवन में वापस लाने के लिए अपना आधा राज्य देने की पेशकश की, लेकिन सिद्धार्थ ने महाराजा बिम्बिसार का आग्रह यह कहते हुए ठुकरा दिया कि 'मैं संसार के कलहों से आहत हूँ. मैं शांति की खोज में हूँ. मैं इस दुःख का अंत करने के बदले में इस पृथ्वी का राज तो क्या दिव्य लोक का राज्य भी न चाहूँगा.'

लेकिन महाराज ने उनसे वचन ले लिया कि जब कभी उनको बुद्धत्व मिल जायेगा, वो राजगृह अवश्य आयेंगे और उन्हें भी दीक्षा देने की कृपा करेंगे.

अपने इसी वचन को पूरा करने के लिए भगवान बुद्ध काश्यप भाइयों, सारिपुत्र और मोग्गालन सहित एक हजार दो सौ पचास भिक्खुओं के साथ गया से राजगृह पहुँचे. महाराज बिम्बिसार ने अपने दरबारियों और हजारों

प्रजाजनों के साथ भगवान बुद्ध और भिक्खुओं का स्वागत किया. भगवान बुद्ध और उरूवेला काश्यप को देखकर कुछ लोग असमंजस में पड़ गए कि दोनों में से कौन गुरू और कौन चेला? काश्यप ने लोगों की समस्या को भांपते हुए कहा कि उन्होंने सारहीन और क्षणिक काम भोगों को त्याग कर भगवान बुद्ध के शील, सदाचार, करुणा, मैत्री, बंधुत्व और समता वाले मार्ग को, जो निर्वाण सुख तक ले जाता है अपनाया है. यह कहते हुए काश्यप ने भगवान बुद्ध के चरणों में सिर झुकाकर बुद्ध के गुरू होने का प्रमाण दिया. भगवान बुद्ध ने उपस्थित लोगों को धम्म का उपदेश दिया जिसको सुनकर और समझकर महाराज बिम्बिसार और अनेकों लोगों को ज्ञान की पहली अवस्था, श्रोतापण्ण प्राप्त हुई. सम्राट ने भगवान बुद्ध और भिक्खु संघ को भोजनदान के लिए अपने महल में आने का निमंत्रण दिया. भगवान ने मौन रह कर निमंत्रण स्वीकृति का संकेत दिया.

निश्चित समय पर भगवान बुद्ध भिक्खु संघ के साथ राजमहल पहुँचे. सम्राट बिम्बिसार ने छः हजार मेहमानों और दरबारियों के साथ महल के मुख्य द्वार पर उनका स्वागत किया. राजसी स्वागत के साथ भिक्खु संघ को महल के आंगन में ले जाया गया जहां पर आलीशान शामियाना और कनातें लगाए गए थे. भगवान बुद्ध को पंडाल के बीचोंबीच में उच्च आसन पर बिठाया गया. उनके बैठने के बाद सब लोग अपनी-अपनी जगहों पर बैठ गए. सम्राट ने स्वयं अपने हाथों से भगवान बुद्ध के लिए शुद्ध शाकाहारी भोजन परोसा.[४] सभी लोगों ने पूर्ण मौन रहकर शान्ति से खाना खाया. भगवान बुद्ध और भिक्खु संघ की शान्ति और सौम्यता भरे मौन से सभी उपस्थित मेहमान बहुत प्रभावित हुए. भोजन समाप्त होने पर भिक्खु संघ के भिक्षापात्र धोकर उन्हें वापस लौटा दिए गए. भगवान बुद्ध ने उपस्थित लोगों को पंचशील के बारे में उपदेश दिया.

प्रवचन समाप्त होने पर सम्राट ने वेलुवन(बॉसों का बगीचा) दान में दिया. जिसको भगवान बुद्ध ने भिक्खु संघ के लिए मौन रहकर स्वीकार किया. वेलुवन साधना के लिए उचित पार्क था जिसमें तरह-तरह के छायादार पेड़, बांसों के झुरमुट थे. गिलहरियों की काफी संख्या के कारण इसे गिलहरी पार्क भी कहा जाता था. पार्क नगर से न बहुत नजदीक था न बहुत दूर था. लोग आराम से नगर से आ जा सकते थे इसलिए साधना के लिए काफी उपयुक्त था. भिक्खु संघ को मिलने वाला यह पहला दान था. भगवान बुद्ध ने शुरू के लगातार तीन वर्षावास और बाद में तीन और वर्षावास वेलुवन में बिताए और अनेकों उपदेश दिए.

महाराज बिम्बिसार ने अपने पुत्र युवराज अजातशत्रु और महारानी विदेही के साथ बुद्ध, धम्म और संघ की शरण ली. राजा बिम्बिसार के शासनकाल में भगवान बुद्ध और भिक्खु संघ को अनेकों सुविधाएं प्राप्त थीं. भोजनदान के अलावा सम्राट ने बहुत से दान भिक्खु संघ को दिए. अपने राजवैद्य जीवक को बुद्ध और भिक्खु संघ की सेवा के लिए तैनात किया. समूचे मगध में धम्म का प्रचार-प्रसार हुआ और लाखों लोगों को धम्म लाभ हुआ और उनको दुःखों से छुटकारा मिला.

बिम्बिसार ने अपने बगीचे में बुद्ध के बाल और नाखून लेकर एक बुद्ध विहार बनवाया था.

अनाथपिण्डक(सुदत्त) :

सुदत्त कोसल जनपद की राजधानी श्रावस्ती का निवासी था.[५] कोसल नरेश प्रसेनजित का वह श्रेष्ठी(खजांची) था. वह गरीबों को बहुत दान देता था इसलिए उसका नाम अनाथपिंडक था. अनाथपिण्डक की पत्नी पुण्यलक्षणा सुंदर एवं गरिमामयी महिला थी. उनके तीन पुत्रियां और एक पुत्र था.

सुदत्त किसी काम से राजगृह अपने बहनोई के यहां गया था, वहीं वह भगवान बुद्ध के सानिध्य में आया. अनाथपिण्डक ने भगवान से कुछ उपदेश सुनने की इच्छा जाहिर की. तब भगवान ने उसे उपदेश दिया- 'जो भी चीजें अस्तित्व में आती हैं वे सब सहेतुक होती हैं. न वे ईश्वर द्वारा निर्मित होती हैं न ब्रह्म द्वारा न आत्मा द्वारा और न बिना कारण के अस्तित्व में आती हैं. हमारे अपने कर्म ही हैं जो अच्छे और बुरे परिणाम को जन्म देते हैं.'

सारा संसार पटिच्चसमुप्पाद के नियम से संचालित होता है और जितने भी कारण हैं वे अचैतसिक नहीं हैं. जिस सोने से सोने का प्याला निर्मित होता है वह आदि से अंत तक सोना ही सोना होता है.

''हम आत्मा और आत्मार्थ से मुक्त हों क्योंकि सभी चीजें कारण और कार्य के नियम से बंधी हैं. इसलिए हम कुशल-कर्म करें ताकि उनका परिणाम भी कुशल ही हो.''

अनाथपिण्डक बोला- तथागत के वचनों का सत्य मैं हृदयंगम कर रहा हूँ. मैं अपने अज्ञान को और भी अधिक दूर करना चाहता हूँ.

मानव सेवा की उत्कट इच्छा जाहिर करते हुए उसने भगवान से पूछा- क्या यह उचित होगा कि मैं अपनी संपत्ति, अपने घर और अपने कारोबार का त्याग कर दूं और धम्ममय जीवन का सुख प्राप्त करने के लिए बेघर हो जाऊँ?

तथागत का उत्तर था - धम्ममय जीवन का सुख हर उस व्यक्ति के लिए

उपलब्ध है जो आर्य आष्टांगिक मार्ग पर चलता है. जिसकी धन में आसक्ति नहीं है, जिसके पास धन है लेकिन वह उसका उचित उपयोग करता है. ऐसा इंसान अपने मानव बंधुओं के लिए एक वरदान है. इंसान का जीवन, ऐश्वर्य और अधिकार उसे अपना दास नहीं बनाते किंतु जीवन, ऐश्वर्य और अधिकार के प्रति इंसान की आसक्ति ही उसे अपना दास बना लेती है... इंसान चाहे जो करें, चाहे वे शिल्पी रहें, चाहे व्यापार करें, चाहे सरकारी नौकरी करें अथवा संसार त्याग कर ध्यान भावना में रत रहें उन्हें अपना काम पूरी ईमान दारी व पूरे दिल से करना चाहिए. उन्हें परिश्रमी और उत्साही रहना चाहिए और यदि वे उस कमल की तरह जो पानी में रह कर भी पानी से अछूता रहता है, जीवन संघर्ष में रहने पर भी अपने मन में ईर्ष्या और घृणा को जगह नहीं देते, यदि वह संसार में रहते हुए भी स्वार्थ भरा नहीं बल्कि परमार्थ भरा जीवन व्यतीत करते हैं तो इसमें कुछ भी संदेह नहीं कि उनका मन आनन्द, शांति और सुख से भर जाएगा. ऐसा व्यक्ति उस स्वच्छ जल वाली नीली झील की तरह है जिसका पानी लोग पी भी सकते हैं और दूसरे उपगोगो में भी ला सकते हैं.

अनाथपिण्डक को यह एहसास हो गया कि यह सत्य का धम्म है, सरलता का धम्म हैं और प्रज्ञा का धम्म है. उसकी सद्धम्म में प्रगाढ़ आस्था हो गई और उसने प्राणांत तक शरणागत उपासक रहने की प्रार्थना की.

अनाथपिण्डक ने भगवान बुद्ध से प्रार्थना की कि वह श्रावस्ती में एक विहार की स्थापना करना चाहता है और भगवान वहां पधार कर विहार का दान स्वीकार करें. भगवान ने मुस्करा कर स्वीकृति प्रदान की.

जेतवन में स्वर्णमुद्राएं बिछवाते हुए अनाथपिण्डक

श्रावस्ती आकर अनाथपिण्डक ने राजकुमार जेत का उद्यान(पार्क) देखा जो शहर से थोड़ी ही दूरी पर था और साधना केंद्र के लिए उपयुक्त था. अनाथपिण्डक ने राजकुमार जेत से वह उद्यान खरीदने की इच्छा प्रकट की लेकिन राजकुमार ने बेचने से मना कर दिया. अनाथपिण्डक के जिद करने पर राजकुमार ने झुंझलाकर कह दिया कि लेना ही है तो सारी जमीन पर सोना बिछाना पड़ेगा. अनाथपिण्डक ने सोना बिछाना शुरू कर दिया. बैलगाड़ियां भर-भर के सोने के सिक्के लाता था और उद्यान की जमीन पर बिछाता था. एक-एक कर के उसने १८ करोड़ सोने के सिक्के बिछा दिए.

जब राजकुमार को पता चला कि इस जगह पर साधना केंद्र बनेगा और भगवान बुद्ध लोगों को धम्म सिखाएंगे तो उसने बाकी जमीन अपनी तरफ से दान दे दिया. अनाथपिण्डक ने और १८ करोड़ सोने के सिक्के खर्च कर वहां पर एक विशाल विहार का निर्माण करावाया, जिसे अनाथपिण्डक का जेतवनाराम के नाम से जाना जाता था. भगवान बुद्ध ने अनेकों वर्षावास यहाँ पर बिताए.

पटाचारा :

कोसल जनपद की राजधानी श्रावस्ती में एक अत्यंत धनवान दंपत्ति रहते थे जिनके एक छोटा पुत्र व पुत्री थी. माँ-बाप पैसा कमाने व दूसरे कामों में व्यस्त रहते थे. पुत्र व पुत्री के लिए अलग अलग नौकर रखे हुए थे. जवानी की उम्र पर पांव रखते ही लड़की भटक गई. २० वर्ष की हुई तो माँ-बाप ने एक सुखी संपन्न परिवार में शादी तय कर दी. बारात आने के पहले ही वह लड़की नौकर के साथ भाग गई. दो वर्ष बाद उसे एक पुत्र हुआ. कुछ समय बाद उसे फिर गर्भ ठहरा. दोनों बहुत ही गरीब हो चुके थे इसलिए मायके लौटने का फैसला किया. रास्ते में ही आंधी उठी व घनघोर वर्षा होने लगी. उसी समय उसे प्रसवपीड़ा शुरू हो गई. पति ने सोचा कुछ लकड़ियां काट लाऊं व पत्ते बटोरकर एक कुटिया बना दूं. लेकिन वह पूरी रात लौटा ही नहीं. उस भयावह रात में कीचड़ भरे रास्ते में युवती अकेली कराहती रही और एक बच्चे को जन्म दिया. जब सुबह तक भी पति नहीं लौटा तो दोनों बच्चों को लेकर पति को ढूंढ़ने निकली, थोड़ी ही दूर पर पति की लाश मिली जो सांप के डसने से नीली हो गई थी. रोती बिलखती वह बच्चों को छाती से चिपकाए श्रावस्ती की ओर चल दी. रास्ते में अचिरवती नदी पड़ती थी, बरसात के कारण उसमें भी बाढ़ आई हुई थी. एक साथ दोनों बच्चों को लेकर नदी पार करना उसे मुश्किल लग रहा था. उसने सोचा कि पहले छोटे बच्चे को उस पार पहुंचा कर फिर बड़े बेटे को ले जाएगी. नन्हे बच्चे को कपड़े में लपेट नदी के उस पार एक झाड़ी के नीचे लिटाकर वह बड़े बच्चे

को लेने चली. अभी वह नदी की मझधार में पहुंची ही थी कि देखा कि एक बहुत बड़ा गिद्ध नन्हें बच्चे पर झपट रहा है. वह नदी में खड़ी-खड़ी बच्चे को बचाने के लिए शूं...शूं... आवाज कर के दोनों हाथ हिलाने लगी लेकिन गिद्ध पर इसका कोई असर नहीं हुआ और वह बच्चे को पंजे में दबोच कर उड़ गया. बड़े बच्चे ने माँ को आवाज निकालते और हाथ हिलाते देखा तो समझा कि माँ उसे बुला रही है और वह नदी में उतर गया. देखते-ही-देखते वह तेज बहाव में बह गया. उस बेचारी के दुःख का कोई ठिकाना नहीं रहा. रोती बिलखती वह श्रावस्ती के श्मशान घाट से गुजरी तो पता लगा कि रात के तेज आंधी-तूफान व बारिश में उसके पिता का सात मंजिला महल गिर गया और परिवार के सभी सदस्य उसमें दब कर मर गए. श्मशान में उन्हीं की लाशें जलाई जा रहीं थीं. अब संसार में उसका कोई नहीं रह गया था. दुःख के मारे वह अपना होश गंवा बैठी और वहीं पछाड़ खा कर गिर पड़ी. मन इतना विक्षिप्त हुआ कि वह पागल हो गई. एक-एक कर के शरीर के सारे कपड़े फाड़ कर निर्वस्त्र हो गई. पूर्ण नग्न वह श्रावस्ती की गलियों में सिर-धुनती, छाती पीटती और रोती बिलखती. बच्चे पगली-पगली कह कर उसके पीछे दौड़ते, उस पर पत्थर फेंकते. ऐसी ही विक्षिप्त अवस्था में एक दिन वह जेतवन विहार के पास से गुजरी. वहां भगवान बुद्ध एक बड़ी सभा को धम्म समझा रहे थे. लोगों ने उसे आते देखा तो इस आशंका से कि कहीं वह अशांति न पैदा कर दे, उसे भगाना चाहा. परंतु भगवान बुद्ध की करुण नजर उस पर पड़ी तो उन्होंने उसे अपने पास बुलवाया और करुणा भरे शब्दों

भगवान बुद्ध की शरण में पटाचारा

में कहा, ''मेरी दुखियारी बेटी! होश संभाल!'' वाणी में अमृत भरा था. सुनते ही उस दुखियारी को जरा सा होश आया. उसका ध्यान अपने सर्वथा नग्न शरीर पर गया तो लाज के मारे सिकुड गई. वहीं उकडूं बैठ गई. समीप खड़े किसी भाई ने उस पर अपनी चादर डाली. उसने तुरंत चादर ओढ़ ली. चादर ओढ़ी इस दुखियारी का नाम 'पटाचारा'[६] पड़ गया.

पटाचारा ने भगवान बुद्ध से अपना हाल बताया. अपने दुःखों को याद कर पटाचारा फिर फूट-फूट कर रोने लगी. भगवान ने कहा- **'बेटी होश में आ! माता-पिता, भाई-बंधु, पति-पुत्र शरण नहीं दे सकते. सही शरण तो अपना धारण किया हुआ धम्म ही देगा....समझदार को चाहिए कि इस असीम दुःखमय भवसागर की सच्चाई को समझ कर शीघ्र से शीघ्र मुक्ति का मार्ग खोजे. सदा के लिए दुःख विमुक्त हो जाए.'**

भगवान बुद्ध की वाणी सुनते-सुनते उस दुखियारी का चित्त एकाग्र हुआ. थोड़ी देर के लिए स्वमुखी हुआ, अंतर्मुखी हुआ. शरीर के अणु-अणु में उदय-व्यय की प्रत्यक्ष अनुभूति हुई. वहीं बैठे-बैठे पटाचारा ने निर्वाण अवस्था का साक्षात्कार किया. श्रोतापण्ण हुई. उसने भगवान बुद्ध से प्रव्रज्या की याचना की. भगवान बुद्ध ने उसे भिक्खुणियों के पास भेज कर प्रव्रजित करवाया और पटाचारा मुक्ति के मार्ग पर दृढ़तापूर्वक आरूढ़ हुई.

पटाचारा भगवान बुद्ध की प्रमुख शिष्याओं में से एक हुई. उसने अपना सम्पूर्ण शेष जीवन अपने जैसी दुखियारी महिलाओं को धम्म के मार्ग पर परिचालित कर दुःख मुक्त कराने में ही बिताया. अपने कल्याण के साथ-साथ अनेकों के कल्याण का कारण बनी.

किसा गौतमी :

श्रावस्ती के एक अत्यंत गरीब परिवार में गौतमी तिस्सा नाम की युवती थी. अत्यंत दुबली होने के कारण उसका नाम (कृशा)किसा गौतमी हो गया. उसका विवाह एक धनी परिवार में हुआ था. गरीब घर से आने के कारण पति के अलावा ससुराल के बाकी लोग उसका आदर नहीं करते थे. लेकिन जब उसने एक सुंदर पुत्र को जन्म दिया तो परिवार के सभी लोगों की चहेती हो गई. एक दिन बगीचे में खेलते समय साप के काटने से उसके बच्चे की अकाल मृत्यु हो गई. इससे किसा गौतमी मानसिक रूप से विक्षिप्त हो गई. उसे लगता उसका बच्चा सो रहा है इसलिए वह बच्चे की लाश छोड नही रही थी. बच्चे की लाश को छाती से चिपकाए वह बिलखने लगी.

रोती-बिलखती वह भगवान बुद्ध के पास आई. और कहने लगी- भंते

भगवान! लोग मुझसे मेरा बेटा छीन लेना चाहते हैं. यह मरा नहीं हैं. भगवन! यह सो गया है! बेहोश हो गया है! आप इसे जगा दें! आप इसे होश में ला दें!

भगवान बुद्ध - बेटी यह निष्प्राण है.

किसा - यदि यह निष्प्राण है तो भी भगवन आप तो महाभिषक हैं, किसी ने कहा आपके पास संजीवनी औषधि है, मेरे बच्चे में नया प्राण फूंक दें, इसे औषधि अवश्य दें.

भगवान बुद्ध ने देखा ऐसी अवस्था में यह कुछ समझने में असमर्थ है. बुद्ध ने कहा कि जा कर चुटकी भर सरसों ऐसे परिवार से माँग ला जिसमें आज तक कोई न मरा हो. बच्चे को छाती से चिपकाए वह सरसों माँगने चल दी. किसा पूरे दिन श्रावस्ती में भटकती रही लेकिन एक भी घर ऐसा नहीं मिला जिसमें कोई मरा न हो. वह लौट कर भगवान बुद्ध के पास आई.

भगवान बुद्ध ने देखा अब इसकी मनःस्थिति समझाने लायक है. भगवान बुद्ध ने उसे समझाया, **''मृत्यु सभी प्राणियों का अनिवार्य धम्म स्वभाव है. केवल गांव वालों का नहीं, केवल नगर वालों का नहीं, केवल एक कुल के लोगों का ही नहीं, यह तो सभी प्राणियों का धम्म स्वभाव है. सभी अनित्य धर्मा हैं, सभी मरणधर्मा हैं. इस सच्चाई को जो नहीं समझते, वे पुत्रों, पशुओं और धन-संपत्तियों के प्रति आसक्त रहते हैं. मोह मूढ़ता में आसक्त रहते हैं....जैसे नदी में एकाएक आई हुई बाढ़ गहरी नींद में सोए हुए गांव को बहा ले जाती है, वैसे ही इन प्रमत्त आसक्त लोगों को मृत्यु बहा कर ले जाती है. कोई इस मोह**

किसा गौतमी को धम्मज्ञान देते हुए भगवान बुद्ध

निद्रा से जागे, अपने भीतर अनित्यबोध जगाए, उदय-व्यय का दर्शन करे तो ही मृत्यु दुःख से सदा-सदा के लिए मुक्त हो सकता है.''[७]

सौ वर्षों तक बिना उदय-व्यय का अनुभव किए जीने की अपेक्षा उदय-व्यय का अनुभव करते हुए केवल एक दिन का जीवन भी अधिक श्रेष्ठ है, श्रेयस्कर है. किसा गौतमी को तथागत के धम्मज्ञान को सुनकर उदय-व्यय, उदय-व्यय इस अनित्य धर्म का अपने भीतर सम्यक् दर्शन हुआ. उदय-व्यय, उदय-व्यय का दर्शन करते-करते उत्पाद निरोध का दर्शन हुआ. वहीं उसी अवस्था में निर्वाण का साक्षात्कार हुआ. श्रोतापण्ण अवस्था में प्रतिष्ठित हुई. नितांत दुःख विमुक्ति के मार्ग पर प्रतिष्ठित हुई. और भगवान बुद्ध की एक प्रमुख शिष्या बनी. अपने दुःखों से तो मुक्त हो ही गई और बहुत सी दुखियारी नारियों को दुःख से छुटकारा पाने में मददगार हुई और अनेकों को धम्म लाभ करवाने में सहायक बनी.

अंगुलिमाल :

अंगुलिमाल के पिता गार्ग्य व माता मैत्रायणी गोत्र की थीं. अंगुलिमाल का असली नाम अहिंसक था.[८] उसके पिता कोसल नरेश के दरबारी थे. पढ़ने के लिए उसे तक्षशिला भेजा गया था जहां राजकुमारों व धनाढ्य परिवारों के बच्चे आते थे. अंगुलिमाल एक शीलवान और कुशाग्र बुद्धि का बालक था और गुरूमाता के स्नेहपात्र छात्रों में था. इस ईष्यावश एक राजकुमार ने गुरूमाता से नजदीकी संबंधों का लांछन लगा कर गुरू के कान भरे. गुरू ने इस मिथ्यारोपण की जाँच किए बगैर अहिंसक को मौत की सजा देने के लिए षड़यंत्र रचा और गुरूदक्षिणा के रूप में दाहिने हाथ की एक हजार अंगुलियाँ लाने का आदेश दिया. गुरू की आज्ञा पालन के लिए अहिंसक कोसल राज्य के जालिनी जंगल में रहने लगा और लोगों की हत्या कर उनके दाहिने हाथ की अंगुली काटने लगा. इस तरह वह हत्यारा बन गया. गिनती याद रखने के लिए जिस किसी आदमी की वह हत्या करता था, उसकी एक अंगुली काट कर अपनी माला में पिरो कर गले में पहन लेता था - इसलिए उसका नाम अंगुलिमाल पड़ गया था.

बुद्धत्व प्राप्ति के बीसवें वर्ष में जब भगवान बुद्ध श्रावस्ती के जेतवनाराम में विहार कर रहे थे, उन्होंने डाकू अंगुलिमाल की कहानी सुनी. तथागत ने देखा कि एक बेचारा रास्ते से भटका दिया गया है और दुःख के गर्त में फँसता जा रहा है इसलिए उन्होंने उसे धम्म के रास्ते पर लाने का निश्चय किया.

वह एक दिन भोजन के बाद चीवर धारण कर अंगुलिमाल की दिशा में

चल दिए. तथागत को उस मार्ग की तरफ बढ़ते देख लोगों ने उन्हें रोकने की कोशिश की, लेकिन तथागत अपने पथ पर आगे बढ़ते ही गए. अंगुलिमाल ने कुछ दूर से ही तथागत को अपनी ओर आते देखा. उसने मन ही मन सोचा इस तरफ लोग इकट्ठे आने का भी साहस नहीं करते और यह श्रमण अकेला ही चला आ रहा है. श्रमण की हत्या का विचार कर, उसने चिल्लाकर तथागत से कहा - रुको !

जब दोनों मिले, तथागत ने मंगल मैत्री और करुणा भरे शब्दों में कहा, ''अंगुलिमाल मैं तो रूका हूँ. अब तू भी पाप कर्म करने से रूक. मैं इसलिए यहां तक आया हूँ कि तू भी सत्यपथ का अनुगामी बन जाए. तेरे अंदर का कुशल अभी मरा नहीं है. यदि तू इसे केवल एक अवसर देगा तो यह तुम्हारी काया पलट कर देगा.''

अंगुलिमाल पर प्रभाव पड़ा. उसने कहा,''आखिर इस मुनि ने मुझे जीत ही लिया''.

अंगुलिमाल ने अपने गले में से अंगुलियों की माला उतार फेंकी और तथागत के चरणों पर गिर कर धम्म दीक्षा की याचना करने लगा. तथागत बोले - भिक्खु आ!

और अंगुलिमाल उसी समय भिक्खु बन गया.

भगवान बुद्ध से भिक्षु बनाने की याचना करता अंगुलिमाल

अंगुलिमाल ने व्रत ले लिया था कि वह अरण्य में ही रहेगा, भिक्षा पर ही निर्वाह करेगा और तीन से अधिक चीवरों का व्यवहार नहीं करेगा और तीन चीवर भी पंसूकूलिक होंगे अर्थात कूड़े-कचरे के ढेर पर पड़े मिले कपड़े के बने होंगे.

अंगुलिमाल भिक्षा के लिए नगर में जाता तो लोग उसे पहचान लेते और पत्थर मारते, उसके शरीर से खून बहता तो भी उसके ह्वदय से मंगल मैत्री ही निकलती. वह लोगों को समझाता कि उसने अनजाने में जो पाप किए उसकी सजा को उसने खुद भी भोगा है, लेकिन आप लोग कोई पाप मत करें जिससे कि आप को दुःख भोगना पड़े.

अंगुलिमाल विपस्सना करते-करते अर्हत पद को प्राप्त हुए.

विशाखा व मिगार :

विशाखा एक अत्यंत धनवान व्यक्ति धनंजय की पुत्री थी और उसकी माता का नाम सुमनादेवी था. ७ वर्ष की अवस्था में ही भगवान बुद्ध के संपर्क में आई और श्रोतापण्ण अवस्था को प्राप्त हुई. १६ वर्ष की आयु में उसका विवाह एक अति धनवान व्यक्ति मिगार के पुत्र पुन्नवधन से हुआ.

विशाखा के श्वसुर निगण्ठों के अनुयायी थे. एक दिन उसके श्वसुर भोजन कर रहे थे तब एक बौद्ध भिक्खु भिक्षा के लिए आए. मिगार भिक्खु को अनदेखा कर भोजन करते रहे. विशाखा ने नम्र निवेदन करते हुए भिक्खु से कहा कि आप जाएं क्योंकि उसके श्वसुर बासी खा रहे हैं.[१]

मिगार ने इसे अपना अपमान समझा और विशाखा को घर से निकालने

विशाखा ने भिक्खु से कहा कि आप जाएं क्योंकि उसके श्वसुर बासी खा रहे हैं

के लिए पंचायत बुलाई. विशाखा ने अपनी सफाई देते हुए कहा कि उसने ऐसा यह सोच कर कहा था कि उसके श्वसुर इस समय कुछ दान पुण्य तो करते नहीं हैं. उन्होंने जो दान-पुण्य पहले कभी किया था उसी का फल अभी खा रहे हैं. इसलिए मैंने भिक्खु को कहा कि उसके श्वसुर बासी खा रहे हैं. पंचायत ने विशाखा को निर्दोष माना और उसके श्वसुर को दोषी ठहराया. पंचायत ने विशाखा को ससुराल में अपनी धार्मिक श्रद्धानुसार आचरण की आजादी दी.

विशाखा ने भगवान बुद्ध को भोजनदान के लिए अपने घर आमंत्रित किया. भोजन के पश्चात भगवान बुद्ध ने धम्मोपदेश दिया. उपदेश सुनकर मिगार के अंदर धम्म जागृत हुआ और वह श्रोतापण्ण अवस्था में पहुँच गया. वह इतना अभिभूत था कि विशाखा को अपनी धम्ममाता मान लिया. तब से विशाखा का नाम मिगारमाता विशाखा हो गया. विशाखा ने २७ करोड़ स्वर्ण मुद्राएँ खर्च करके श्रावस्ती के पूर्व में पुब्बाराम नामक एक बहुत बड़ा बुद्ध विहार बनवाया व भिक्खु संघ को दान किया.

जीवक :

जीवक ने तक्षशिला विश्वविद्यालय में सात वर्षों तक की डाक्टरी पढ़ाई की थी. राजगृह लौटकर उसने लोगों का इलाज करना शुरू किया और जल्दी ही मशहूर हो गया. राजा बिम्बिसार का भगन्दर रोग ठीक कर देने पर राजा की सभी रानियों ने अपने सभी गहने जीवक को दे दिए थे. जल्द ही जीवक मगध नरेश का राजवैद्य बन गया. जीवक ने राजगृह के एक सेठ के सिर की सफल शल्यचिकित्सा(आपरेशन)की, बनारस के एक व्यापारी की आँत का आपरेशन किया, इस तरह अनेकों मशहूर आपरेशन जीवक ने किए थे.

जीवक भी भगवान बुद्ध की शिक्षा से अभिभूत था. भगवान बुद्ध में उसकी अटूट श्रद्धा थी. वह भगवान बुद्ध का उपासक बना. भगवान बुद्ध चाहते थे कि जीवक इलाज द्वारा रोगियों की सेवा करता रहे, इसलिए उसे भिक्खु न बनाकर केवल उपासक बनाया. लेकिन अपने महापरिनिर्वाण के तीन साल पहले बुद्ध ने जीवक को भिक्खु बनने की अनुमति दे दी और उसका नाम विमल कौंडन्न रखा. जीवक पूरे जीवन लोगों की सेवा करते रहे.

भगवान बुद्ध जब भी राजगृह आते, राजवैद्य जीवक दिन में दो बार मिलने जाते. जीवक को लगा कि वेलुवन उनके घर से काफी दूर है. राजगृह में जीवक का आमों का आम्रवन नामक बहुत बड़ा बाग था जो उनके घर से नजदीक था. जीवक ने आम्रवन में एक बहुत बड़ा बुद्ध विहार बनवाकर विहार और आम्रवन भिक्खु संघ को दान दिया.

आम्बपाली :

आम्बपाली वैशाली राज्य में रहने वाले एक ऋषि की पुत्री थी. आम के बाग में जन्म होने के कारण उसका नाम आम्बपाली रखा गया था. वह इतनी सुंदर थी कि दूर-दूर के राज्यों तक उसकी सुन्दरता के चर्चे थे. अनेकों राजकुमार उससे विवाह का प्रस्ताव भेजने लगे. नौबत युद्ध तक आ पहुँची. लड़की एक, चाहने वाले अनेक. सब लोगों ने मिलकर निर्णय लिया कि आम्बपाली को वैशाली की नगरवधू बना दिया जाए. युद्ध द्वारा होने वाले नरसंहार और खून-खराबे को रोकने के लिए अपने दिल पर पत्थर रखकर मजबूरी में आम्बपाली ने यह आदेश मान लिया. लेकिन इस शर्त के साथ कि उसके पास किसी को तभी आने की इजाजत होगी जव वह चाहेगी और जिसको चाहेगी. सुंदरता के साथ वह नाच-गाने के लिए भी मशहूर थी लेकिन किसी भी व्यक्ति के कहने से अपनी कला का प्रदर्शन नहीं करती थी. यदि किसी का तौर-तरीका उसको अच्छा नहीं लगता था तो वह अपनी कला का प्रदर्शन करने से मना कर देती थी, फिर कोई उसको कितना भी सोने-चाँदी का लालच क्यों न दे. इस तरह कई मायनों में वह साम्राज्ञी थी.

वैशाली में आम्बपाली का आमों का एक बहुत बड़ा बाग था. एक बार भगवान बुद्ध भिक्खु संघ के साथ उसी बाग में रूके थे. आम्बपाली को जब पता चला तो वह तथागत का प्रवचन सुनने आई. भगवान बुद्ध की करुणामयी दृष्टि से आम्बपाली के दुःख कम हुए और खुशी के मारे उसकी आँखें छलछला आईं. आम्बपाली ने बताया कि अपार धन-सम्पदा होने के बाद भी वह अंदर से कितनी दुःखी और कितनी अकेली है. भगवान बुद्ध ने उसको धम्म समझाते हुए कहा- किसी अन्य वस्तु के समान ही सुंदरता भी आती है और चली जाती है. शोहरत और दौलत भी इसी तरह आती-जाती है. विपस्सना करने से जो शांति, खुशी और आजादी मिलती है उसी से सच्चा आनंद मिलता है. आम्बपाली इस जीवन के जो क्षण शेष रह गए हैं उनको जियो और उनका पूरा ख्याल रखो. अपनी जिन्दगी को झूठे भुलावे और ऐशो-आराम में बर्बाद मत करो.

प्रवचन सुनने के बाद आम्बपाली ने बुद्ध और भिक्खु संघ को अगले दिन के भोजन के लिए अपने यहाँ निमंत्रण दिया जिसे तथागत ने मौन रहकर स्वीकार कर लिया. जब वैशाली के लिच्छवियों को पता चला तो उन्होंने आम्बपाली को कहा कि वह उनसे एक लाख रूपए ले ले लेकिन अगले दिन का भोजनदान लिच्छवियों को करने दे. आम्बपाली ने कहा कि एक लाख तो क्या, अगर वो लोग उपनगरों सहित पूरी वैशाली भी देना चाहें तो भी

वह अगले दिन का भोजनदान उनको नहीं कराने देगी. हारकर लिच्छवी बुद्ध के पास गए और अगले दिन भोजन उनके यहाँ करने की प्रार्थना की. तथागत ने यह कह कर अस्वीकार कर दिया कि वह आम्बपाली का निमंत्रण पहले ही स्वीकार कर चुके हैं. वो लोग चाहें तो उसके अगले दिन भोजनदान कर सकते हैं. लिच्छवियों ने वैसा ही किया.

अगले दिन आम्बपाली ने समस्त भिक्खु संघ के लिए स्वादिष्ट भोजन बनवाया. निश्चित समय पर तथागत भिक्खु संघ के साथ भोजन करने पहुँचे. भोजन समाप्त होने पर आम्बपाली ने अपना आमों का बाग भिक्खुसंघ को दान दे दिया जिसे तथागत ने मौन रहकर स्वीकार कर लिया और दान का अनुमोदन करते हुए प्रवचन किया.

शील-समाधि और प्रज्ञा के मार्ग पर चलते-चलते आम्बपाली अर्हत पद को प्राप्त हुई.

भगवान बुद्ध का विरोध

मिथ्यारोपी चिन्चा :

भगवान बुद्ध की शिक्षा का प्रभाव दिन-प्रतिदिन बढ़ता ही गया और करोड़ों लोग धम्म के अनुयायी बन गए. पंडे-पुरोहितों की आमदनी कम होने लगी क्योंकि लोगों ने आडम्बर युक्त पूजा-पाठ, यज्ञ इत्यादि करने बंद कर दिए थे. इसलिए अन्य संप्रदायों के अनुयायी भगवान बुद्ध का महत्व जनता की नजरों में कम करने के लिए षड्यंत्र करने लगे. उन लोगों ने सोचा कि पद, यश और पैसे का आरोप तो लग नहीं सकता क्योंकि भगवान बुद्ध तो स्वयं

चिन्चा का मिथ्यारोप

राजपाट त्याग कर आए हैं. इसलिए 'चिन्चा नाम की एक सुंदर ब्राह्मणी परिव्राजिका को तैयार किया कि ऐसी अफवाह फैलाए जिससे भगवान बुद्ध की लोकप्रियता कम हो.'[१०] चिन्चा शाम को सज-संवरकर जेतवन की ओर जाती और जेतवन के समीप तीर्थिकाराम में रात बिताकर सुबह शहर की ओर लौटती और लोगों से कहती कि रात श्रमण गौतम के साथ उनकी गंधकुटी में बिताई. कुछ दिन बाद वह कहीं छिप गई और नौवें महीने में अपने पेट पर लकड़ी का एक गोल टुकड़ा बांधकर उस स्थान पर पहुँची जहाँ भगवान बुद्ध उपदेश दे रहे थे. उसने सबके सामने भगवान बुद्ध से कहा कि अपने होने वाले बच्चे के बारे में सोचो और अपने किसी शिष्य से कहकर उसके पालन-पोषण की व्यवस्था करवा दो.

भगवान बुद्ध चाहते तो अपने शिष्य कोसल नरेश प्रसेनजित को आदेश देकर चिन्चा को सजा दिलवा सकते थे कि वह झूठ बोल रही है. लेकिन भगवान बुद्ध ने मुस्कुराकर बड़ी करुणा भरे शब्दों में कहा - बहन ! तूने जो कहा है, उसके सत्यासत्य का ज्ञान केवल मुझे है और तुझे है.

षड्यंत्रकारियों ने बुद्ध की ऐसी प्रतिक्रिया की कल्पना नहीं की होगी. उन्होंने सोचा होगा कि चिन्चा का आरोप सुनकर भगवान बुद्ध नाराज होकर कुछ बोलेंगे फिर चिन्चा गाली-गलौज शुरू करेगी इस तरह विवाद बढ़ जायेगा. लेकिन भगवान बुद्ध की संयत व करुणा भरी प्रतिक्रिया सुनकर चिन्चा घबरा गई और खांसने लगी. उसके खांसने से रस्सी की वह गाँठ जिससे उसने पेट पर लकड़ी बांध रखी थी, ढ़ीली पड़ गई और लकड़ी पेट से खिसक कर उसके पांव पर गिर पड़ी. चिन्चा की पोल खुलते ही लोगों ने उसे डण्डे और पत्थर मार-मार कर वहां से भगा दिया. भगवान बुद्ध की शांति और मंगलमैत्री से षड्यंत्रकारियों की योजना असफल हो गई.

मिथ्याचारी सुन्दरी :

मगध और कौशल साम्राज्य सहित अनेकों राज्यों के लाखों लोग धम्म मार्ग अपनाते जा रहे थे. भिक्खुओं ने भगवान बुद्ध को सूचित करते हुए कहा कि यह तो सुखद समाचार है. भगवान बुद्ध ने उनको समझाते हुए कहा कि यह बात इतनी महत्वपूर्ण नहीं है कि कितने लोग इस धम्म में शामिल हो रहे हैं, जितना कि भिक्खुगण कितनी मेहनत और मन से धम्म साधना करते हैं. सफलता-असफलता दोनों को हमें समताभाव से देखना चाहिए. भगवान बुद्ध की बढ़ती लोकप्रियता से दूसरे संप्रदायों के कुछ लोगों को जलन होती थी इसलिए उन्होंने एक साजिश रची. तैर्थिक सम्प्रदाय की सुन्दरी नामक युवती की हत्या करवाकर उसका शव जेतवन विहार में बुद्ध की कुटी में गड़वा कर पुलिस को शिकायत कर दी. पुलिस ने कब्र खुदवाकर लाश

बरामद किया. विरोधियों ने लाश का जुलूस निकालकर पूरी श्रावस्ती में, बुद्ध को बदनाम किया, जिससे बहुत से अनुयायियों को धक्का लगा. कुछ तो छोड़कर चले भी गए. भिक्खुओं को भी भिक्षा की जगह ताने और गालियां मिलने लगीं. बुद्ध ने भिक्खुओं से कहा कि वो अपनी जागरूकता बनाए रखें और बदनामी से दुःखी न हों. बुद्ध ने कहाः अनुचित और झूठे आरोप कहीं भी और कभी भी लगाए जा सकते हैं. आप लोगों को लज्जित होने की जरूरत नहीं है. लज्जा का एक ही कारण हो सकता है जब आप लोग शुद्ध जीवनयापन की साधना के प्रयासों से भटक जाएं. झूठे आरोप कुछ दिनों तक फैलेंगे और फिर समाप्त हो जाएंगे. कल जब आप भिक्षाटन के लिए जाएं और कोई भी इस घटना की चर्चा करे तो कह देना- जो भी इस काम के लिए जबाबदेह है वह इसका फल पायेगा.

और यही हुआ. हत्यारे रात को शराबखाने में शराब पीकर पैसे के बंटवारे को लेकर झगड़ा करते हुए पकड़े गए. अदालत में हत्यारों ने अपना अपराध कबूल किया और यह भी बताया कि सुन्दरी के सम्प्रदाय वालों ने ही काफी पैसे देकर बुद्ध को बदनाम करने के लिए उसकी हत्या करवायी थी.

राजा प्रसेनजित ने जब जेतवन जाकर भगवान बुद्ध को यह खबर सुनायी तो तथागत ने उनको परामर्श दिया कि अपराधियों को क्षमा कर दिया जाए क्योंकि जब तक लोग अपने द्वेष और घृणा को नहीं जीतेंगे, ऐसे अपराध बारंबार होते रहेंगे. सच्चाई पता लगने पर भिक्खुओं को फिर से आदर-सत्कार मिलने लगा.

देवदत्त :

देवदत्त सिद्धार्थ गौतम का ममेरा भाई था. वह आनंद और अन्य शाक्य राजकुमारों के साथ ही भिक्खु बना था. देवदत्त अर्हत की किसी भी अवस्था को नहीं पहुँच पाया था, लेकिन उसको कई रिद्धियां प्राप्त हो गई थीं.[११]

देवदत्त बहुत प्रतिभावान और अच्छा वक्ता था. भिक्खु बनने के शुरूआती दिनों में देवदत्त ने एक आदर्श भिक्खु का जीवन जिया. लेकिन बाद में सांसारिक मान-सम्मान और बुद्ध के प्रति बढ़ती ईर्ष्या ने देवदत्त को तथागत का सबसे बड़ा दुश्मन बना दिया. ईर्ष्या और दूसरे मानसिक विकारों के कारण देवदत्त के पास जो भी रिद्धि-सिद्धी थी वे सब मानसिक विकारों के कारण समाप्त हो गईं. देवदत्त ने बुद्ध से कहा कि वह बूढ़े हो गए हैं इसलिए भिक्खु संघ का प्रमुख देवदत्त को बना दिया जाए. बुद्ध के मना करने पर देवदत्त ने इसे अपना अपमान समझा और भिक्खु संघ में फूट डालने की साजिश रचने लगा. एक बार जब तथागत संघ के साथ राजगृह में वेणुवन

में विहार कर रहे थे. प्रवचन समाप्त होने के बाद देवदत्त उठ खड़े हुए और बुद्ध को नमस्कार करने के बाद सुझाव दिया कि भिक्खुओं को इच्छारहित सादगीपूर्ण जीवन बिताने के लिए यह पांच नियम बनाए जाएः

एक, भिक्खु सदैव वन में रहें और गांव या नगर में उन्हें सोने की अनुमति न हो.

दो, भिक्खु भिक्षाटन करें और उपासकों के वहां भोजन करने का निमंत्रण कभी स्वीकार न करें.

तीन, भिक्खु फटे-पुराने कपड़ों से अपने चीवर सिलें और उपासकों से चीवर वस्त्र उपहार स्वरूप न स्वीकार किया करें.

चार, भिक्खु वृक्षों के नीचे सोयें, कुटिया या भवनों में न सोयें,

पांच, भिक्खुओं को केवल शाकाहारी भोजन ही करना चाहिए.

देवदत्त का कहना था कि यदि भिक्खु इन पांच नियमों का पालन करेंगे तो न्यूनतम इच्छाओं के साथ सादगी भरा जीवन व्यतीत करने में सफल होंगे.

भगवान बुद्ध ने इन पांचों नियमों को अनिवार्य करने से मना कर दिया. बुद्ध ने कहा कि जो भिक्खु वन में रहना चाहें रह सकते हैं लेकिन जो भिक्खु विहार, कुटी, नगर में रहना चाहें वे वहां रह सकते हैं. इसी तरह भिक्खु भिक्षाटन द्वारा भी भोजन कर सकते हैं और उपासकों का निमंत्रण भी स्वीकार कर सकते हैं इससे भिक्खु और उपासकों के बीच विचार-विमर्श का अवसर मिलता है. चीवर के बारे में भी तथागत ने कहा कि वह उपासकों द्वारा दिए गए चीवरदान को स्वीकार कर सकते हैं अगर उनके पास तीन जोड़े से अधिक चीवर न हों. जो भिक्खु पेड़ के नीचे सोना चाहें सो सकते हैं और जो कुटिया या विहार में सोना चाहें सो सकते है. शाकाहारी भोजन के बारे में बुद्ध ने कहा कि उन्हें कोई आपत्ति नहीं है लेकिन जिन भिक्खुओं को सामिष भोजन भिक्षापात्र में मिलता है वे स्वीकार कर सकते हैं बशर्ते उनके लिए जीवहत्या न की गई हो.

इसके बाद देवदत्त ने भिक्खुसंघ में फूट डाल दी और ५०० भिक्खुओं का अपना संघ बनाकर गयाशीर्ष चला गया. लेकिन सारिपुत्र और मोग्गालन गयाशीर्ष जाकर अधिकतर भिक्खुओं को वापस ले आए.

भगवान बुद्ध ने सारिपुत्र और मोग्गालन को धम्म सेनापति बना रखा था, इस कारण भी देवदत्त भगवान बुद्ध से नाराज था. उसकी इच्छा स्वयं प्रधान बनने की थी. ईर्ष्यावश देवदत्त ने भगवान बुद्ध को तीन बार मारने का भी प्रयास किया. लेकिन हर बार असफल रहा.

एक बार भगवान बुद्ध गृधकूट पर्वत की छाया में टहल रहे थे तब देवदत्त ने ऊपर से एक बड़ा पत्थर लुढ़का दिया ताकि बुद्ध का प्राणांत हो जाए, लेकिन वह पत्थर दूसरी चट्टान पर जा कर गिरा. पत्थर का एक छोटा सा टुकड़ा बुद्ध की पैर की अंगुली से टकराया और अंगुली में घाव हो गया जो इलाज से ठीक हो गया.

दूसरी बार, देवदत्त राजकुमार अजातशत्रु के पास गया और उससे कहा मुझे कुछ आदमी दो. देवदत्त के इरादों से अनभिज्ञ अजातशत्रु ने अपने कुछ आदमी देवदत्त के साथ लगा दिए और देवदत्त की आज्ञा मानने का आदेश दिया. देवदत्त ने इनमें से एक को भगवान बुद्ध को जान से मारने की आज्ञा दी, लेकिन उसने यह कुकृत्य करने से इंकार कर दिया.

इसी तरह तीसरी बार उसने नालागिरी नामक एक पागल हाथी से भगवान बुद्ध को मरवाने का प्रयास किया. देवदत्त राजगृह पहुंचा और महावतों को उच्चपद और वेतन का लालच दे कर कहा कि जब श्रमण गौतम इस सड़क से गुजरें तो नालागिरी को छोड़ दो. महावत ने ऐसा ही

नालागिरी वशीकरण, अमरावती

किया, लेकिन वह मदमस्त हाथी जब भगवान बुद्ध के सामने पहुँचा तो उनकी मंगलमैत्री के प्रभाव से अपने पैरों पर बैठ गया और भगवान बुद्ध को प्रणाम किया. इस तरह देवदत्त अपने तीसरे प्रयास में भी असफल रहा.

लोगों को उसके दुष्ट प्रयासों की जानकारी हो गई और जनता ने उसका आदर-सम्मान बंद कर दिया. राजा अजातशत्रु ने भी उससे मिलना-जुलना और राजकीय संरक्षण देना बंद कर दिया

अपनी करतूतों से बदनाम हो जाने के कारण वह राजगृह छोड़ने पर मजबूर हो गया, वह कोसल पहुँचा लेकिन राजा प्रसेनजित ने भी उसे शरण नहीं दिया. देवदत्त गंभीर रूप से बीमार पड़ा, उसको पानी देने वाला कोई नहीं था. जीवन के अंतिम क्षणों में उसने फिर से बुद्ध की शरण ली और 'बुद्धं शरणं गच्छामि' कहते हुए प्राण त्यागे.

वर्तमान युग में बुद्ध की प्रासंगिकता

भगवान बुद्ध की शिक्षाओं का मुख्य उद्देश्य मानव जीवन को सुखमय बनाना है. बुद्ध ने प्रकृति के नियमों का गहन अध्ययन किया और इस नतीजे पर पहुँचे कि जो नियम बाहर वातावरण में काम कर रहे हैं, वही हमारे शरीर के अन्दर भी काम कर रहे हैं. मानव शरीर में सभी लोक समाए हुए हैं. मानव जीवन की मूल समस्या है कि राग, द्वेष, मोह, घृणा, लालच और भय के विकारों से कैसे छुटकारा पाया जाए. यही विकार आपसी लड़ाई, एक-दूसरे के साथ युद्ध, आर्थिक असमानता, शोषण-अत्याचार भेद-भाव, हिंसा और आतंकवाद को जन्म देते हैं. यह ऐसी मूलभूत समस्याएं हैं जो हर युग में रहेंगी. केवल उनका रूप और स्थान बदलते है. ये समस्याएं जितनी बुद्ध के समय में थीं, आज उससे भी ज्यादा हैं. इसलिए **दुनिया को आज युद्ध की नहीं, बुद्ध की जरूरत है.** कुछ लोगों को भ्रम है कि बुद्ध ने केवल अहिंसा की बात की है. ऐसा नहीं है. भगवान बुद्ध ने मानव जीवन और उसके आस-पास के वातावरण से सम्बन्धित हर पहलू का विवेचन किया है और उपदेश दिया है. बुद्ध के विचारों की प्रासंगिकता आज पहले से भी अधिक है. भगवान बुद्ध के कुछ ऐसे उपदेश यहां दिए जा रहे हैं:

आमदनी और खर्च का संतुलन :

भगवान बुद्ध अच्छी तरह जानते थे कि इन्सान की भौतिक सुख-सुविधाओं के लिए आर्थिक स्थिरता का होना जरूरी है. इसलिए उन्होंने लोगों को खूब मेहनत और ईमानदारी से, दूसरों का शोषण किए बगैर, वैसे ही पैसे कमाने को कहा जैसे कि 'मधुमक्खी फूलों को कोई नुकसान पहुँचाए बगैर उनमें

से शहद निकालती है.'[१२] उन्होंने कहा-''एक गृहस्थ के पास न्यायतः बड़े परिश्रम से, वैध तरीके से, पसीना बहाकर कमाया हुआ धन होना चाहिए''.[१३]

उन्होंने बताया कि धन कमाने के लिए आलस्य नहीं करना चाहिए और सर्दी-गर्मी, धूप-छांव आदि की परवाह न कर अपने परिवार के भरण-पोषण के लिए धन कमाना चाहिए.[१४] लेकिन अनैतिक तरीकों से, नाजायज ढंग से नहीं. ऐसे धन्धों से जो शील-सदाचार के बजाए कुटिल और दुराचार में सहायक होते हैं जैसे शराब और नशीले पदार्थों का व्यापार, बीड़ी-सिगरेट, तंबाकू, पान-मसाला, गुटखा, हथियारों की खरीद-फरोख्त, जहरीले पदार्थ और मांस का व्यापार नहीं करना चाहिए.[१५] आजीविका जायज तरीकों से और अहिंसात्मक ढंग से ही कमानी चाहिए.[१६]

नैतिक मूल्यों के विकास के प्रति सचेत रहना चाहिए और लालच को काबू में रखना चाहिए. काम-भोगों में लिप्त नहीं रहना चाहिए. अपनी इच्छाओं को काबू में रखने का प्रयास हमेशा करते रहना चाहिए.

अपनी आमदनी को चार भागों मे बांट कर एक हिस्सा रोजमर्रा के घर खर्च में लगाना चाहिए, दूसरा-तीसरा हिस्सा अपने व्यापार-धंधे को बढ़ाने में लगाना चाहिए, चौथा हिस्सा वक्त-जरूरत के लिए बचाकर रखना चाहिए. आज के युग में जब आर्थिक वातावरण काफी बदल गगा है, तब भी बुद्ध की उपरोक्त शिक्षा उतनी ही प्रासंगिक है जितने उनके समय में थी. केवल उपभोग और बचत का प्रतिशत बदल सकता है, मूलभूत सिद्धांत वही है. बुद्ध ने धन कमाने और खर्च करने, दोनों में ही नैतिक मूल्यों पर बहुत जोर दिया है. बुद्ध ने गृहस्थ उपासकों को सलाह दी कि आमदनी को परिवार, कर्मचारियों, रिश्तेदारों, सगे-संबंधियों, मित्रों और आध्यात्मिक साधना में लगे लोगों में बांटना चाहिए.[१७]

धन कमाने का उद्देश्य पारिवारिक और सामाजिक जिम्मेदारियों को निभाने के लिए होना चाहिए न कि धन बटोरने के लिए. बुद्ध ने ऐसे गृहस्थ की तुलना गांव-शहर के निकट स्थित स्वच्छ नीले और शीतल जल वाली ऐसी झील से की जिसके पानी को लोग पी सकते हैं, उससे नहा सकते हैं और अन्य उपयोगों में ला सकते हैं.[१८]

बुद्ध ने गृहस्थ और भिक्खुओं को एक जैसी ही नैतिक शिक्षाएं दीं, अन्तर केवल शील की मात्रा का था. जहाँ गृहस्थ के लिए पंचशील और अष्ठ शील पर्याप्त हैं, वहीं भिक्खुओं को ढाई सौ शीलों का पालन करना होता है. इस तरह गृहस्थों को पंचशील का पालन करते हुए धन कमाने की सलाह दी गई थी.

सामाजिक समानता में योगदान :

भगवान बुद्ध ने अपने धम्म में समता और बराबरी पर बहुत जोर दिया. उन्होंने समाज में लोगों के बीच समानता की न केवल शिक्षा दी बल्कि स्वयं उस पर अमल किया. उन्होंने महिलाओं को दीक्षा का अधिकार दे कर भिक्खुणी बनने का मौका दिया और दुनिया के इतिहास में पहली बार एक पृथक और स्वतंत्र भिक्खुणी संघ की स्थापना की. स्त्रियों को बराबरी का हक देने वाले भगवान बुद्ध विश्व के पहले धम्म गुरू बने.[१९] भिक्षुणी संघ की स्थापना कर गौतम बुद्ध ने नारी स्वतंत्रता को अभिव्यक्ति दी और उनके चहुँमुखी विकास का रास्ता प्रशस्त किया. यह ऐसा क्रांतिकारी कदम था जिससे स्त्रियों के स्वतंत्र अस्तित्व, उनके व्यक्तित्व को अभिव्यक्ति करने का मौका मिला और दुनिया के इतिहास में पहली बार स्त्रियों को यह सिद्ध करने का मौका मिला कि आध्यात्मिक मार्ग पर चलने में और आध्यात्मिक शक्तियां प्राप्त करने में स्त्रियां किसी भी तरह पुरुषों से पीछे नहीं हैं. दीक्षित होने का अधिकार मिलने से स्त्रियों को पहली बार घर के चौका-बर्तन करने के अलावा अपनी आत्म-उन्नति करने के लिए साधना करने का मौका मिला और अपने मानवीय गुणों के चहुँमुखी और सर्वांगीण विकास का अवसर मिला. भगवान बुद्ध भिक्खुणियों की उपलब्धियों की दिल खोल कर तारीफ करते थे. 'भगवान बुद्ध का मानना था कि स्त्रियां भी ज्ञान प्राप्त कर सकती हैं और ज्ञान के द्वारा निर्वाण सुख का साक्षात्कार कर सकती हैं.'[२०] गौतम बुद्ध के पहले, वैदिक व्यवस्था में स्त्रियों को बराबरी का अधिकार नहीं था. उनको यज्ञोपवीत का भी अधिकार नहीं था(आज भी नहीं है). ऐसे में गौतम बुद्ध ने उनको बराबरी का दर्जा देकर समाज में उनको अपना महत्व अनुभव करने का मौका दिया जिससे स्त्रियों में अपने प्रति गौरव और आदर का भाव तो जागा ही, सामाजिक दृष्टिकोण में भी उनके प्रति परिवर्तन आया. गौतम बुद्ध ने स्त्रियों की शिक्षा और राजनैतिक जागरूकता पर भी बल दिया. महिलाओं को भिक्खुणी बनने का अधिकार देकर सामाजिक और धार्मिक क्रांति की, जबकि उस समय की वैदिक संस्कृति में स्त्रियों को केवल भोग-विलास की वस्तु समझा जाता था, और उनके लिए धार्मिक कार्य निषिद्ध था.

भिक्षुणी संघ में दीक्षित होने का मौका मिलते ही हजारों की संख्या में स्त्रियां भिक्खुणी बनीं. भिक्षुणी संघ में हर वर्ग, संप्रदाय, जगह की महिलाएं, महाप्रजापति गौतमी जैसी राज-रानियां, प्रकृति जैसी चाण्ड़ालिका, आम्बपाली जैसी नर्तकी, खेमा जैसी राजकुमारी, हर वर्ग की महिलाएं थीं, सुमंगला,

मथिका, वासंती जैसी 'अनगनित महिलाओं ने आध्यात्मिक जीवन की ऊँचाइयों पर पहुँच कर अपने साथ भिक्खुणी संघ का नाम रोशन किया और निर्वाण सुख को प्राप्त हुईं.'[२१] उन्होंने कला-संस्कृति और साहित्य के क्षेत्र में अभूतपूर्व प्रगति हासिल की. थेरी गाथा भिक्खुणियों ने ही लिखी. वास्तव में थेरीगाथा नारी स्वतंत्रता को प्रकट करने वाला प्रथम ग्रंथ है. 'भिक्खुणी सुमंगलमाता ने अपने उद्गार कुछ इस तरह प्रकट किया है -

सुमुत्तिका सुमुत्तिका, साधुमुत्तिकाम्हि मुसलस्स ।

अहिरिको मे छत्तकं वा पि, उक्खलिका मे देभंवाति ॥२३॥

(अहो, मैं मुक्त नारी हूँ. मेरी मुक्ति कितनी धन्य है, मेरी दरिद्रावस्था के वे छोटे-छोटे भांडे-बरतन, जिनके बीच मैं मैली-कुचैली बैठती थी और मेरा निर्लज्ज पति मुझे उन छातों से भी तुच्छ समझता था, जिन्हें वह अपनी जीविक के लिए बनाता था.)'[२२]

थेरीगाथा से भिक्खुणियों की प्रतिभा और राजनैतिक सोच का स्पष्ट पता चलता है. 'सारिपुत्त ने ब्राह्मण जाति में पैदा होकर भी पहले ही ब्राह्मण धर्म और ब्राह्मणी संस्कारों से विद्रोह किया था. वे ज्ञान और विमुक्ति की चाह में बुद्ध की शरण में चले गए थे. चाला(सारिपुत्त की छोटी बहन) ने भी सोचा कि ब्राह्मण धर्म में न ज्ञान है, न विमुक्ति है और न मानवता नाम की कोई चीज है. चाला कहती है,

इतो बहिद्धा पासण्डा, दिट्ठियो उपनिस्सिता ।

न ते धम्मं विजानन्ति, न ते धम्मस्स कोविदा ॥१८४॥

अत्थि सक्यकुले जातो, बुद्धो अप्पटिपुग्गलो ।

सो मे धम्ममदेसेसि, दिट्ठिनं समतिक्कमं ॥१८५॥

(मिथ्या मार्ग का अवलंबन करने वाले, मिथ्या दृष्टियों में फँसे हुए साधुओं से मेरा कोई संबंध अथवा लेन-देन नहीं है. वे इस मार्ग से बहुत दूर हैं. सत्-धम्म के संबंध में वे कुछ नहीं जानते. किन्तु शाक्य-कुल में एक बुद्ध ने जन्म लिया है, वह अप्रतिम पुरुष हैं. उन्होंने मुझे धम्म का उपदेश दिया हे, जिसे सुनकर मैंने मिथ्या दृष्टियों को पार कर लिया है.)

दुक्खं दुक्खसमुप्पादं, दुक्खस्स च अतिक्कमं ।
अरियं च अट्ठङ्गिकं मग्गं, दुक्खूपसमगामिनं ॥१८६॥
तस्साहं वचनं सुत्वा, विहरिं सासने रता ।
तिस्सा विज्जा अनुप्पत्ता, कतं बुद्धस्स सासनं ॥ १८७॥

(दुःख क्या है, दुःख की उत्पत्ति कैसे होती है और दुःख का अतिक्रमण

कैसे किया जाता है? इसके लिए बुद्ध ने मुझे दुःख उपशम की ओर ले जाने वाले आर्य आष्टांगिक मार्ग का उपदेश दिया है. उन भगवान बुद्ध के उपदेश को सुनकर मैं उनके शासन के अनुशरण में लग गई. मैंने तीनों विद्याओं को प्राप्त कर लिया है, बुद्ध के शासन को पूरा कर लिया है.)

अनाथपिण्डिक के घर की दासी की पुत्री पुण्णिका भगवान बुद्ध के उपदेश में प्रतिष्ठित होकर एक तथाकथित ब्राह्मण को वास्तविक विशुद्धि के मार्ग के बारे में बताते हुए कहती है-

को नु ते इदमक्खासि, अजानन्तस्स अजानको ।
दकाभिसेचना नाम, पापकम्मा पमुच्चति ॥२४०॥
सग्गं नून गमिस्सन्ति, सब्बे मण्डूककच्छपा ।
नागा च सुसुमारा च, ये चञ्ञे उदके चरा ॥२४१॥

(गंगा-स्नान-शुद्धि से पाप-मुक्ति होती है, यह तुझसे किसने कहा? यह तो अज्ञानी, मूर्ख व्यक्ति का अज्ञानी मूर्ख के प्रति उपदेश है. यदि गंगा जल से ही शुद्धि होती, तब तो मेढ़क, कछुए, जल के सर्प, मगर और अन्य जलचरों का स्वर्ग में जाना सुनिश्चित है.)

भिक्खुणी मित्रा अपने पूर्व जीवन पर अनुचिन्तन करती हुई, ज्ञान के प्रकाश के उल्लास में कहती है-

चातुद्दसिं पञ्चदसिं, या च पक्खस्स अट्ठमी ।
पाटिहारियपक्खञ्च, अट्ठसुसमागतं ॥३१॥
उपोसथं उपागच्छिं, देवकायाभिनन्दिनी ।
साज्ज एकेन भत्तेन, मुण्डा सङ्घाटिपारुता ।
देवकायं न पत्थेहं, विनेय्य हदये दरंति ॥३२॥

(मैं हर चतुर्दशी(अमावस्या), को पूर्णमासी को और प्रत्येक पक्ष की अष्टमी को व्रत रखती थी और आठ प्रकार के संकल्पों वाला व्रत रखती थी. किसलिए? यह सोचकर कि देव-योनि को प्राप्त कर मैं स्वर्ग में वास करूंगी. वही मैं आज रोज एक समय आहार ग्रहण करने वाली हूँ, मुंडे हुए सिर वाली हूँ, चीवर(संघाटी आदि काषायवस्त्र) पहनने वाली हूँ. किन्तु आज मुझे देव-योनि की कामना नहीं है, स्वर्ग में वास करने की अभिलाषा नहीं है. कारण, मैंने ह्रदय(मन) की चिंताओं (पीड़ाओं) को ही दूर फेंक दिया है.)'[२३]

पटाचारा, सुजाता, सीसूपचाला, आम्रपाली, इसिदासी, मित्ताकाली, भद्रा कापिलायिनी कितनों ने ही अपनी आत्मकथा को बड़े सुन्दर काव्यों में वर्णित किया. भिक्षुणी शुभा ने भिक्खुणी बनने के और बाद के जीवन का जितना बढ़िया और रोचक विवरण दिया है और अपने जीवन का मूल्यांकन लिखा

है; वह एक बेहद सचेत, जागरूक, शिक्षित, प्रतिभावान और संवेदनशील इंसान ही कर सकता है.[२४]

भिक्खुणी संघ में भिक्खुणियों को लगातार शिक्षा, संस्कृति और ध्यान साधना सिखायी जाती थी जिससे उनके व्यक्तित्व का चहुँमुखी विकास हुआ.

भगवान बुद्ध का बनाया हुआ भिक्खुणी संघ श्रीलंका में १०१७ ईसवी तक फला-फूला, उसके बाद अनुराधापुरा पर चोल आक्रमण के कारण धीरे-धीरे भिक्खुणी संघ छिन्न-भिन्न हो गया. लेकिन सन् १९९६ में भिक्खुणी संघ की पुनर्स्थापना कर दी गई. गौरतलब यह भी है कि अगर बुद्ध ने ऐसा कहा होता कि उनका धर्म ५०० सालों में समाप्त हो जाएगा तो चीन, जापान, तिब्बत, कोरिया, भूटान, वर्मा, मंगोलिया, ताईवान में क्यों नहीं समाप्त हुआ? अकेले म्यानमार (वर्मा) में ४ लाख से ज्यादा भिक्खुणियां हैं. इसी तरह मंगोलिया, ताईवान में भी भिक्खुणियों की संख्या लाखों में है. आज भी बुद्ध धर्म न सिर्फ इन देशों में फल-फूल रहा है बल्कि अमेरिका और यूरोप में बहुत तेजी से फैल भी रहा है.

कुछ निहित स्वार्थी लोगों ने जो महिलाओं को दीक्षा देने के पक्ष में नहीं थे गौतग बुद्ध पर आरोप लगाया और कहा कि पहले उनका धम्म एक हजार साल चलता लेकिन स्त्रियों के भिक्खुणी बनने से केवल पाँच सौ वर्ष ही चलेगा. यह आरोप बेबुनियाद और सच्चाई से बहुत दूर है. गौतम बुद्ध जैसा महामानव कभी ऐसा नहीं कह सकता. ऐसा प्रतीत होता है कि त्रिपिटक में ऐसी भ्रामक बातें बाद में लिखी गईं. जब कि वस्तुस्थिति यह है कि भगवान बुद्ध ने महिलाओं को पुरूषों के बराबर का दर्जा दिया और समाज में उनको उचित स्थान दिलवाया. बुद्ध ने स्त्रियों को राजनैतिक अधिकार दिया और भिक्खुणी संघ को स्वतंत्र रूप से चलाने का अवसर प्रदान कर उनकी संगठनात्मक क्षमता, राजनैतिक सोच और अपनी अलग पहचान विकसित करने का अवसर प्रदान किया. गौतम बुद्ध ने इस अवधारणा को तोड़ा कि स्त्रियां सिर्फ बच्चे पैदा करने के लिए होती हैं. उन्होंने इस अवधारणा को भी तोड़ा कि लड़का पैदा होना; लड़की पैदा होने से बेहतर है. इससे समाज में स्त्रियों का मान-सम्मान काफी बढ़ा. बहुत सी भिक्खुणियों ने निर्वाण सुख का साक्षात्कार किया और अर्हत पद को प्राप्त हुईं. मानव इतिहास में आज तक स्त्रियों की स्वतंत्रता, शिक्षा, समानता और मान-सम्मान के लिए किसी ने भी उतना योगदान नहीं दिया, जितना कि अकेले गौतम बुद्ध ने. इसीलिए गौतम बुद्ध को महिलासशक्तिकरण का आदि गुरु और अग्रवाहक कहा

जाता है.

गौतम बुद्ध ने जिस सामाजिक संरचना की परिकल्पना की थी, भिक्खु संघ उसका एक आदर्श नमूना था. यह संघ पूरी तरह प्रजातान्त्रिक था. बुद्ध ने संघ के लिए जो नियम बनाए खुद भी उसका पालन किया. पंचशील और अष्टशील भिक्खु-भिक्खुणी और गृहस्थ उपासक-उपासिकाएँ सभी पालन करते थे.

प्रजातंत्र में योगदान :

भगवान बुद्ध ने प्रजातान्त्रिक मूल्यों को बहुत महत्त्व दिया. विभिन्न राज्यों के राजाओं और शासन के अधिकारियों को उन्होंने सलाह दी कि कामकाज निश्चित कानून और नियमों के अनुसार चलना चाहिए और अगर नियम और कानून बदलने हों तो बाकायदा जनप्रतिनिधि सभा (जैसे आज संसद है, विधानसभा है) में उस पर बहस होकर वहाँ से मंजूर होना चाहिए. उन्होंने सलाह दी कि राज्य के विभिन्न विभागों में बराबर तालमेल होना चाहिए और परस्पर अविश्वास की स्थिति नहीं रहनी चाहिए.

उनके द्वारा स्थापित भिक्खु संघ और भिक्खुणी संघ दोनों का संगठन और संचालन पूरी तरह प्रजातान्त्रिक ढंग से होता था. संघ के कायदे-कानून और उनको चलाने की प्रक्रिया से पता चलता है कि ब्रिटेन में प्रजातंत्र आने से दो हजार साल पहले बुद्ध ने भिक्खु और भिक्खुणी संघ में प्रजातंत्र की प्रणाली लागू कर दी थी. संघ की भाषा इस बात का उदाहरण है. गौतम बुद्ध चौदह भाषाओं में दक्ष थे, फिर भी उन्होंने सारे उपदेश उन दिनों की लोकभाषा पालि में ही दिए जिससे आम जनता धम्म को समझ सके और अपने जीवन में अपना सके.

गौतम बुद्ध की शिक्षाओं के केन्द्र में जातिगत भेदभाव खत्म करके सामाजिक समानता की स्थापना करना था. बुद्ध ने बारंबार कहा कि जन्म से न कोई ब्राह्मण होता है और न कोई शूद्र. इन्सान का मूल्य उसकी जाति से नहीं, उसके कामों से आंका जाता है. उन्होंने कहा कि कर्म से ही इन्सान ब्राह्मण बनता है और कर्म से ही चाण्डाल. ब्राह्मण जन्म से श्रेष्ठ होता है इस वैदिक मान्यता को बुद्ध ने पूरी तरह नकार दिया. बुद्ध का समानता का सिद्धांत लोगों के दिलों को छू जाता था क्योंकि उससे उनका स्वाभिमान और आत्मसम्मान बढ़ता था तथा भौतिक जीवन जीने की प्रेरणा मिलती थी, जो कि हर इंसान की मूलभूत जरूरत है.

दबे, पिछड़े लोगों और आम जनता को बुद्ध की शिक्षाओं में एक आदर्श

जीवन और समाज नजर आता था जो उनकी आर्थिक और राजनीतिक परेशानियों तथा सामाजिक शोषण से मुक्ति दिलाने में सहायक थीं. पहली बार लोगों को अपने जीवन का असली मकसद समझ में आ रहा था. उनको लग रहा था कि निर्वाण का आनंद जीते जी प्राप्त किया जा सकता है; हर एक इंसान इस लायक है कि अगर वह चाहे और मन और लगन से मेहनत करे तो निर्वाण तक इसी जीवन में पहुँच सकता है. इसके लिए किसी की कृपा की आशा में ना बैठे रहकर खुद मेहनत करनी होगी.

गरीबी, अपराध, हिंसा और आतंकवाद से निपटने के उपाय :

भगवान बुद्ध ने अपने आर्थिक और राजनीतिक विचार चक्कवत्ती सिंहनाद सूत्त और कूटदन्त सूत्त में व्यक्त किए हैं. उन्होंने कहा, ''चोरी, हिंसा, नफरत, निर्दयता जैसे अपराधों और अनैतिक कार्यों का कारण गरीबी है.''[२५] इन अपराधों को सजा देकर नहीं रोका जा सकता है.

अलवी गाँव में भोजन करने के बाद गौतम बुद्ध का उपदेश शुरू होने ही वाला था कि एक किसान आ गया जो भूखा था. भगवान बुद्ध ने कहा पहले इस किसान को खाना खिलाओ उसके बाद ही उपदेश शुरू होगा. भगवान बुद्ध ने कहा,''भूखे आदमी का मन उपदेश सुनने में कैसे लगेगा? भूख से बड़ा कोई दुःख नहीं होता. भूख हमारे शरीर की ताकत को खत्म कर देती है जिससे हमारी खुशी, शांति, स्वास्थ्य सभी समाप्त हो जाते हैं. हमको भूखे लोगों को कभी नहीं भूलना चाहिए. अगर हमें एक समय का खाना न मिले तो परेशानी होने लगती है, तो उन लोगों के कष्ट की कल्पना कीजिए जिनको दिनों और हफ्तों तक बराबर खाना नहीं मिलता. हमें ऐसा इन्तजाम करना चाहिए जिससे इस दुनिया में एक भी व्यक्ति को भूखा रहना न पड़े.''

श्रावस्ती में कोसल नरेश प्रसेनजित को उपदेश देते हुए बुद्ध ने कहा,'राज्य की अर्थ-व्यवस्था और न्याय-प्रणाली सुधारो. सजा देने, जेल में रखने और शारीरिक दंड देने से अपराधों पर काबू नहीं पाया जा सकता. अपराध और हिंसा तो भूख और गरीबी के स्वाभाविक परिणाम होते है. अतः जनता की सहायता करने तथा उनकी सुरक्षा का सर्वोत्तम उपाय करने के लिए स्वस्थ अर्थव्यवस्था के निर्माण करने पर ध्यान केन्द्रित करना चाहिए. गरीब किसानों को भोजन, बीज और खाद-उर्वरकों पर तब तक आर्थिक सहायता दी जाए जब तक वे आत्मनिर्भर न हो जाएं. छोटे व्यापारियों को पूँजी उधार दी जाए. सरकारी कर्मचारियों को पर्याप्त वेतन दिया जाए. लोगों से बेगार कराना बंद किया जाए. लोगों को अपना व्यवसाय-धंधा चुनने का अधिकार और अवसर दिया जाए. लोग जो काम करना चाहें, उनकी तकनीकी शिक्षा

का इन्तजाम किया जाए. जब लोग अपने-अपने काम धन्धे में लग जाएँगे, कोई एक दूसरे को परेशान नहीं करेगा, अर्थ-व्यवस्था में सुधार आयेगा और राज्य की आमदनी बढ़ेगी. जनता में अमन-चैन और खुशहाली आयेगी. लोग बच्चों को अपनी गोद में लेकर खुशी से नाचे-गाएँगे और दरवाजे खुले छोड़कर सोएँगे.' इस तरह बुद्ध ने कानून-व्यवस्था और अमन-चैन कायम करने के लिए भय और दण्ड का सहारा न लेकर लोगों की समस्याओं को समझकर उन्हें सुलझाने को कहा. जिससे समस्या की जड़ को समाप्त किया जा सके. आज जब भारत में विभिन्न राज्य हिंसा, आतंकवाद और नक्सलवाद से जूझ रहे हैं, बुद्ध की कूटदंत सूत्त में दी गई शिक्षा और अधिक प्रासंगिक जान पड़ती है.

शासन में धम्म :

राजधर्म समझाते हुए गौतम बुद्ध कहते हैं, 'राजा को कोई निर्णय जल्दबाजी में नहीं लेना चाहिए. खूब विचार करके करना चाहिए.'[२६] इसी तरह एक अन्य प्रसंग में भगवान बुद्ध ने कहा - 'राजा को मुकदमों का फैसला धर्म से, न्याय से करना चाहिए. राग, द्वेष आदि विकारों के वशीभूत होकर नहीं.'[२७]

कपिलवस्तु में राजा शुद्धोधन और शाक्यवंश के लोगों को उपदेश देते हुए गौतम बुद्ध ने कहा कि शासन और राजनीति में धम्म का प्रयोग करके शासन व्यवस्था को सुधारा जा सकता है. सामाजिक समानता लाई जा सकती है और सबको न्याय दिया जा सकता है. भगवान बुद्ध ने कहा, ''जब राजनीतिज्ञ पर्याप्त बुद्धिमान और प्रेम-भाव से युक्त होगा तो वह निर्धनता, कष्टों और उत्पीड़न विषयक सत्य स्थिति को समझ सकेगा. ऐसा व्यक्ति शासन व्यवस्था में ऐसे सुधार कर सकता है, जिससे अमीरी और गरीबी के बीच की खाई कम हो सके और अन्य लोगों के साथ बल-प्रयोग की आवश्यकता ही समाप्त हो जाए. मेरे मित्रों, राजनीतिज्ञों और शासकों को स्वयं एक उदाहरण बन जाना चाहिए. विलासतापूर्ण जीवन की गोद में मत पड़े रहो क्योंकि धन ही आप लोगों एवं प्रजाजनों के बीच सर्वाधिक बाधाएं बनकर उपस्थित होता है. सादा और सर्वांग जीवन जियो, अपना समय लोगों की सेवा में लगाओ, न कि भोग-विलास में. यदि नेता स्वयं अच्छा उदाहरण प्रस्तुत नहीं करता तो वह लोगों का प्रेम और सम्मान कैसे अर्जित कर सकता है. सदाशयता का शासन कानून और व्यवस्था के नियमों से सर्वथा भिन्न होता है. सदाशयता का शासन दण्ड पर आधारित नहीं होता. सच्ची प्रसन्नता या आनंद सदाशयता अथवा दया-भाव से ही प्राप्त किया जा सकता है.'' जातक कथा में भगवान बुद्ध ने राजा, (आज के संदर्भ में राजनेता व

सरकारी अधिकारी) के दस कर्त्तव्य बताए हैं.

१. पहला कर्त्तव्य है उदारता, विशाल हृदय और दानशीलता. शासन में बैठे लोगों को धन और संपत्ति से मोह न करके सरकारी आमदनी को जनता की भलाई के लिए इस्तेमाल करना चाहिए.
२. शील और सदाचार का जीवन जीना चाहिए.
३. जनता की भलाई के लिए अपनी सुख-सुविधाएं त्याग कर, नाम और शोहरत के चक्कर में न पड़ते हुए जनता के हित में काम करना चाहिए.
४. शासन को ईमानदारी और तन्मयता के साथ बगैर किसी दबाव व पक्षपात के चलाना चाहिए.
५. सौम्य और मेहरबान(दयालु) होना चाहिए.
६. जीवन सादा और साधारण, भोग-विलास से रहित होना चाहिए.
७. किसी के प्रति ईर्ष्या, बैर-भात और द्वेष रो गुक्त होना चाहिए.
८. अहिंसात्मक होना चाहिए. देश में शांति के लिए प्रयासरत रहना चाहिए.
९. सहनशीलता, धैर्य और सहिष्णुता के साथ, अपना आपा खोये बगैर दुःख तकलीफ सहने का सामर्थ्य होना चाहिए.
१०. जनता की राय के सामने उसको नतमस्तक होना चाहिए.

कुल मिलाकर उन्हें कोई भी ऐसा काम नहीं करना चाहिए जिससे जनता को नुकसान पहुँचता हो और लोगों की सुख-शांति और एकता में बाधा पड़ती हो. महान सम्राट अशोक ने अपने शासनकाल में उपरोक्त सभीं बातों को ध्यान में रखकर शासन चलाया जो भारत का सर्वोत्तम शासन माना जाता है और जिसकी वजह से अशोक को '*देवानामप्रिय अशोक*' और '*अशोक महान*' की उपाधियों से विभूषित किया गया.

धर्मनिरपेक्षता :

भगवान बुद्ध सर्वधर्म समभाव के पक्षधर थे. उन्होंने कभी अपनी शिक्षाओं की प्रशंसा को न तो जरूरत से ज्यादा महत्व दिया और न ही उसकी आलोचना करने वालों की निन्दा की. अम्बालथ्थिका में ब्रह्मजाल सुत्त का उपदेश देते हुए उन्होंने कहा,''भिक्खुओं, जब भी आप लोग मेरी या सद्धर्म मार्ग की आलोचना सुनें, तो उस पर न तो क्रोध करने की, न परेशान होने और न ही अमर्ष अनुभव करने की आवश्यकता है. ऐसी भावनाओं से आपकी

अपनी ही हानि होगी. जब भी कोई मेरी या सद्धर्म मार्ग की प्रशंसा करे, तब भी प्रसन्न, हर्षित अथवा संतोष की भावनाएं मन में मत आने दीजिए. इनसे भी आपकी स्वयं की ही हानि होगी. इस सम्बन्ध में सही दृष्टिकोण यह है कि आलोचना में क्या बात सत्य है और क्या असत्य. ऐसा विश्लेषण करने से ही आप अपने अध्ययन में प्रगति कर सकोगे और साधना अभ्यास मार्ग पर आगे बढ़ सकोगे....जिन्होंने धर्म की सूक्ष्मता और मुख्य तत्वों को समझ लिया है, वे प्रशंसा के चंद शब्द ही कहेंगे, वे चेतना-जागृति के सच्चे ज्ञान को समझते हैं. ऐसा ज्ञान प्रगाढ़, सूक्ष्म और अनिर्वचनीय होता है. यह सामान्य विचारों और शब्दों से परे की बात होती है....भिक्खुओं इस संसार में अगणित दर्शन, सिद्धांत और मत हैं. लोग इन सब पर अनन्त समय तक आलोचना-प्रत्यालोचना कर सकते हैं. किन्तु मैंने इनका जो सार समझा है, उसके अनुसार मुख्य ६२ सिद्धांत हैं जिनमें हजारों दर्शनों और धार्मिक मत-मतान्तरों को समाहित किया जा सकता है. चेतना जागृति और आत्म मुक्ति के मार्ग के अनुसार इन सभी सिद्धान्तों में त्रुटियां हैं और उनसे बाधाएं उत्पन्न होती हैं.''[२८]

राजगृह में गृद्धकूट शिखर पर दो हजार भिक्खुओं और भिक्खुणियों को समझाते हुए उन्होने संघ में एकता बनाए रखने और विघटन से बचाए रहने के लिए कहा : दल बनाकर आपस में मिलते रहो, धम्म चर्चा करते रहो, मिलने और विदा होने के समय सहयोग-एकता की भावना रखो, निर्धारित शीलों का पालन करो, संघ के गुणी और अनुभवी वरिष्ठ भिक्खुओं का आदर करो और उनके मार्ग निर्देशों का पालन करों, आकांक्षाओं से मुक्त शुद्ध एवं सादगी भरा जीवन बिताओ, उद्वेगरहित शांतिपूर्ण जीवन का आनंद उठाओ, शांति, आनंद और मुक्ति प्राप्त करने के लिए आत्म चेतना को जागृत रखो, जिससे मित्रों को धम्म मार्ग पर शरण दे सको और उनकी सहायता कर सको. यदि ऐसा करोगे तो धम्म फले-फूलेगा और कभी इसका पतन नहीं होगा. बाहर की कोई ताकत संघ को नहीं तोड़ पायेगी. आंतरिक कलह और मतभेद से ही संघ विभाजित हो सकता है. गप्पे मारनें, अत्यधिक सोने, नाम, यश और प्रसिद्धि बटोरने की लालसा मत करो; कामनाओं के पीछे मत भागो और घटिया चरित्र वाले लोगों की संगत में समय मत बर्बाद करो. सजग अवस्था में यात्रा करो, धम्म का विश्लेषण करते रहो, सजग और शांत चित्त से ध्यान करते रहो और संखारों की अनित्यता को हमेशा ध्यान में रखो जिससे पूर्ण मुक्त हो कर निर्वाण तक पहुँच सको.

गृहस्थ एवं पारिवारिक जीवन के लिए उपदेश :

भगवान बुद्ध ने परिवार के लोगों में उनके आपसी संबंध कैसे हों, दोस्तों और रिश्तेदारों से संबंध कैसे हों, लोगों के आपसी सामाजिक संबंध कैसे हों, इस पर विस्तार से उपदेश दिया है.

दीघ निकाय के सिगाला सुत्त से पता चलता है कि एक बार भगवान बुद्ध राजगृह में वेलुवन में विहार कर रहे थे. भिक्षाटन के लिए निकले बुद्ध की श्रेष्ठीपुत्र सिगाल से मुलाकात हुई जो छहों दिशाओं को झुककर नमस्कार कर रहा था. बुद्ध के पूछने पर उसने बताया कि उसके पिता ने बचपन में उसे छहों दिशाओं का नमन करना सिखाया था, लेकिन इसका मतलब उसे मालूम नहीं है.

भगवान बुद्ध ने सिगाल को उपदेश देते हुए कहा कि उनके धम्म में पूरब का मतलब माता-पिता, दक्षिण का मतलब गुरू और शिक्षक, पश्चिम का मतलब पत्नी और बच्चे, उत्तर का मतलब मित्र और रिश्तेदार और समाज, धरती का मतलब कर्मचारी, नौकर-चाकर और आसमान का मतलब साधु, संत, महापुरूष तथा आदर्श व्यक्ति होता है. बुद्ध ने कहा कि छः दिशाओं की पूजा इस ढंग से करनी चाहिए. भगवान बुद्ध ने माता-पिता की सेवा करना सिखाया. उन्होने किसी काल्पनिक ईश्वर को नहीं बल्कि माता-गिता को ही ब्रह्म कहा. **"ब्रह्मा ति मातापितरो"** बुद्धिमान आदमी को माता-पिता का उचित आदर-सत्कार करना चाहिए, उनकी पूजा करनी चाहिए. ब्रह्म का मतलब है अनंत मैत्री, अनंत मुदिता, अनंत करुणा और अनंत उपेक्षा(समताभाव) से भरा हुआ व्यक्ति. बुद्ध ने माता-पिता को ही ब्रह्म का दर्जा दिया. उन्होंने कहा कि माता-पिता ही जन्म देने वाले और बच्चों का पालन-पोषण करने वाले होते हैं. इसलिए हर इंसान को अपने माता-पिता का आदर और सेवा करना चाहिए, बुढ़ापे में उनकी देखभाल करनी चाहिए और उनके लिए जो भी संभव हो वह अवश्य करना चाहिए. बुद्ध ने कहा कि अपने परिवार के मान-सम्मान को अक्षुण्ण रखना चाहिए और बच्चों को अपने माता-पिता द्वारा कमाई गई संपत्ति की रक्षा करनी चाहिए, उन्होंने कहा कि कोई भी इंसान दिन-रात अपने माता-पिता की सेवा करे तो भी वह उनके ऋण से मुक्त नहीं हो सकता. उनके ऋण से मुक्त होने का एक ही तरीका है कि अगर माता-पिता शीलवान नहीं हैं तो उन्हें शीलवान बनने में सहायता करें, शीलवान हैं मगर समाधि में प्रतिष्ठापित नहीं हैं तो समाधि में प्रतिष्ठापित करने में मदद करें, अगर शीलवान हैं और समाधि में प्रतिष्ठित हैं लेकिन प्रज्ञा में प्रतिष्ठित नहीं हैं तो उन्हें प्रज्ञा में प्रतिष्ठित करें. बुद्ध ने आगे कहा कि माता-पिता

का भी अपने बच्चों के प्रति उत्तरदायित्व होता है, उनकी जिम्मेदारी है कि वे अपने बच्चों को बुरी आदतों और अकुशल कामों से बचाकर रखें, उन्हें अच्छी से अच्छी शिक्षा दिलाएं, उन्हें अच्छे व आय वाले काम-धंधे में लगाएं, विवाह योग्य हो जाने पर उनका अच्छा रिश्ता करें और उचित समय आने पर पारिवारिक संपत्ति उनके सुपुर्द कर दें.

शिष्य को अपने गुरू का आदर-सम्मान करना चाहिए, उनकी आज्ञा का पालन करना चाहिए, उनकी आवश्यकताओं को पूरा करना चाहिए तथा मेहनत और लगन से पढ़ाई करनी चाहिए. शिक्षक को भी अपने शिष्य को सही और समुचित शिक्षा/ज्ञान देना चाहिए, उसे उचित रुप से पढ़ाना चाहिए, शिष्यों में भेदभाव नही करना चाहिए; अच्छी संगत के लिए उन्हें प्रेरित करना चाहिए, शिक्षा समाप्त होने पर रोजगार प्राप्त करने में सहायक होना चाहिए.

पति और पत्नी के बीच के प्यार को उन्होंने पवित्र प्यार की संज्ञा दी. उसे सादर ब्रह्मचर्या (पवित्र गृहस्थ जीवन) कहा. उन्होंने पति और पत्नी के संबंध को सर्वोच्च सम्मान दिया. उन्होंने कहा कि पति और पत्नी एक दूसरे के विश्वासपात्र रहें, एक दूसरे का सम्मान करें, एक दूसरे के प्रति पूरी तरह समर्पित रहें, एक दूसरे के प्रति अपने उत्तरदायित्व का पालन करें. उन्होंने कहा कि पति-पत्नी एक दूसरे के पूरक होते हैं. **पति का कर्त्तव्य है कि वह अपनी पत्नी के मान-सम्मान की रक्षा करे, कभी न अपमान करे, न अपमान होने दे, अनैतिक मिथ्याचार से दूर रहे, अपनी आय के हिसाब से धन-दौलत से पत्नी को संतुष्ट रखे और समय-समय पर पत्नी को वस्त्र-आभूषण का उपहार देता रहे. पत्नी का भी यह कर्त्तव्य है कि घर के कामकाज ठीक से करे, घर के कामकाज में आलस न करे, परिवार के सभी व्यक्तियों का आदर करे, रिश्तेदारों का उचित आदर-सत्कार करे, अनैतिक मिथ्याचार से दूर रहे, पति की आय की सुरक्षा करे, सतर्क और दक्ष रहे.**

भगवान बुद्ध ने कहा कि मित्रों-पड़ोसियों-रिश्तेदारों का उचित सादर-सत्कार करना चाहिए, उनसे प्यार और प्रसन्नता से बात करनी चाहिए, उनकी भलाई की कामना करनी चाहिए, उनसे बराबरी का व्यवहार करना चाहिए, और समय आने पर उनकी मदद करनी चाहिए, संकट के समय कभी साथ नहीं छोड़ना चाहिए.

मालिक का अपने नौकरों और कर्मचारियों के प्रति भी उत्तरदायित्व है. उनकी यह जिम्मेदारी बनती है कि वे उन्हें उनकी योग्यता और क्षमता के अनुसार ही काम दें, काम के बदले समुचित वेतन और पारिश्रमिक दें.

उनकी चिकित्सा का ख्याल रखें, समय-समय पर उन्हें अनुदान-बख्शीश और बोनस देते रहें. नौकर और कर्मचारी की भी जिम्मेदारी है कि वह आलस्य को त्याग कर मेहनत-लगन और पूरी निपुणता से अपना काम करे, ईमानदार रहे, आज्ञाकारी रहे और कभी भी मालिक को धोखा न दे.

उपासक और भिक्खु के सम्बन्धों के बारे में बुद्ध ने कहा कि उपासक-उपासिकाओं को अपने धम्मगुरू, भिक्खुओं की भौतिक आवश्यकताओं को प्यार और सम्मान के साथ पूरा करना चाहिए. धम्मगुरू को करुण-हृदय से उपासक-उपासिकाओं को धम्म सिखाना चाहिए, जिससे कि वो धम्ममार्ग पर चलकर नैतिक व आध्यात्मिक जीवन जी सकें.

उन्होंने सिगाल को कहा कि लालच, गुस्सा, वासना, भय और ईर्ष्या के वशीभूत हो कर कोई काम नहीं करना चाहिए. उन्होंने आगे कहा कि नशा मत करो, सड़कों पर देर रात मत घूमो-फिरो, जुआखाने में मत जाओ, वेश्यावृत्ति और नाच-तमाशे से दूर रहो, चरित्रहीन लोगों की संगत मत करो और आलसी मत बनो क्योंकि ये आदतें विनाश की ओर ले जाने वाली हैं. इतना ही नहीं, उन्होंने यह भी बताया कि कैसे व्यक्ति से दोस्ती करनी चाहिए, उन्होंने कहा कि अच्छा दोस्त वही है जिसकी दोस्ती में स्थिरता हो, जो अमीरी-गरीबी, सुख-दुःख, सफलता-असफलता सभी परिस्थितियों में एक-सा व्यवहार करे, जिसकी भावना आपके प्रति डगमगाती न रहे, आपकी बात सुने, मुसीबत के दिनों में साथ दे, अपने सुख-दुःख में शामिल करे और आपके सुख-दुःख को अपना समझे.

भगवान बुद्ध ने कहा कि सद्गुणी लोगों से संबंध बढ़ाओ और घटिया लोगों की संगत और घटिया मार्ग त्याग दो, आत्म-साधना और सच्चरित्रता बढ़ाने वाले वातावरण में रहो, सद्धर्म एवं शील अपनाने और अपना कार्य गहनता से कर सकने के अवसरों को बढ़ाते रहो, अपने माता-पिता, पति या पत्नी और बच्चों की अच्छी तरह देखभाल करें, उनके लिए समय निकालें. अपने समय, साधनों और प्रसन्नता में औरों को भी भागीदार बनाओ. सद्गुण अपनाने के लिए अवसर जुटाओ और मद्यपान एवं जुए से बचो. विनम्रता, कृतज्ञता और सादा जीवनयापन की कला सीखो. भिक्खुओं के निकट आने के अवसर में रहो जिससे सद्धर्म का अध्ययन कर सको. चार आर्य सत्यों के आधार पर जीवनयापन करो. ध्यान-साधना सीखो जिससे दुःखों और चिंताओं का नाश हो सके.

भगवान बुद्ध के बताए इन सूत्रों का पालन कर हम अपना गृहस्थ और पारिवारिक जीवन सुखी बना सकते हैं.

श्रम का महत्व :

भगवान बुद्ध श्रम को बहुत महत्व देते थे. श्रमिकों को वे सम्मान की दृष्टि से देखते थे. भगवान बुद्ध श्रमण संस्कृति के थे. श्रमण का अर्थ ही होता है कि किसी की कृपा के भरोसे न जी कर, खुद के श्रम द्वारा मुक्त अवस्था तक पहुँचना.

भगवान बुद्ध को शारीरिक-श्रम से भी किसी तरह की अरुचि नहीं थी. वप्रमंगल उत्सव (धान बोने के प्रथम दिन मनाया जाने वाला उत्सव जिसमें हर शाक्य को अपने हाथ से हल जोतना पड़ता है) के समय वे स्वयं हल जोता करते थे. उनके पिता राजा शुद्धोदन के पास बहुत खेत थे. एक दिन अपने कुछ मित्रों सहित सिद्धार्थ अपने पिता के खेत पर गए. वहां उन्होंने देखा कि मजदूर खेतों में काम कर रहे हैं, किंतु उनके तन पर पर्याप्त कपड़े भी नहीं हैं. वे तपती दोपहरी में सूरज की धूप से जल रहे हैं. इस दृश्य का सिद्धार्थ के कोमल मन पर गहरा प्रभाव पड़ा. उनके मन में यह प्रश्न कौंधा कि मजदूर मेहनत करे और मालिक उसकी मजदूरी पर गुलछर्रे उड़ायें, यह कैसे ठीक हो सकता है? एक आदमी दूसरे आदमी का शोषण करे, क्या इसे ठीक कहा जाएगा?

बुद्धत्व प्राप्ति के ग्यारहवें वर्ष में गौतम बुद्ध मगध में थे.

एक समय भगवान मगध के दक्षिणागिरि में एकनाला नामक ब्राह्मणों के ग्राम में विहार कर रहे थे. उस समय कासिभारद्वाज ब्राह्मण के पाँच सौ हल बोने के समय जोताई के कार्य में लगे हुए थे. तब भगवान पूर्वाह्न समय में चीवर पहन और पात्र ले जहां कासिभारद्वाज का कार्यस्थान था, वहां गए, उस समय कासिभारद्वाज ब्राह्मण के यहां भोजन परोसा जा रहा था, कासिभारद्वाज ब्राह्मण ने भगवान् को खड़ा देखा. देखकर बुद्ध से कहा, 'हे श्रमण, मैं जोतता और बोता हूँ, जोत और बो कर खाता हूँ. हे श्रमण, तुम भी जोतो और बोओ, जोत और बोकर खाओ.'

भगवान बुद्ध ने कहा, 'ब्राह्मण, मैं भी जोतता और बोता हूँ, जोत और बोकर खाता हूँ.'

'हम लोग आप गौतम के जुआठ, हल, फार, छेकुनी अथवा बैलों को नहीं देखते हैं, फिर भी आप गौतम ऐसा कह रहे हैं- ब्राह्मण, मैं भी जोतता और बोता हूँ, जोत और बोकर खाता हूँ.'

'आप अपने को कृषक बतलाते हैं, किन्तु आपकी कृषि को हम नहीं देख रहे हैं. हम पूछने वालों को अपनी कृषि बतलाइए, जिससे कि हम लोग

आपकी कृषि को जानें.'

भगवान बुद्ध बोले, 'श्रद्धा मेरा बीज है, तप वृष्टि है, प्रज्ञा मेरी जुआठ और हल है, लज्जा हरीष(हल का दण्ड)है, मन नधना है, स्मृति मेरा फाल और छेकुनी है.

शरीर से संयत हूँ. वचन से संयत हूँ. भोजन और पेट के प्रति संयत हूँ. मैं सत्य की निराई करता हूँ. अर्हत्व की प्राप्ति ही मेरा फसल काटना है. मेरा वीर्य बैल है और निर्वाण की गाड़ी है. वह बिना रुके चलती है और वहां चली जा रही है जहां जाकर शोक नहीं करना होता. इस प्रकार की गई कृषि अमृतफलदायी होती है, इस कृषि को करके मनुष्य सारे दुःखों से मुक्त हो जाता है.'

तब, कासिभारद्वाज ब्राह्मण एक बहुत बड़ी थाली में खीर परस कर बुद्ध के पास लाया और खीर खाने का आग्रह करने लगा. लेकिन बुद्ध ने कहा-

गाथाभिगीतं मे अभोजनेय्यं, संपस्सतं ब्राह्मण नेस धम्मो ।
गाथाभिगीतं पनुदन्ति बुद्धा, धम्मे सति ब्राह्मण वुत्तिरसा ॥

(धर्मोपदेश करने से प्राप्त भोजन मेरे लिए अभोज्य है. ब्राह्मण, भली प्रकार जानकारों का यह नियम नहीं है. बुद्ध धर्मोपदेश से प्राप्त भोजन को त्याग देते हैं. ब्राह्मण, धर्म के विद्यमान रहते यह रीति है.)

ज्ञानी, महर्षि, क्षीणाश्रव और चंचलता-रहित मेरे लिए दूसरे अन्न और पेय को लाओ. पुण्य को चाहने वाले के लिए यह उत्तम क्षेत्र होता है.[२९]

इस प्रकार भगवान बुद्ध ने मानसिक और शारीरिक दोनों प्रकार के श्रम को बराबर महत्त्व दिया है.

प्रेम और सौहार्द का महत्त्व :

गौतम बुद्ध एक बार श्रावस्ती में अनाथ पिण्डक जेतवनाराम में विहार कर रहे थे. एक दिन कोसल नरेश प्रसेनजित ने पूछा : भगवन सुना है कि आप प्रेम करने को मना करते हैं. आप कहते हैं कि प्रेम से दुःख उत्पन्न होता है और प्रेम से भय, जो प्रेम से मुक्त हैं, उसे शोक नहीं, भय कहां से होगा, भगवन तो क्या प्रेम के बिना जीवन सूना नहीं हो जायेगा?

बुद्ध ने कहा, ''प्रेम कई तरह के होते हैं, प्रेम के स्वभाव को जानिए. प्रेम जीवन में बहुत जरूरी है लेकिन प्रेम कामवासना के वशीभूत होकर, आकर्षण, भेद-भाव और पूर्वाग्रहों पर आधारित नहीं होना चाहिए. प्रेम मैत्री और करुणा पर आधारित होना चाहिए. साधारणतया, लगाव या पूर्वाग्रह के

कारण ही लोग स्वयं भी दुःखी होते हैं तथा दूसरों को भी दुःखी करते हैं. राजन्, सभी लोग जिस प्रेम के भूखे होते हैं, वह है मैत्री और करुणा. मैत्री ऐसा प्रेम है जो दूसरों को भी हर्षित कर सकता है. करुणा ऐसा प्रेम है जिससे दूसरों के दुःख दूर करना संभव होता है. मैत्री और करुणा को किसी प्रतिफल की अपेक्षा नहीं होती. प्रेमपूर्ण मैत्री और करुणा अपने माता-पिता, पति या पत्नी, बच्चों, संबंधियों, जाति के सदस्यों या देश के लोगों तक ही सीमित नहीं होती. इसमें मैं और मेरे का कोई भेद नहीं होता. जब किसी प्रकार का भेद-भाव नहीं होता तो तदनुरूप कोई लगाव भी नहीं होता. इससे कोई दुःख या निराशा नहीं होती. मैत्री और करुणा के बिना जीवन अर्थहीन और खोखला होता है. मैत्री और करुणा से जीवन शांति, उल्लास और संतोष से भर जाता है. आप एक देश के राजा हैं, यदि आप प्रेमपूर्ण मैत्री और करुणा का भाव अपनाएंगे तो आपके समस्त प्रजाजनों को लाभ होगा.''[३०]

भगवान बुद्ध ने कहा कि प्रेम और स्वतंत्रता दोनों साथ-साथ चलते हैं. वही प्रेम सच्चा प्रेम है जिसमें दोनों प्रेमियों को स्वतंत्रता हो. बगैर स्वतंत्रता के प्रेम जेलखाने की कैद जैसा हो जाता है. उन्होंने प्रसेनजित से पूछा कि क्या उस बूढ़ी औरत की कहानी सुनी है जिसने अपने ही बेटे को जहर दे दिया.

उत्पलवर्णा ने अपनी जीवन गाथा बताई कि सोलह वर्ष की आयु में विवाह होने के बाद उसके ससुर मर गए और उसकी सास अपने पुत्र से ही शरीर-संपर्क रखने लगी. उत्पलवर्णा ने एक पुत्री को जन्म दिया किन्तु अपनी सास और पति के संबंधों से तंग आकर पुत्री को छोड़कर घर से भाग गयी. कुछ सालों बाद उसने एक व्यापारी से विवाह कर लिया. उसे पता चला कि उसका पति भी एक रखैल को रखे हुए है. गुप्त रूप से खोजबीन करने पर ज्ञात हुआ कि वह रखैल और कोई नहीं, बल्कि उसकी अपनी वह बेटी थी जिसे वह वर्षों पहले छोड़कर भाग आई थी. उसका कष्ट और कटुता इतनी तीव्र थी कि वह समस्त संसार से ही घृणा करने लगी थी. न वह किसी को प्रेम करती थी और न ही किसी का भरोसा. वह नर्तकी बन गई थी. लेकिन भिक्खुणी बनने पर वह धम्म मार्ग पर आरूढ़ हुई और हृदय से राग-द्वेष पूरी तरह निकाल कर अर्हत पद को प्राप्त हुई.

भगवान बुद्ध के अनुसार सहृदयता और प्रेम एक ही हैं. सहृदयता के बिना प्रेम हो ही नहीं सकता. प्रत्येक प्राणी की प्रकृति उसकी भौतिक-रचना, भावनात्मक और सामाजिक स्थितियों के अनुरूप निर्मित होती है. इस तथ्य को समझ लेने पर वह निर्दयतापूर्ण व्यवहार करने वाले के प्रति भी घृणा

नहीं कर सकता. सह्रदयता से करुणा और प्रेम के भावों का उदय होता है जिससे व्यक्ति सद्‌कर्मों की ओर प्रवृत्त होता है. प्रेम करने के लिए पूर्ण सत्य समझ लेने की आवश्यकता होती है इसलिए मुक्ति की कुंजी सह्रदयतापूर्ण ज्ञान है. भगवान बुद्ध ने कहा कि प्रेम के स्वभाव को समझो. इस दुनिया में कुछ भी हमेशा एक जैसा नहीं रहता. परिवर्तन ही संसार का नियम है. इसीलिए प्रेम भी एक जैसा नहीं रहता; लेकिन सह्रदयता एक जैसी रहती है.

अंतर्राष्ट्रीय संबंध :

पूरी दुनिया में आजकल हिंसा, डर और आतंक का माहौल बना हुआ है और हम तनाव में जी रहे हैं. हर देश दूसरे देश को शक की निगाह से देख रहा है. विज्ञान का भीषण नरसंहारक हथियार बनाने में दुरुपयोग किया गया है. पूरी मानव जाति विनाश के कगार पर खड़ी हुई है. बड़े और शक्तिशाली देश छोटे और कमजोर देशों पर अपनी धौंस जमा रहे हैं और अपनी मर्जी की सरकारें बनवा रहे हैं और बड़ी बेशर्मी से अपनी सामरिक संहारक क्षमता का प्रदर्शन कर रहे हैं. जो देश उनकी दादागिरी मानने से इन्कार करेगा वही मानवता का दुश्मन करार दे दिया जाएगा. लोग एक अजीब से डर और आतंक के माहौल में जीने को मजबूर किए जा रहे हैं. ऐसे में बुद्ध की शिक्षाएं पहले से भी ज्यादा प्रासंगिक हो गई हैं. **''बैर से बैर कभी शान्त नहीं होता अबैर से ही बैर शान्त होता है. यही संसार का सनातन नियम है''**[३१] भगवान बुद्ध का यह उपदेश विश्व में शान्ति बनाए रखने के लिए अति आवश्यक है.

एक आदमी युद्ध में लाखों आदमियों को जीत ले और एक दूसरा अपने आपको जीत ले. बुद्ध कहते हैं, यह दूसरा आदमी ही सच्चा युद्ध विजयी है. दूसरों को जीतने की अपेक्षा अपने को जीतना श्रेष्ठ है. जिसने अपने आपको जीत लिया, जो अपने को नित्य संयत रखता है, उसकी जीत को कोई भी हार में परिणीत नहीं कर सकता हैं.

विजय से बैर पैदा होता है, पराजित दुःखी रहता है. विजय, पराजय दोनों को छोड़कर शान्त मनुष्य सुखपूर्वक सोता है.

गौतम बुद्ध ने युद्ध का हर सम्भव विरोध किया है. उन्होंने बार-बार कहा कि युद्ध किसी भी समस्या का हल नहीं होता है क्योंकि हर युद्ध में जन-धन की अपार हानि होती है. दुनिया में 'धर्म युद्ध' या 'उचित युद्ध' या 'न्याय के लिए युद्ध' जैसे शब्द जनता को गुमराह करने और मूर्ख बनाने के लिए गढ़े गए हैं. कोई भी युद्ध उचित या न्याय के लिए नहीं कहा जा सकता

क्योंकि हर युद्ध (बगैर किसी अपवाद के)अपने पीछे बर्बादी और तबाही ही छोड़कर जाता है. जो शक्तिशाली हैं उनके द्वारा किया गया युद्ध उचित और जो कमजोर हैं उनके द्वारा किया गया युद्ध अनुचित? हम जो करें वह उचित, दूसरे जो करें अनुचित, यह कैसे चलेगा? इसलिए भगवान बुद्ध ने कहा कि हर राष्ट्र की विदेश नीति पंचशील और परस्पर शांतिपूर्ण सह-अस्तित्व पर आधारित होनी चाहिए.

श्रावस्ती में कौशल नरेश प्रसेनजित को धम्म का उपदेश देते हुए भगवान बुद्ध ने कहा कि एक देश की समृद्धि और सुरक्षा दूसरे देशों की गरीबी और असुरक्षा की कीमत पर नहीं होनी चाहिए. स्थाई शांति और समृद्धि तभी संभव है जब राष्ट्र सभी के कल्याणार्थ एकजुट होकर निष्ठापूर्वक कार्य करें. यदि आप वास्तव में चाहते हैं कि आपके देश में शांति हो और युद्ध में आपके देश के युवक न मारे जाएं तो आप अन्य देशों को भी शांति प्राप्त करने में सहायता कीजिए. विदेश नीति और आर्थिक नीतियों में भी यदि करुणा का मार्ग अपनाएं तो सच्ची शांति होनी संभव होगी. इसके साथ ही आप अपने राज्य के नागरिकों को प्रेम करते हुए अन्य राज्यों यथा मगध, काशी, विदेह, शाक्य और कौलिय के प्रति भी प्रेम रख सकेंगे.

भगवान बुद्ध का उपरोक्त उपदेश वर्तमान युग में खासकर केवल एक महाशक्ति वाले युग में और भी प्रासंगिक हो गया है. कोई भी देश कितना भी शक्तिशाली क्यों न हो जाए लेकिन उसकी सुरक्षा तब तक स्थिर नहीं कही जा सकती जब तक दूसरे देश असुरक्षित हैं.

सामाजिक क्रांति :

शील, सदाचार से अपने साथ-साथ दूसरे लोगों का भी कल्याण अनिवार्य रूप से होता ही है. इसीलिए यदि मनुष्य का कल्याण हो रहा है तो समाज का कल्याण होगा ही. चित्त में ब्रह्मवृत्तियां जागेंगी ही, समाधि और प्रज्ञा बलवती होगी तो दूसरों के प्रति मंगलमैत्री, करुणा और मुदिता की भावना जागेगी ही. बैर-वैमनस्य मिटेगा तो समाज में शांति बढ़ेगी ही. चित्त की सजगता और जागरूकता से हम अपने चारों ओर घटने वाली घटनाओं के प्रति संवेदनशील बनते हैं और सामयिक आर्थिक समस्याएं गरीबी, भुखमरी, रोगों से लड़ने में लोगों की मदद करने के लिए अधिक तत्पर होते हैं. व्यक्ति की कोई स्वतंत्र सत्ता नहीं होती, उसका कोई स्वतंत्र अस्तित्व नहीं होता. वह बहुत सी चीजों के लिए दूसरों पर निर्भर करता है. व्यक्ति और समाज की पारस्परिक निर्भरता अपनी और दूसरों की पारस्परिक निर्भरता को पटिच्चसमुप्पाद की मदद से समझा जा सकता है.

धार्मिक क्रांति :

गौतम बुद्ध के पहले जो वर्णाश्रम व्यवस्था प्रचलन में थी, उसमें यह माना जाता था कि जीवन के पहले पच्चीस वर्ष ब्रह्मचर्य, छब्बीस से पचास वर्ष गृहस्थ, इक्यावन से पचहत्तर तक वानप्रस्थ और उसके बाद संन्यास लेना चाहिए. बुद्ध ने इस व्यवस्था को पूरी तरह नकार दिया. उन्होंने बताया कि अगर सही मायनों में संन्यास लेना है और सही मायनों में मनोविकारों से मुक्त होना है तो शील-सदाचार का पालन नवयुवक से और जवानी के दिनों से ही करना पड़ेगा. उन्होंने कहा कि जो लोग इस मार्ग पर चल कर पूर्ण मुक्त अवस्था तक पहुँचना चाहते हैं उन्हें पचहत्तर वर्ष की आयु तक इंतजार करने की जरूरत नहीं है, उन्होंने समझाया कि शारीरिक शक्ति एक ही है चाहे उसे कामवासनाओं में नष्ट करो या अपने मनोविकारों को दूर करने में उसका सदुपयोग करो. जो आदतें हम जवानी में डालते हैं बुढ़ापे तक वह कायम रहती हैं. बुढ़ापे में हमारी शक्ति तो क्षीण हो जाती है लेकिन वासनाओं के मनोविकार बढ़ते ही जाते हैं इसलिए जो अपनी जवानी के दिनों से ही धम्म का जीवन शुरू कर देते हैं, उनकी तुलना बादलों से मुक्त चंद्रमा के समान होती है जो पूरी दुनिया को उजाले से भर देते हैं.

बुद्ध की शिक्षाएं लोगों के दिल और दिमाग को छू जाती थीं जिससे हजारों पुरूष और महिलाएं भिक्खु और भिक्खुणी बने और करोड़ों की संख्या में गृहस्थ लोग बुद्ध धम्म के अनुयायी बने. इस तरह बुद्ध ने मानव इतिहास में पहली बार इतनी बड़ी धार्मिक क्रांति कर दिखाई जिसमें कहीं पर भी और कभी भी किसी भी प्रकार का बल, लोभ, लालच, डर का इस्तेमाल नहीं किया गया था. लोग अपनी मर्जी से चुंबक की तरह खिंचे चले आते थे. बुद्ध ने कहा कि वे भी हम लोगों की तरह एक सामान्य रीति से जन्में, एक सामान्य बच्चे की तरह बचपन बिताते हुए, बच्चे से नवयुवक हुए, स्कूल गए, विवाह किया और तेरह साल तक गृहस्थ जीवन बिताया, एक बच्चे के पिता बने और उन्तीस साल की परिपक्व उम्र में गृहत्याग किया. उनका पूरा जीवन ऐतिहासिक है और ऐतिहासिक दस्तावेजों से प्रमाणित है. उनके जीवन की किसी घटना में कहीं कोई पौराणिकता, असामान्यता और कल्पना नहीं है. उन्होंने यह प्रमाणित कर दिया कि कैसे एक सामान्य व्यक्ति आर्य आष्टांगिक मार्ग पर चल कर, शील-समाधि-प्रज्ञा का जीवन जी कर मुक्त हो सकता है और मानव जीवन के सर्वोच्च लक्ष्य निर्वाण को प्राप्त हो सकता है.

भगवान बुद्ध की कथनी और करनी में कभी कोई अंतर नहीं रहा उन्होंने

वही सिखाया जैसा जीवन उन्होंने खुद जिया. इसीलिए उनको ''यथावादी तथाकारी, तथाकारी यथावादी'' कहा जाता है. दुनिया में ऐसे बहुत से धर्मशिक्षक और प्रचारक हुए जिन्होंने बातें तो बहुत आदर्श की कही हैं लेकिन उन आदर्शों को स्वयं के जीवन में लागू नहीं किया, लेकिन बुद्ध की कथनी और करनी में कभी कोई अंतर नहीं रहा. उनके संपूर्ण जीवन में कभी कोई रहस्य और शंका वाली बात नहीं रही. गौतम बुद्ध से संबंधित सारी घटनाएं उनका जन्म-बचपन-शिक्षा-गृहस्थ जीवन-महाभिनिष्क्रमण-बुद्धत्व प्राप्ति-उपदेश-महापरिनिर्वाण सभी कुछ ऐतिहासिक दस्तावेजों से प्रमाणित है. भगवान बुद्ध पैंतालिस वर्षों तक लगातार गांव-गांव, कस्बे-कस्बे, शहर-शहर जा कर धर्मदेशना करते रहे और अनंत करुणा और मैत्री के साथ किसी भी प्रकार के भेदभाव के बगैर सबको मुक्त ह्रदय से धम्म बांटते रहे. भारत वर्ष में पहली बार स्त्रियों और वैदिक व्यवस्था में हीन समझे जाने वाले शोषित और दबे-कुचले लोगों को बराबरी का हक मिला. बुद्ध ने सबको अपने संघ में शामिल कर, दुनिया में पहली बार बगैर किसी हिंसा या बल प्रयोग के सामाजिक क्रांति कर दिखायी. भगवान बुद्ध दुनिया के पहले मिशनरी थे जिन्होंने बौद्ध भिक्खुओं और भिक्खुणियों को चारों दिशाओं में धम्म सिखाने के लिए भेजा और पैंतालिस वर्षों तक स्वयं भी धम्मोपदेश देते रहे.

आज, जब दुनिया में असमानता बढ़ रही है, एक नए किस्म का आर्थिक साम्राज्यवाद पनप रहा है और शक्तिशाली देश कमजोर देशों के ऊपर धौंस जमा रहे हैं, राजनेता नियम और कानूनों को धता बता रहे हैं. लोगों के आपसी रिश्तों में तनाव आ रहा है, संयुक्त परिवार टूट रहे हैं, बूढ़े और कमजोर लोगों के प्रति उपेक्षा भाव बढ़ रहा है, ऐसे में भगवान बुद्ध की शिक्षाएं पहले से भी ज्यादा प्रासंगिक हो गई हैं.

भगवान बुद्ध की शिक्षाओं का सार संक्षेप में अगले अध्याय में दिया जा रहा है.

तीसरा अध्याय

बुद्ध धम्म का सार

धम्म पालि भाषा का शब्द है, जिसका अर्थ होता है प्रकृति के नियमों के अनुसार जीवन जीना. जो इंसान प्रकृति के नियमों के अनुसार जीवनयापन करेगा स्वस्थ और प्रसन्न रहेगा, जो प्रकृति के नियमों के विपरीत जीवनयापन करेगा उसका व्याकुल, अशांत, अस्वस्थ रहना स्वाभाविक है. प्रकृति के नियमों के अनुसार जीवन जीना शील और सदाचार का जीवन कहलाता है और इसके विपरीत जीवन जीना दुराचार का जीवन कहलाता है. प्रकृति कुशल कर्मों के लिए मन की शांति देकर पुरस्कृत करती है और अकुशल कर्मों के लिए हमको अशान्त कर दण्डित करती है. मन, वाणी और शरीर द्वारा किए गए काम जिससे स्वयं का या दूसरों का किसी तरह का कोई नुकसान हो, स्वयं को या दूसरों को दुःख हो, अकुशल कर्म या पाप कर्म कहलाते हैं. मन-वाणी और शरीर द्वारा किए गए ऐसे कार्य जिनसे स्वयं या दूसरों को शान्ति व खुशी मिलती हो, फायदा होता हो, कुशल या पुण्य कर्म कहलाते हैं.

बुद्ध का अर्थ है परम् सत्य का साक्षात्कार करने वाला, बोधि या बुद्धत्व अर्थात् उच्चतम ज्ञान प्राप्त करना. चूँकि किसी की कृपा के भरोसे न बैठकर स्वयं ही सच्चाई के सहारे परम सत्य को पहुँचना होता है इसलिए बुद्ध को 'तथागत' भी कहा जाता है. तथागत का संधिविच्छेद करते हैं तो, तथ्य+आगत. अर्थात् तथ्यता अर्थात् सच्चाई के रास्ते आना-जाना. बुद्धत्व प्राप्त करने के बाद लोगों के प्रति करुणा करके बुद्ध जो भी रास्ता बताते हैं, वह धम्म का मार्ग कहलाता है और यह मार्ग होता है दान, शील, समाधि और प्रज्ञा का.

शील-सदाचार का जीवन, मन को वश में रखना और भावनामयी प्रज्ञा जगाकर स्वयं निर्वाण सुख प्राप्त करना और दूसरों को निर्वाण सुख प्राप्त करने में सहायता करना, स्वयं भी खुश रहते हुए दूसरों की खुशी के लिए कोशिश करते रहना, धम्म का सार है.

मानव जीवन का कल्याण कैसे हो, इंसान सुखी और प्रसन्न कैसे रहे, समाज में समानता, भाईचारा, प्रेम और सौहार्द, शान्ति और खुशहाली कैसे रहे, बुद्ध् धम्म का यही उद्देश्य है. बुद्ध की सभी शिक्षाओं में इंसान को प्रमुखता दी गई है इसलिए कहा जाता है कि धम्म मनुष्य के लिए है, मनुष्य धम्म के लिए नहीं है. बुद्ध ने देखा कि लोग किसी न किसी कारण से दुःखी

हैं. चूंकि लोग दुःखी हैं इसलिए समाज और देश भी दुःखी हैं इसलिए लोगों के दुःख दूर करके उनको खुशहाल बनाया जाए. जब लोग खुश होंगें तो समाज भी खुशमय होगा. प्रसन्न व्यक्ति ही प्रसन्न समाज का निर्माण करते हैं. व्यक्ति समाज की इकाई है. जब तक व्यक्ति प्रसन्न नहीं होगा; समाज, देश या विश्व प्रसन्न नहीं हो सकता; क्योंकि समाज की इकाई तो व्यक्ति ही है इसलिए बुद्ध ने व्यक्ति को ही अपनी शिक्षाओं का केन्द्र बिन्दु बनाया.

बुद्ध धम्म के केंद्र में मनुष्य और उसका कल्याण है, जिससे समतामूलक समाज की स्थापना हो. मनुष्य अपने दुःखों से छुटकारा पाकर ही प्रसन्न हो सकता है और जब मनुष्य प्रसन्न होगा तभी समाज प्रसन्न होगा. बुद्ध धम्म में न कोई ऊंचा है न कोई नीचा. सभी धर्मावलंबियों को बराबरी का दर्जा प्राप्त है. उनकी एक ही पहचान है कि वे **धम्म के अनुसार आचरण करने वाले हो जाते हैं.** भिक्खुओं को उपदेश देते हुए भगवान बुद्ध ने कहा था कि जैसे समुद्र में मिलने पर सभी नदियां अपना स्वतंत्र अस्तित्व खोकर समुद्र बन जाती हैं, वैसे ही धम्म में शामिल होने पर ऊंच-नीच, अमीर-गरीब आदि सभी भेद मिट जाते हैं. सब बराबर हो जाते हैं. भगवान बुद्ध ने परिस्थितिवश डाकू बने अंगुलिमाल, नगरवधू आम्रपाली, नाई उपाली, राजा प्रसेनजित, अति धनवान व्यापारी अनाथपिंडक, सम्राट शुद्धोदन, पुत्र राहुल सभी को दीक्षा देकर सभी को बराबरी का दर्जा दिया.

बुद्ध धम्म पूर्णरूपेण वैज्ञानिक धम्म :

बुद्ध धम्म पूर्णरूपेण वैज्ञानिक धम्म है जिसमें रूढ़िवाद और अंधविश्वास–के लिए कोई स्थान नहीं है. जिस प्रकार से वैज्ञानिक प्रयोग करके विश्लेषण और विभाजन करके किसी भी प्रक्रिया की तह तक जाकर निष्कर्ष पर पहुँचते हैं, उसी प्रकार भगवान बुद्ध ने प्रयोग करके और जीव जगत की घटनाओं का और उनमें घटित होने वाली सच्चाइयों का विभाजन-विश्लेषण किया. अंतर केवल इतना है कि वैज्ञानिक यह प्रयोग प्रयोगशालाओं में करते हैं जब कि भगवान बुद्ध ने सारे प्रयोग अपने शरीर, चित्त और प्रकृति की प्रयोगशाला में किए. कैसा अजीब संयोग है कि राजकुमार सिद्धार्थ ने एक महारानी की कोख से जन्म लिया लेकिन राजमहल में नहीं एक पेड़ के नीचे और खुली प्रकृति में. छह सालों तक उन्होनें कंदराओं-गुफाओं-बियाबान जंगलों में, पहाड़ियों, आश्रमों और विहारों में कठिन से कठिनतम तपस्या-ध्यान साधना की, लेकिन बुद्धत्व प्राप्त हुआ एक पेड़ के नीचे, खुली प्रकृति में. अनन्त करुणा और मैत्री से भरकर जब उन्होंने धम्म उपदेश शुरू

किया तो वह भी पंचवर्गीय भिक्खुओं को एक पेड़ के नीचे खुली प्रकृति में दिया. पैंतालिस वर्षों के लंबे समय तक धम्म का उपदेश देते हुए भव्य विहारों, आश्रमों और निवास स्थानों में रहे लेकिन जब महापरिनिर्वाण प्राप्त किया तो वह भी एक पेड़ के नीचे खुली प्रकृति में. इसलिए भगवान बुद्ध प्रकृति के नियमों, निसर्ग की नियामता को, प्रकृति के रहस्य को खूब अच्छी तरह समझते थे. ध्यान करते-करते उन्होंने देखा कि ऊपर से ठोस दिखने वाला यह शरीर असलियत में तरंगों का समूह मात्र है और यह तरंगें हर पल उत्पन्न होती हैं और नष्ट होती हैं. शरीर की न्यूनतम इकाई को उन्होंने अष्टकलाप कहा जो प्रकृति के चार पदार्थों जल, वायु, पृथ्वी और अग्नि के परमाणुओं से बने हैं और उनके अपने-अपने गुणधर्म से जुड़े हैं. भगवान बुद्ध ने कहा कि जितनी देर में मैं चुटकी बजाता हूँ उतनी देर में यह परमाणु कोटिशहस्त्र बार उत्पन्न होते हैं और नष्ट हो जाते हैं. अष्टकलापों को इतनी तेज गति से उत्पन्न होते और नष्ट होते देखते हुए, भगवान बुद्ध ने कहा-

सब्बे पज्जजलितो लोको, सब्बे लोको पज्जपितो

(थेरीगाथा, अट्ठकनिपाथ गाथा, २००)

(अर्थात : सब कुछ जल रहा है, सब कुछ तरंग मात्र है, तरंगों के अलावा कुछ नही है, ऊपर से ठोस दिखाई देने वाला शरीर वास्तव में अष्टकलापों का समूह मात्र है जो लगातार उत्पन्न और नष्ट हो रहा है.)

अमेरिका की बर्कले युनिवर्सिटी के प्रो. अल्वरिस ने बब्बल चैंबर बनाकर परमाणुओं के उत्पन्न होने और नष्ट होने की गति के बारे में प्रयोग किया और इस नतीजे पर पहुँचे कि एक सेकेंड में १ के आगे २३ शून्य लगाए जाएं, इतनी बार एक सेकेंड में परमाणु उत्पन्न होते हैं और नष्ट होते हैं. लेकिन चूँकि यह गति इतनी तेज होती है कि ऊपर से पदार्थ हमें ठोस दिखाई देता है. प्रो. अल्वरिस को इस प्रयोग के लिए नोबेल पुरस्कार भी दिया गया. भगवान बुद्ध परमाणु के उत्पन्न होने और नष्ट होने के स्वभाव और उसकी गति को ढाई हजार साल पहले ही जान चुके थे.

बुद्ध धम्म में एक भी बात ऐसी नहीं है जो कि तर्क और अनुभव की कसौटी पर खरी न उतरती हो. दुःख जीव जगत की सच्चाई है इस सत्य को भी भगवान बुद्ध ने विश्लेषण-विभाजन करने के बाद ही कहा. इस सच्चाई को आज भी, कोई भी, कहीं भी महसूस कर सकता है इसीलिए भगवान बुद्ध को मानव इतिहास का सबसे बड़ा वैज्ञानिक कहा जाता है और यदि कोई धर्म विज्ञान की कसौटी पर खरा उतरता है तो वह अकेला बौद्ध धम्म ही है. इसलिए बौद्ध धम्म के अनुयायी विज्ञान का खुले दिल से स्वागत करते हैं.

आज तक के इतिहास में बौद्ध अनुयायियों ने कभी भी विज्ञान का विरोध नहीं किया बल्कि दुनिया के दुःख दर्द को दूर करने के लिए समाज में नैतिक मूल्यों का विकास करने के लिए, समाज में मैत्री, करुणा और मुदिता के गुणों को बढ़ाने के लिए वैज्ञानिक दृष्टिकोण को ही अपनाया है. आर्य आष्टांगिक मार्ग को कोई भी, कहीं भी, कभी भी आजमा कर देख सकता है. यह हर निष्पक्ष अनुसंधानकर्ता की कसौटी से एक जैसा ही निष्कर्ष लाने वाला है. बौद्ध धम्म की समस्त विश्व की और सृष्टि की पूरी व्याख्या और कल्पना वही है जो आज के वैज्ञानिकों की है. भगवान बुद्ध ने अनेकों बार अपने अनुयायियों को वैज्ञानिक दृष्टिकोण अपनाने को कहा है. कालामसुत्त में कालामों को उपदेश देते हुए भगवान बुद्ध ने कहाः

किसी बात को इसलिए मत मानो कि ऐसा सदियों से होता आया है.

किसी बात को इसलिए भी मत मानो कि बड़े लोग या विद्वान लोग ऐसा कहते हैं,

किसी बात को इसलिए भी मत मानो कि धार्मिक ग्रन्थों में ऐसा लिखा हुआ है,

प्रत्येक बात को अपनी अनुभूति से परखने के बाद ही मानना चाहिए.[1]

बुद्ध की शिक्षाएं उनके स्वयं के प्रत्यक्ष अनुभव का परिणाम हैं. दीघनख(संजय) को उपदेश देते हुए भगवान बुद्ध ने कहा कि उनकी शिक्षाएं न तो कोई दर्शनशास्त्र हैं, न ही सिद्धांत हैं. न तो ये किसी वाद-विवाद से निकली हैं, न ही किसी कल्पना से, न ही किसी आकाशवाणी से, न ही किसी स्वप्न से और न ही किसी विश्वास या मान्यता से. उनकी सारी की सारी शिक्षाएँ उनके स्वयं के प्रत्यक्ष अनुभव का परिणाम हैं. उन्होंने कहा, ''मेरी शिक्षाएँ न तो कोई सिद्धांत हैं और न कोई दर्शन. यह न तो किसी वाद-विवाद के निष्कर्ष हैं और न विभिन्न दर्शनों के समान मानसिक मान्यताएं, जिनके अनुसार हम दावा करते हैं कि अग्नि, जल, वायु, पृथ्वी और आत्मा से सृष्टि का सृजन ही आधारभूत सत्य है अथवा सृष्टि का अंत होता है, या वह अनंत है अथवा सृष्टि नित्य है या अनित्य है. इस प्रकार की ध्रुवसत्य संबंधी मानसिक मान्यताएँ और विचार-विमर्शजन्य विचारधाराएं उन चीटियों के समान हैं जो कटोरी के किनारे की ही सतत् परिक्रमा करती रहती हैं किन्तु पहुंचती कहीं नहीं हैं. मेरी शिक्षाएं कोई दर्शन नहीं हैं. ये तो प्रत्यक्ष अनुभूतियों के परिणाम हैं. आप मेरे कथन की अपनी अनुभूतियों द्वारा पुष्टि कर सकते

हैं. मैं शिक्षा देता हूं कि सभी वस्तुएं अनित्य हैं, पटिच्चसमुप्पाद हैं और उनकी कोई पृथक सत्ता नहीं होती. मेरी शिक्षा है कि प्रत्येक पदार्थ सृजन, वर्द्धन और मरण के लिए सभी पदार्थों पर निर्भर हैं. कोई भी पदार्थ किसी एक मूल स्रोत से उत्पन्न नहीं होता. मैंने इस सत्य का प्रत्यक्ष अनुभव किया है जिसे आप भी अनुभव कर सकते हैं. मेरा उद्देश्य सृष्टि-रचना के विषय में बताना नहीं है, वरन् अन्य लोगों को प्रत्यक्ष अनुभूति करने में सहायता करना है. शब्दों से उस परम सत्य का वर्णन नहीं किया जा सकता. केवल प्रत्यक्ष अनुभव के द्वारा ही हम उस परम् सत्य का साक्षात्कार कर सकते हैं.''[२]

आगे बुद्ध कहते हैं, मैं स्पष्ट करना चाहता हूँ कि मेरी शिक्षाएं, ध्रुव सत्य की अनुभूति करने की एक पद्धति हैं, न कि स्वयं में एक ध्रुव सत्य. ठीक उसी प्रकार जैसे चंद्रमा की ओर इंगित करने वाली तर्जनी चंद्रमा नहीं हो जाती. समझदार व्यक्ति चंद्रमा को देखने के लिए तर्जनी का प्रयोग करता है. यदि कोई व्यक्ति केवल तर्जनी को देखता है और उसे ही भ्रमवश चंद्रमा मान लेता है, तो वह चंद्रमा को कभी नहीं देख सकता. मेरी शिक्षा तो साधना-अभ्यास का एक साधन मात्र है, न कि सदैव उसे पकड़े बैठे रहने या पूजा का साध्य. मेरी शिक्षा तो नदी पार जाने के लिए नौका के समान है. नदी के दूसरे तट पर पहुंच कर कोई मूर्ख ही नाव को साथ-साथ लिए फिरता होगा.

भगवान बुद्ध ने भिक्खुओं को यहां तक कहा है कि अगर कोई उनकी या उनके धम्म की आलोचना करता है तो उनको दुःखी होने की या उसके प्रति वैमनस्य जगाने की आवश्यकता नहीं है, इससे स्वयं की ही हानि होगी. इसी तरह अगर कोई प्रशंसा करता है तो उससे खुश होने की जरूरत नहीं है बल्कि हमेशा ही सच्चाई का सामना करते हुए धम्म मार्ग पर चलना चाहिए.[३] पटिच्चसमुप्पाद द्वारा जो कार्य और कारण की व्याख्या भगवान बुद्ध ने की है, वह आज के वैज्ञानिक सिद्धांत से पूरी तरह मेल खाती है.

भगवान बुद्ध ने विपस्सना साधना करते-करते अणुओं-परमाणुओं का विच्छेदन, विश्लेषण-विभाजन करते-करते देखा कि लोग बाहरी कारणों जैसे गरीबी, भुखमरी, असमानता, ऊंच-नीच, बीमारी, बुढ़ापा, मृत्यु, प्राकृतिक आपदाओं से तो दुःखी हैं ही, मनचाहा न होने पर, अनचाहा होने पर, प्रिय लोगों से बिछुड़ने, अप्रिय लोगों से मिलाप जैसी स्थितियों से भी दुःखी होते हैं. बुद्ध ने ध्यान करते-करते खोज निकाला कि हमारे दुःख का मूल कारण यह है कि हम घटने वाली घटनाओं और स्थितियों के सही स्वभाव से अनजान हैं. दूर से भासमान या प्रत्यक्ष दिखने वाली बस्तुस्थिति को ही हम

असली और वास्तविक मान बैठते हैं और उनके प्रति राग-द्वेष-मोह के गहरे-गहरे संखार बनाते जाते हैं. उन्होंने देखा कि जब हमें कुछ अच्छा लगता है तब हमारे शरीर पर सुखद संवेदनाएं प्रकट होती हैं. और जब कुछ बुरा लगता है या अच्छा नहीं लगता है, तो शरीर पर दुःखद संवेदनाएं पैदा होती हैं.

भगवान बुद्ध ने कहा कि विपस्सना करते-करते शरीर को सूक्ष्म से सूक्ष्मतर स्तर पर विभाजन-विश्लेषण करते हुए, अणुओं-परमाणुओं का निरीक्षण-परीक्षण करते हुए स्वयं के प्रत्यक्ष अनुभव से उन्होंने जाना है कि संसार में कुछ भी स्थिर नहीं है, सब कुछ परिवर्तनशील है जो हर पल बदल रहा है इसलिए सब कुछ अनित्य है. ऊपर से ठोस दिखने वाले इस शरीर में और इसके साथ जुड़े चित्त में और इन दोनों के मिलने से चलने वाली जीवनधारा में कहीं पर कुछ भी 'मैं' नामक चीज नहीं है और न ही इसमें 'मेरा' या आत्मा का कोई अस्तित्व है, पूरे अस्तित्व में किसी का भी पृथक और स्वतंत्र अस्तित्व नहीं है. सब कुछ, प्रत्येक प्राणी-वस्तु, घटना बहुत सी बातों पर, चीजों पर निर्भर है और सभी कुछ किसी न किसी कारण से उत्पन्न होता है, विकसित होता है और देखते- देखते किसी नए रूप में परिवर्तित हो जाता है. कुछ भी (बिना किसी अपवाद के), किसी एक मूल स्रोत से उत्पन्न नहीं हुआ है. एक बीज जब जमीन में बोया जाता है तो वह जल, मिट्टी हवा की मिली-जुली मदद से ही अंकुरित हो पाता है और सूर्यप्रकाश की मदद से बड़ा होता है. इस तरह पेड़ की एक पत्ती में पूरे ब्रह्मांड का प्रतिनिधित्व होता है जिसमें जल, वायु, पृथ्वी, अग्नि सभी कुछ समाया हुआ है. गौतम बुद्ध का उद्देश्य ब्रह्मांड की उत्पत्ति को समझाना नहीं था बल्कि यह था कि मनुष्य का अपना अकेले का कोई स्वतंत्र अस्तित्व नहीं है. वह जीने के लिए पर्यावरण पर, पेड़-पौधों पर, जीव-जंतुओं पर और समाज पर निर्भर है. वह किसी का पुत्र, किसी का भाई, किसी का दोस्त और किसी का रिश्तेदार है. अगर वह शील-सदाचार का जीवन जीता है तो अपनी सुख और शान्ति से समाज के अन्य प्राणियों की सुख-शान्ति में मदद करता है. प्रज्ञा जगाता है, दान-शील और करुणावान बनता है तो दूसरे लोगों के प्रति मंगल मैत्री जगाता है, करुणा जगाता है जिससे समाज में जो भी लोग जिस किसी कारण से दुःखी हैं, उनका दुःख दूर करने की कोशिश करता है.

बातों से और शब्दों से, सत्य को जो नित्य है, शाश्वत है, अमृत है, बयान नहीं किया जा सकता है. इसे केवल स्वयं के प्रत्यक्ष अनुभव से ही जाना जा सकता है. इससे लोगों को जीवन, घटनाओं, वस्तुओं के सही और वास्तविक

स्वभाव, जो परिवर्तनशील हैं, हर पल बदलता जा रहा है, को समझने में मदद मिलती है.

भगवान बुद्ध ने बताया कि हमें रोज सोने के पहले अपने जीवन और चित्त के बारे में कुछ देर विचार करना चाहिए कि हमारे अंदर कौन-कौन से अच्छे गुण हैं और उन सद्गुणों को बढ़ाने की कोशिश करते रहना चाहिए. कौन-कौन से सद्गुण हममें नहीं हैं, जो नहीं हैं, उन सद्गुणों को अपने अंदर लाने का प्रयास करें. हमारे अंदर कौन से दुर्गण हैं, उनकी पहचान कर उनको दूर करने की कोशिश करें. जो दुर्गुण हमारे अन्दर नहीं हैं उनको अपने अन्दर आने न देने का प्रयास करें.

भगवान बुद्ध ने बताया कि संसार में चार किस्म के लोग हैं. पहले जो अन्धकार से अन्धकार की ओर जा रहे हैं, दूसरे जो अन्धकार से प्रकाश की ओर जा रहे हैं. तीसरे जो प्रकाश से अन्धकार की ओर जा रहे हैं और चौथे जो प्रकाश से प्रकाश की ओर जा रहे हैं. पहली श्रेणी में वो लोग आते हैं जो गरीब परिवार में या विकलांगता के साथ अथवा दुराचारी परिवार मे पैदा हुए जहाँ दुःख ही दुःख है. जीवन दुःखों और कष्टों के साथ गुजर रहा हैं. लेकिन आदतें ऐसी डाल रहे हैं, जैसे जुआ, बीड़ी-सिगरेट, शराब-पान-मसाला का सेवन, शील-सदाचार का नामोनिशान नहीं, बात-बात पर गुस्सा करते हैं. हर वक्त मार-पीट करने पर आमादा, बोली में कडुवाहट इतनी कि लगता है काट खाएँगे, गप्प और झूठ में मशगूल, ऐसे लोगों का अभी तक का जीवन तो अन्धकारमय था ही, आगे का जीवन भी अन्धकारमय ही होगा. दूसरी श्रेणी में ऐसे लोग आते हैं जिनका अभी तक का जीवन तो पहली श्रेणी के लोगों की तरह दुःखमय था लेकिन उसके बावजूद वो अपना जीवन सुधारने की कोशिश करते हैं. विद्यार्थी हैं तो खूब मन लगा कर पढ़ाई करते हैं. शील सदाचार का जीवन जीते हैं कोई भी फिजूलखर्ची नहीं करते. ऐसे लोगों का शेष जीवन सुखमय होगा या सुखमय होने की संभावना तो अवश्य होगी. तीसरी श्रेणी में वो लोग आते हैं जिनका अच्छे माँ-बाप के घर, सुखी परिवार में जन्म हुआ होता है या अपनी मेहनत से पढ़कर अच्छी नौकरियों में, व्यवसाय में आ गए और इस समय उनका जीवन सुखमय है, लेकिन न अपने ज्ञान को बढ़ाने की कोशिश करते हैं न कुछ नया पढ़ते-लिखते हैं. शील सदाचार का जीवन न जी कर दुराचार करते हैं. केवल जो पहले कुशल कर्म किए थे उसी का फल खा रहे हैं, ऐसे लोगों का भविष्य का जीवन दुःखमय ही होने वाला है. चौथी श्रेणी में वे लोग हैं जिनका वर्तमान जीवन तो सुखमय है ही, मेहनत करके दान-पुण्य करके, शील-सदाचार का

जीवन जीकर अपनी, अपने घर-परिवार और समाज की सुख-शान्ति बढ़ाने में सहायक बनते हैं. ऐसे लोग अभी तो सुखी हैं ही, उनका आगे का जीवन भी सुखमय होगा.

भगवान बुद्ध ने कहा कि हर इंसान को कोशिश यह करनी चाहिए कि वह अन्धकार से प्रकाश की ओर या प्रकाश से प्रकाश की ओर जाए लेकिन प्रकाश से अन्धकार की ओर या अन्धकार से अन्धकार की ओर बिल्कुल न जाए.

धम्म पद में कहा गया है. शुभ कर्म करने वाला मनुष्य सदैव प्रसन्न रहता है. अपने शुभ कर्म को देखकर वह मुदित होता रहता है, प्रमुदित होता है.[४] पापी मनुष्य हर जगह संतप्त रहता है. दुर्गति को प्राप्त हो और भी संतप्त होता है.[५] जब तक पाप कर्म फल नहीं देता तब तक मूर्ख आदमी उसे शहद की तरह मीठा समझता है, लेकिन जब पाप-कर्म फल देता है, तब उसे दुःख होता है, पुण्य करने वाले को भी तब तक बुरा लगता है जब तक पुण्य फल नहीं देता. जब पुण्य फल देता है, तब उसे अच्छा लगता है.

शील-समाधि-प्रज्ञा ही बुद्ध धम्म का सार है. *शील* का पालन करते हुए सदाचारी जीवन जीना, *आनापान सति* द्वारा चित्त को एकाग्र और सूक्ष्म बनाकर, विपस्सना द्वारा *प्रज्ञा* जगाकर कोई भी व्यक्ति बुद्धत्व प्राप्त कर भगवान बन सकता है. ***भगवान*** का पालि भाषा में अर्थ है- ***भग्ग रागो, भग्ग दोसो, भग्ग मोहो ति भगवा,*** अर्थात जिसने अपने चित्त से राग, द्वेष और मोह को समूल नष्ट कर दिया वह भगवान हो गया. भगवान बुद्ध ने कहा है कि यह शील-समाधि-प्रज्ञा का रास्ता सभी के लिए खुला है. कोई भी व्यक्ति इस रास्ते पर चलकर वहां पहुंच सकता है जहां स्वयं भगवान बुद्ध पहुंचे. लेकिन इसके लिए प्रत्येक इंसान को स्वयं चलना पड़ेगा *तथागत* का अर्थ है **तथता अर्थात सत्य के सहारे जिसने निर्वाण(परमसत्य) का साक्षात्कार किया हो.[६] प्रत्येक व्यक्ति जो दुःख से छुटकारा पा कर निर्वाण सुख प्राप्त करना चाहता है उसे स्वयं ही शील-समाधि-प्रज्ञा के मार्ग पर चलना पड़ेगा.** कोई दूसरा कृपा कर, अनुकंपा कर, किसी का उद्धार नहीं कर सकता है. अधिक से अधिक कोई रास्ता बता सकता है, जैसा भगवान बुद्ध ने बताया, लेकिन चलना स्वयं पड़ेगा.[७] देवता, अर्हत पद, भगवान यह सब चित्त की अवस्थाएं हैं. चित्त ज्यों-ज्यों निर्मल होता जाता है, प्रेम, मुदिता, मैत्री, बंधुत्व और क्षमाशीलता की भावना बढ़ती जाती है और मनुष्य उत्तरोत्तर उन्नति करता जाता है.

शील और सदाचार, मानव समाज में प्रेम और बंधुत्व की आवश्यकता पर जोर देते हुए भगवान बुद्ध ने बताया कि जिस तरह आग से आग नहीं बुझती वैसे ही 'बैर से बैर कभी शान्त नहीं होता',[८] आग पानी से बुझती है उसी तरह बैर को प्रेम व मैत्री से मिटाया जा सकता है.

भगवान बुद्ध ने **बोधिसत्त्व** बनने का सरल मार्ग दिखाया. इसके लिए भगवान बुद्ध ने दस पारिमिताओं को पूर्ण करने पर बल दिया. जिसने पारिमिताएं पूर्ण करने का संकल्प किया है, बोधि चित्तग्रहण किया है और जो महाकरुणा से भरपूर होता है ऐसा साधक बोधिसत्त्व कहलाता है. इस प्रकार कोई भी व्यक्ति बोधिसत्त्व बन सकता है.

पारमिता का अर्थ है **पूर्णता.** पारमिता पारमी शब्द से बना है, पारमी अर्थात् पार लगानेवाली, सद्‌गुणों की पराकाष्ठा. ये पारमिताएं इस प्रकार हैं :

१) निष्क्रमण अर्थात् घर छोड़ना

२) अधिष्ठान अर्थात् दृढ़ निश्चय

३) दान अर्थात् बदले में कुछ प्राप्ति की कतई भावना नहीं रखने वाला दान

४) शील अर्थात् सदाचार

५) शान्ति अर्थात् कितना भी अपकार होते हुए चित्त की अकोपनता, सहिष्णुता

६) वीर्य अर्थात् पुरूषार्थ, परिश्रम

७) ध्यान अर्थात् स्थूल सच्चाई से सूक्ष्मतम सच्चाई तक अपनी अनुभूति से जानना और निर्वाण के साक्षात्कार तक पहुंचना

८) प्रज्ञा अर्थात् यथाभूत ज्ञान दर्शन

९) मैत्री अर्थात् मैत्री करुणा, मुदिता का भाव पुष्ट करना

१०) उपेक्षा अर्थात् सुख, दुःख में समता भाव.

हम इस समय जो भी हैं, जैसे भी हैं, जहां भीं हैं अब तक किए गए कार्यों के कारण हैं. जो समय बीत गया वह बीत गया, वह कभी वापस नहीं आयेगा. बीते हुए कल के बारे में सोचने से राग और द्वेष ही बढ़ते हैं. भविष्य जब भी आएगा वर्तमान बन कर ही आएगा इसलिए बुद्ध धम्म में भूत व भविष्य की कल्पना में न जी कर वर्तमान क्षण की सच्चाई में समता भाव से जीने पर बल दिया जाता है. वर्तमान की जो सच्चाई है, जैसी भी है उसे

(यथाभूत) जानकर और स्वीकार कर ही उसमें बदलाव लाने की कोशिश की जा सकती है. भगवान बुद्ध ने कहा कि तुम स्वयं ही अपने स्वामी हो. भला दूसरा कौन स्वामी हो सकता है?[९] अपनी गति को, अपने मन को वश में रखो और उसे निर्मल से निर्मलतम करते रहो. भगवान बुद्ध ने मन को प्रधान माना है. जैसा मन होगा, वैसा ही फल होगा. मन को प्रेरणा का मूल मानते हुए उन्होंने कहा कि जैसा सोचोगे वैसा बन जाओगे, इसलिए वैसा सोचो जैसा बनना है. मन के महत्व पर जोर देते हुए कहा गया है कि, ''दुश्मन, दुश्मन की जितनी हानि करता है, कुमार्ग की ओर गया हुआ चित्त मनुष्य की उससे कहीं अधिक हानि करता है.''[१०]

''न माता-पिता, न दूसरे रिश्तेदार, आदमी की उतनी भलाई करते हैं, जितनी भलाई सन्मार्ग की ओर गया हुआ चित्त करता है.''[११]

बुद्ध धम्म के अनुसार निसर्ग नियामता ही धम्म है. अर्थात प्रकृति के नियम के अनुसार आचरण करना. प्रकृति के नियम सार्वजनीन, सार्वकालिक और सार्वदेशिक होते हैं. प्रकृति नस्ल, वर्ण, रंग, रूप, लिंग, उम्र, हैसियत, स्थान, आदि में भेदभाव नहीं करती. प्रकृति या निसर्ग के नियम जैसे शरीर के बाहर काम करते हैं ठीक उसी तरह शरीर के भीतर भी काम करते हैं. क्रोध आने पर, लालच, ईर्ष्या और वासना जागने पर हर प्राणी को व्याकुल होना ही पड़ता है चाहे वह किसी भी लिंग, जाति, वर्ग, धर्म का हो या किसी भी देश का हो, या किसी भी समय में हो. जो भी व्यक्ति प्रकृति के नियमों के अनुसार जीवनयापन करता है वह सुखी व शांत रहता है और जो निसर्ग के नियमों का उल्लंघन करता है वह दुःखी व व्याकुल होता है, इसका कोई अपवाद नहीं है. भगवान बुद्ध का धम्म प्रकृति के नियमों पर आधारित है, इसलिए पूर्णतया वैज्ञानिक है, जिसे कोई भी, कभी भी, कहीं भी आजमा कर देख सकता है, परिणाम हमेशा एक जैसे ही आएंगे. बौद्ध व्यक्ति नैसर्गिक नियमों पर (सृष्टि के कानून पर)बहुत आस्था रखता है, और जीवन में उसका पालन करता है.

बौद्धों में किसी सृष्टि के रचियता या निर्माता पर विश्वास रखने की परंपरा नहीं है. सृष्टि के ऐसे किसी निर्माता का सही ठिकाना नहीं लगता, उसकी केवल तर्कों के बल पर कल्पना ही की जाती है. यह सृष्टि भी कोई अंतिम निर्मिति नहीं है, सृष्टि का हमेशा विकास होता रहता है, निसर्ग में हमेशा परिवर्तन होता रहता है. प्रत्येक इकाई हमेशा परिवर्तित होती ही रहती है, कुछ से कुछ बनती ही रहती है. सृष्टि के चक्र का कहीं भी पूर्ण विराम नहीं है, हर जगह परिवर्तन है, इसे ही भगवान बुद्ध **भव संसार** कहते हैं.

दुःख, यह एक सच्चाई है. मनुष्य के इन दुःखों को दूर कैसे किया जाए? इंसान को वास्तविक सुख कैसे मिले? मानव समाज दुःख मुक्त हो और वास्तविक सुख शांति कैसे प्राप्त करे? इसी का हल भगवान बुद्ध ने खोज निकाला और उसे जीवनपर्यंत सिखाते रहे. उन्होंने मानवता की पूजा सिखाई, वास्तविक मानव धर्म सिखाया. आदमी, आदमी से अच्छा बर्ताव करे, एक दूसरे के दुःख-दर्द को समझकर उन्हें मिटाने में लगे, एक दूसरे से प्रेम भाव और करुणा मैत्री से व्यवहार करने लगे तो मानव समाज सुखी बनेगा.

कुछ लोग तर्क देते हैं कि हमारे अकेले धम्म अपनाने से क्या होगा, जब तक कि और लोग भी धम्म न अपनाएं? ऐसे लोगों को यह समझना पड़ेगा कि **एक व्यक्ति समाज की एक इकाई होता है. जब एक व्यक्ति धम्म अपना कर अपने मन को राग, द्वेष और मोह से मुक्त करके निर्मल बनाएगा तो समाज की कम से कम एक इकाई तो निर्मल होगी.** समाज में एक व्यक्ति की कटुता में कमी आएगी. एक व्यक्ति के दुःखों में तो कमी आएगी. व्यक्ति से ही समाज, समाज से देश और देश से विश्व बनता है. इसीलिए भगवान बुद्ध ने कहा कि प्रसन्न व्यक्ति ही प्रसन्न विश्व का निर्माण करते हैं.

चार आर्य सत्य

पालि में आर्य को अरियो कहा जाता है. आर्य का अर्थ है सतपुरुष, साधु, संत पुरुष, ज्ञानी, शीलवान और सदाचारी लोग. सत्य उसे कहते हैं जो किसी भी तर्क या युक्ति द्वारा कभी भी झुठलाया न जा सके. श्रेष्ठ ज्ञानीजनों द्वारा अनुभव किए गए व अनुमोदित किए गए सत्य को आर्य सत्य कहते हैं. चार आर्य सत्य मनुष्य के जीवन जगत की ठोस सच्चाई हैं. भगवान बुद्ध ने मानव कल्याण के लिए चार आर्य सत्य की बात बड़े अनुसंधान के बाद कही हैं :

१) दुःख आर्य सत्य

२) दुःख समुदय आर्य सत्य

३) दुःख निरोध आर्य सत्य

४) दुःख निरोधगामिनी पटिपदा आर्य सत्य

१) दुःख आर्य सत्य :- जीवन में कई प्रकार का दुःख विद्यमान हैं, जन्म लेने की प्रक्रिया दुःखद है, हर बच्चा रोते हुए ही जन्म लेता है. कोई

भी मनुष्य बीमार नहीं होना चाहता और न ही बीमारी की पीड़ा सहना चाहता है. लेकिन फिर भी कोई न कोई बीमारी हो ही जाती है. बीमारियों से ग्रस्त होना दुःख है. कोई भी इंसान बूढ़ा नहीं होना चाहता है, लेकिन बुढ़ापा आता ही है. बूढ़ा होना दुःखमय है. बुढ़ापे में कई बीमारियाँ भी साथ लग जाती हैं. कोई भी जीवसत्व मरना नहीं चाहता, लेकिन मृत्यु तो होनी ही है. अतः मरण भी दुःखमय है. व्याकुलता, शोकाकुल मनोदशा दुःखदायक है, बेचैनी, अशांति, पश्चाताप दुःखदायक है. प्रिय व्यक्ति, वस्तु या स्थिति का वियोग होना, बिछुड़ जाना दुःखमय है. अप्रिय व्यक्ति और वस्तु या स्थिति से संयोग होना दुःखकर है. हम जो कुछ भी चाहते हैं, जिस किसी की इच्छा/कामना करते हैं, यदि हमारी वह चाहत या इच्छा पूरी नहीं हुई तो बड़ा दुःख होता है. कुछ अनचाहा होता है तो भी दुःख होता है. जैसा चाहा वैसा नहीं हुआ तो भी दुःख होता है. संक्षेप में देखा जाए तो मन के पांचों उपादान स्कंध के कारण दुःख होता है. प्रत्येक व्यक्ति जिसने इस संसार में जन्म लिया है, उसे ऐसे दुःखों से गुजरना ही पड़ता है. यही है पहला दुःख आर्य सत्य.

२) दुःख समुदय आर्य सत्य :- जो भी दुःख होता है, वह अपने आप, या बिना कारण से नहीं होता. प्रत्येक दुःख के पीछे कुछ न कुछ कारण जरूर है, यह सत्य दूसरा आर्य सत्य कहलाता है. दुःख का मूल कारण है - तृष्णा. आसक्ति या तृष्णा ही अनेक दुःखों का निर्माण करती है. मनुष्य कभी भी अपनी वर्तमान स्थिति से संतुष्ट न होकर हमेशा उसके लिए भागता रहता है जो उसके पास नहीं है. तृष्णा के उदय के साथ ही दुःख का समुदय होता है. तृष्णा जागी तो समझो दुःख ही जागा.

३) दुःख निरोध आर्य सत्य :- जहाँ दुःखों का उदय होता है वहाँ निवारण भी होता है. जो तृष्णा निर्माण होती है उस तृष्णा को नष्ट किया जा सकता है और नई तृष्णा न जगने पाए इसका भी उपाय है. इस सच्चाई को दुःख निरोध आर्य सत्य कहते है. दुःख के कारणों के निवारण से निर्वाण सुख प्राप्त होता है.

४) दुःख निरोधगामिनी पटिपदा आर्य सत्य, मार्ग :- तथागत ने कहा है कि विषय भोगों में मौज-मस्ती या शरीर को कष्ट देने वाली तपसाधना ये दोनों अति की बातें छोड़कर मध्यम मार्ग का अवलंबन करना चाहिए. इस मध्यम मार्ग पर चलकर दुःख के सभी कारणों को तथा सभी दुःखों को मिटाया जा सकता है और निर्वाण-सुख की प्राप्ति होती है, ऐसे मार्ग को आर्य आष्टांगिक मार्ग कहते है.

आर्य आष्टांगिक मार्ग

पालि भाषा में आर्य आष्टांगिक मार्ग को '**अरियो अठंग्गिको मग्गो**' कहा जाता है. आर्य आष्टांगिक मार्ग भगवान बुद्ध की अद्‌भुत खोज थी. सभी दुःखों से वर्तमान जीवन में ही मुक्ति पाने के लिए तथा इसी जीवन में वास्तविक सुख- शांति को प्राप्त करने के लिए भगवान बुद्ध ने आर्य आष्टांगिक मार्ग बताया है. आष्टांगिक मार्ग किसी एक संप्रदाय का न होकर सार्वजनीन मार्ग है क्योंकि यह प्रकृति के नियमों पर आधारित है. जो भी व्यक्ति इस मार्ग पर चलेगा, दुःखों से मुक्त होगा ही. इसे स्वयं अनुभव कर जानना आवश्यक है. इसके आठ अंग इस प्रकार है - **सम्यक् दृष्टि, सम्यक् संकल्प, सम्यक् वचन, सम्यक् कर्म, सम्यक् आजीविका, सम्यक् व्यायाम, सम्यक् स्मृति, सम्यक् समाधि.**

१) **सम्यक् दृष्टि** :- सम्यक् दृष्टि अर्थात् सम्यक् दर्शन. यहां दर्शन शब्द का सही और वास्तविक अर्थ है - जो बात, जो वस्तु जैसी है, उसे वैसे ही उसके गुण-धर्म-स्वभाव में देखना अर्थात अनुभव से जानना. अतः सम्यक् दृष्टि अर्थात शुद्ध दर्शन, वास्तविक दर्शन. प्रत्येक वस्तु, व्यक्ति तथा स्थिति का यथाभूत दर्शन, सत्य दर्शन यथाभूत ज्ञान दर्शन ही सम्यक् दृष्टि कहलाती है. इसका अनुभव विपस्सना साधना द्वारा किया जा सकता है.

२) **सम्यक् संकल्प** :- संकल्प अर्थात् चिंतन, मनन. हमारा संकल्प हमारी सोच सही व सकारात्मक होनी चाहिए. अर्थात् बुरे, दूषित विचारों से मुक्त, रागरहित, द्वेष-रहित, व मोह-रहित चिंतन-मनन सम्यक् संकल्प कहलाता है. सम्यक् स्मृति का अभ्यास करते-करते विपस्सना साधना द्वारा सम्यक् संकल्प का अभ्यास किया जा सकता है.

३)**सम्यक् वचन** :- हमारी वाणी सम्यक् हो अर्थात् हम झूठ न बोलें, कड़वी-(कटु) भाषा बोल कर किसी का मन न दुःखाएं, किसी की निंदा न करें, किसी की चुगली न करें, व्यर्थ बयान न करे, गाली-गलौज न करें. मधुर बोलें, सत्यवादी हों. वाणी मृदु और संयमित हो. वाणी ऐसी हो जो दो पक्षों को जोड़ने का काम करे. प्रेम भाव, मैत्री भाव, बंधुभाव बढ़ाने का काम करे, ऐसी वाणी को सम्यक् वाणी कहते है.

४) **सम्यक् कर्म** :- मन, वचन और शरीर द्वारा किये जाने वाले कार्य सम्यक् रहें अर्थात् ठीक रहें. मिथ्याचार, परस्त्रीगमन, व्यभिचार असम्यक् कर्म हैं. किसी दूसरे की वस्तु चुराना, चोरी करना असम्यक् कर्म है, नशा करना, गांजा, अफीम आदि लेना असम्यक् कर्म है. दूसरों को क्षति पहुंचाना,

किसी प्राणी की हत्या करना असम्यक् कर्म है. शरीर, वचन और मन से इन दुष्कर्मों से विरत रहें तो ही सम्यक् कर्म होगा.

५) **सम्यक् आजीविका** :- हर व्यक्ति को अपने व परिवार के भरण-पोषण के लिए कोई न कोई कार्य करना आवश्यक है. हमारी आजीविका का रास्ता सम्यक् अर्थात् सही होना चाहिए. आजीविका के साधन में किसी व्यक्ति को हानि नहीं होनी चाहिए. किसी को धोखा नहीं देना चाहिए. दूसरों को हानि पहुँचाकर, लूट कर, चोरी कर, ठग कर या धोखा देकर यदि जीविका चलाई जाती हो तो वह असम्यक् आजीविका है. केवल पैसा कमाने के लिए ऐसे व्यापार-धंधे या कार्य न करें जो अन्य लोगों को प्रत्यक्ष या अप्रत्यक्ष नुकसान पहुंचाते हैं. नशीले व मादक पदार्थों का व्यापार, जहरीले पदार्थों का व्यापार असम्यक् है. माँस-मदिरा का व्यापार, प्राणियों का व्यापार, अस्त्र- शस्त्र का व्यापार असम्यक् है.

६) **सम्यक् व्यायाम** :- मन की कमजोरी दूर करने के लिए, उसके विकार दूर करने के लिए मन का व्यायाम आवश्यक है. मन का स्वयं परीक्षण करें, यदि इस तथ्य का अनुभव हो कि मन में कुछ बुराई या दुर्गुण हैं तो उन्हें निकालने का प्रयास करें. किसी भी तरह के अवगुण या दुर्गुण हममें न आने पाएं इस बात से हमेशा सजग रहें. मन में अच्छाईयों-सद्गुणों को घर करने दें. सद्गुणोंपार्जन के लिए हमेशा तत्पर रहें, अपने सद्गुणों में हमेशा वृद्धि करने का प्रयास करें. दूसरों में कुछ अच्छे गुण नजर आएं तो उसे ग्रहण करने का प्रयास करें. अपने चित्त को सद्गुणों की ओर अग्रसित करने वाले इस मानसिक प्रयास को सम्यक् व्यायाम कहते हैं.

७) **सम्यक् स्मृति** :- स्मृति का अर्थ है- जागरूकता, सजगता. वर्तमान क्षण में शरीर में होने वाली संवेदनाओं के प्रति सजगता व जागरूकता. शरीर और चित्त में स्वभावगत तौर पर होने वाली क्रियाओं-प्रतिक्रियाओं के प्रति सचेत रह कर, जागरूक रह कर उस वास्तविकता को, उस वर्तमान सच्चाई को समता भाव से देखना-परखना, यही सम्यक् स्मृति है. शरीर में जिस समय जो भी और जैसी भी संवेदना हो रही है उसका यथाभूत ज्ञान दर्शन. विपस्सना के द्वारा इसका अभ्यास किया जा सकता है.

८) **सम्यक् समाधि** :- समाधि अर्थात् मन की एकाग्रता. चित्त की एकाग्रता लाभदायक होती है. मन किसी भी आलंबन से एकाग्र हो सकता है. विकारों से भरा मन भी एकाग्र हो सकता है. अतः मन की केवल एकाग्रता सम्यक् समाधि नहीं है, अपितु जिस आलंबन के द्वारा मन एकाग्र किया जा रहा है, उसे लेकर यदि हम राग पैदा करें, द्वेष पैदा करें, मोह पैदा

करें, तो यह सम्यक् समाधि नहीं हुई. आलंबन राग विहीन, द्वेष विहीन और मोह विहीन होना आवश्यक है. यही सम्यक् समाधि है. कुशल चित्त और निर्मल चित्त की एकाग्रता को ही सम्यक् समाधि कहते है. आना-पान सति के अभ्यास से सम्यक् समाधि उपलब्ध हो सकती है. विपस्सना साधना द्वारा सम्यक् समाधि का योग्य अभ्यास किया जा सकता है.

यह आर्य आष्टांगिक मार्ग सभी दुःखों से मुक्ति पाने व वास्तविक सुख-शांति से जीवन जीने का अनमोल रास्ता है. यह वर्तमान जीवन में ही निर्वाण का साक्षात्कार करा सकता है. इसमें मन को वश में रखने और निर्मल रखने पर विशेष जोर दिया गया है, क्योकि सभी अवस्थाएं पहले मन में उत्पन्न होती हैं. मन ही प्रधान है. मलिन व दूषित मन से बोलने पर या कार्य करने पर दुःख पीछे-पीछे ऐसे ही हो लेता है जैसे बैलगाड़ी के पहिए बैलगाड़ी के बैलों के पीछे[१२]. जब मनुष्य स्वच्छ, निर्मल मन से बोलता है या कर्म करता है तो सुख उसके पीछे ऐसे ही हो लेता है जैसे आप का अपना साया.[१३]

भगवान बुद्ध ने धम्म का सार इन शब्दों में बताया है :

''सब्बपापस्स अकरणं कुसलस्स उपसम्पदा।
सचित्तपरियोदपणं एतं बुद्धान सासनं ॥'' [१४]

अर्थात् सभी पाप कार्यो को नहीं करना चाहिए, कुशल कार्यो को हमेशा करते रहना चाहिए तथा अपने चित्त को हमेशा पूर्णतः शुद्ध निर्मल करते रहना चाहिए; यही सभी बुद्धों की शिक्षा है.

यह आर्य आष्टांगिक मार्ग अपने आप में पूर्णतया शुद्ध और परिपूर्ण है केवल परिपूर्ण, केवल परिशुद्ध अर्थात् इसमें कुछ भी और जोड़ने की आवश्यकता नहीं है, क्योंकि यह पहले से ही परिपूर्ण है. इसी तरह इसमें से कुछ भी निकालने की आवश्यकता नहीं है क्योंकि यह पहले से ही परिशुद्ध है.

भगवान बुद्ध ने बार-बार इस बात पर जोर दिया कि धम्म के सुत्तों को पढ़ लेने से और याद कर लेने से या गाने से तब तक कोई कल्याण नहीं होने वाला जब तक कि उस पर स्वयं अमल न किया जाए और उस पर चल कर अपने अनुभव पर न उतारा जाए. बुद्ध ने कहा कि धम्म की बातों को केवल याद करने वाले की दशा उस ग्वाले के समान होती है जो दूसरे की गायों को चराता है और दिन भर चरा कर शाम को यह गिनती करता है कि किसकी कितनी गाएं थी और उतनी गाएं वापस पहुंची कि नहीं, लेकिन उन गायों के दूध की एक बूंद भी उस ग्वाले को नहीं मिंलती. इसी प्रकार धम्म के रास्ते न चलकर सिर्फ धम्म की बातों की चर्चा करना और

उन पर बहस करने वालों की हालत भी दूसरों की गाएं चराने वाले ग्वालों के समान होती है.[१५] भगवान बुद्ध के जीवन की एक घटना से यह बात और पुष्ट हो जाती है:

भगवान बुद्ध श्रावस्ती में अनाथपिण्डक के जेतवन विहार में विहरते थे और लोगों को धम्म सिखाते थे. एक दिन एक उपासक भगवान बुद्ध से अकेले में मिलने आया और बोला कि भगवान आपने अनगिनत लोगों को धम्मदीक्षा दी है, जिसमें तीन प्रकार के लोग हैं. एक तो ऐसे लोग हैं जो पूरी तरह धम्म के रास्ते पर चल रहे हैं और शील-सदाचार का जीवन व्यतीत कर रहे हैं और शील-समाधि-प्रज्ञा में प्रतिष्ठापित हैं. उनके चेहरे की शांति, उनका व्यवहार और उनका रहन-सहन इत्यादि देखकर कोई भी समझ सकता है कि वे लोग राग-द्वेष-मोह से पूरी तरह मुक्त हो चुके हैं, अर्हत पद को प्राप्त कर चुके हैं और अर्हंत हो गए हैं.

काफी लोग ऐसे हैं जो राग-द्वेष-मोह से अभी पूरी तरह मुक्त तो नहीं हुए हैं, लेकिन यथासंभव शील व सदाचार का जीवन जीते हैं. उनके चेहरे की शांति और कांति, व्यवहार में शालीनता और रहन-सहन से भी यह बात स्पष्ट दिखाई देती है कि उन्हें धम्म के रास्ते पर चलने से बहुत लाभ मिला है. तीसरे, ऐसे लोग भी हैं जिनमें से मैं भी एक हूँ जो धम्म चर्चा तो रोज सुनते हैं, लेकिन धम्म पर अमल नहीं करते. इसलिए भगवान इतने दिनों तक धम्मचर्चा सुनने के बाद भी कोई खास फायदा नहीं मालूम पड़ता. इसलिए हे तथागत, आप तो सर्वज्ञानी हैं, भूत-भविष्य को जानने वाले हैं, सम्यक् सम्बुद्ध हैं, सर्वशक्तिमान हैं, करुणा सागर हैं, तो आप कृपा करके हम सभी को क्यों नहीं तार देते और मोक्ष दिला देते?

भगवान बुद्ध ने उसकी मनःस्थिति समझकर उससे प्रतिप्रश्न किया कि वह कहां का रहने वाला है. उसने जबाब दिया कि वह श्रावस्ती में ही व्यापार करता है, लेकिन रहने वाला मगध का है. भगवान ने उससे पूछा - क्या मगध में उसका आना-जाना होता है और क्या मगध जाने का रास्ता मालूम है? उसके हाँ कहने पर बुद्ध ने उससे पूछा कि श्रावस्ती में जो उसके मित्र हैं उनमें से कुछ लोग मगध जाने का रास्ता पूछते होंगे तो क्या वह बता देता है? उसने कहा- हाँ वह तो खूब अच्छी तरह से बता देता है और समझा भी देता है कि श्रावस्ती से बनारस जाओ-बनारस से बोधगया-पटना-मगध. उसने कहा कि वह तो रास्ता खूब अच्छी तरह से समझाता है. बुद्ध ने मुस्करा कर पूछा- तो क्या वे सभी लोग जिन्हें उसने मगध का रास्ता बताया, वे अपने आप मगध पहुंच गए. वह सकुचाते हुए बोला कि नहीं, वे सब सिर्फ रास्ता

जानने भर से तो अपने आप कैसे पहुंचेगे जब तक कि उस रास्ते पर चल कर मगध तक की दूरी तय नहीं करेंगे. बुद्ध ने मुस्करा कर कहा यही बात तो मैं भी समझा रहा हूँ कि मैं *तथागत* हूँ, मैं राग-द्वेष-मोह से और दुःख से मुक्त होने का मार्ग जानता हूँ क्योंकि मैं स्वयं उस रास्ते पर सच्चाई के सहारे चल कर पूरी तरह मुक्त हुआ हूँ, और हर कोई जो भी इस रास्ते पर चलेगा दुःख से मुक्त हो जाएगा. अब कोई इंसान मेरे बताए हुए शील-समाधि-प्रज्ञा के मार्ग पर चले नहीं, शील-सदाचार का जीवन जिये नहीं और यहीं बैठे-बैठे *बुद्धं सरणं गच्छामि* का जाप करता रहे तो वह कैसे राग-द्वेष-मोह से और दुःख से मुक्त हो पायेगा. यह सुनकर उस व्यक्ति के मन की सारी शंकाएं समाप्त हो गईं और वह धम्म के रास्ते चलकर विपस्सना करते-करते मुक्त हो गया.[१६]

भगवान बुद्ध के पहले अधिकतर लोगों, विशेषतः वैदिक संस्कृति से प्रभावित लोगों का यह मानना था कि हम जो कर्म कर रहे हैं, उसका फल मरने के बाद मिलेगा और अच्छे कर्म वालों को स्वर्ग और बुरे कर्म वालों को नर्क मिलेगा. वर्तमान जीवन की सच्चाई और आम आदमी की समस्याओं तथा उसके सुख व दुःख की करीब-करीब उपेक्षा ही की जाती थी. भगवान बुद्ध का सबसे बड़ा योगदान यह है कि उन्होंने वर्तमान जीवन की सच्चाई पर बल दिया. धम्म का पूरा मार्ग ही मनुष्य की दिन-प्रतिदिन की समस्याओं और उसके जीवन के सुख-दुःख से संबंधित है. बुद्ध की पूरी शिक्षा ही लौकिक है, जिसमें कर्म करने और उसके फल आने में कोई समय अंतराल नहीं है. इसीलिए धर्म को अकालिक कहा जाता है. अगर हम अच्छे कर्म करते हैं तो उसका फल अच्छा ही आयेगा और तुरंत आयेगा. यदि हम बुरे कर्म करते हैं तो उसका फल बुरा ही आयेगा. इसके लिए मृत्यु के बाद किसी और पराशक्ति, दैवीय शक्ति, के फैसले की जरूरत नहीं है. क्रोध करने से, नशीले पदार्थों का सेवन करने से, दुराग्रही होने से, धर्मान्ध होने से, वंचक होने से, ईर्ष्यालु होने से, आत्म प्रशंसक होने से, पर-निन्दक होने से, घमण्डी होने से तथा बुरे इरादे रखने से आदमी अपवित्र होता है.

शील और सदाचार का जीवन जियो. सावधान रहो ताकि इन्द्रियां भली प्रकार संयत रहें. कोई भी ऐसी वेदना न हो जो तुम्हारे पैरों को भूमि पर न रहने दे. खाने-पीने में मर्यादित रहो, जागरूक रहो, सावधान रहो. एकान्त में इन्द्रिय-संयमी रहो, पाँचों नीवरणों से मुक्त हो जाओ और ध्यानों का अभ्यास करो, यही धम्म पालन है. एक कमजोर और आलसी आदमी के लिए इस धर्म विनय में न फल की प्राप्ति है और न अर्हत्व की प्राप्ति है. जो सतत्

साधना करते हैं, वे ही सफल होते हैं. आलस सभी दूसरी नैतिक बीमारियों के मूल में है. जो अपने आप को आलस से मुक्त कर सकेगा वह सभी दूसरी नैतिक बीमारियों से भी मुक्त हो जायेगा.

मनुष्य और मानव समाज का कल्याण ही बुद्ध की शिक्षाओं का केंद्र है.

श्रावस्ती के जेतवन उद्यान में मंगलसुत्त की देशना करते हुए भगवान बुद्ध ने कहा कि अज्ञानियों से दूर रहना, ज्ञानियों की संगत करना, जो पूज्यनीय हैं उनकी पूजा करना, उपयुक्त देश में निवास करना, पूर्वकर्मों का संचित पुण्य होना, स्वयं को सम्यक् रूप से समाहित रखना, अनेक विद्याओं और शिल्पकलाओं में निपुण होना, विनय स्वभाव में सुशिक्षित होना, बातचीत में मृदुभाषी होना, माता-पिता की सेवा करना, परिवार का पालन-पोषण करना, व्याकुल न करने वाला निष्पाप व्यवसाय करना, दान देना, धम्माचरण करना, सगे-संबंधियों की सहायता करना, दुष्कर्म न करना, तन-मन से पापों का त्याग करना, नशीले पदार्थों के सेवन से दूर रहना, कुशल धर्मों के पालन में सदा सचेत रहना, संतुष्ट रहना, कृतज्ञ रहना, उचित समय पर धर्म सुनना, सहनशील होना, आज्ञाकारी होना, भिक्खुओं का दर्शन करना, उचित समय पर धर्म चर्चा करना, ध्यान करना, ब्रह्मचर्य पालन करना, चार आर्य सत्यों को अनुभव करना, निर्वाण का साक्षात्कार करना, लाभ-हानि, यश-अपयश, निंदा-प्रशंसा, और सुख-दुःख, इन आठ प्रकार के लोकधर्मों के स्पर्श से चित्त-विचलित न होने देना, निःशोक, निर्मल और निर्भय रहना श्रेष्ठ मंगल है. जो व्यक्ति उपर्युक्त मंगलधर्मों का पालन करते हुए सर्वत्र कल्याणलाभी होते हैं उन मंगलमार्गियों के लिए यही श्रेष्ठ मंगल हैं.[१७]

उपरोक्त सुत्त में धम्म का पूरा सार समाया हुआ है.

भगवान बुद्ध ने अपनी समूची शिक्षा में वैज्ञानिक दृष्टिकोण अपनाया और पटिच्चसमुप्पाद द्वारा यह सिद्ध किया कि दरअसल अहम् और आत्मा का कोई अस्तित्व नहीं है. संसार में प्रत्येक वस्तु और घटना दूसरी अन्य बहुत सी चीजों और परिस्थितियों पर निर्भर करती है और उनका परिणाम है. पटिच्चसमुप्पाद को विस्तार से अगले अध्याय में दिया जा रहा है.

चौथा अध्याय

पटिच्चसमुप्पाद

पटिच्चसमुप्पाद का नियम भगवान बुद्ध की अद्‌भुत खोज है. पटिच्चसमुप्पाद भगवान बुद्ध की शिक्षाओं का आधार है. पटिच्चसमुप्पाद का महत्व भगवान बुद्ध के इस सुत्त से लगाया सकता है -

जो पटिच्चसमुप्पाद देखता है, वो धम्म देखता है

जो धम्म देखता है, वो पटिच्चसमुप्पाद देखता है.[१]

पटिच्चसमुप्पाद के नियम द्वारा बुद्ध ने जीवन की वास्तविक सच्चाई को समझाया है. बुद्ध ने समझाया है कि किस तरह आत्मा के बिना पुनर्जन्म सम्भव है और दुःखों का कारण क्या है, और कैसे दुःखों का अंत होता है.

पटिच्चसमुप्पाद का मतलब है किसी न किसी कारण की वजह से कुछ न कुछ की उत्पत्ति. भगवान बुद्ध ने कहा है :

इमस्मि सति इदं होति, इमस उपददमं उपज्जति.

इमस्मि असति इदं न होति, इमस निरोधा इदं निरुझन्ति.[२]

जब यह होगा तब यह होगा, इसके उत्पन्न होने से यह उत्पन्न होगा. अगर यह नहीं होगा तो यह भी नहीं होगा. इसके निरोध से इसकी समाप्ति हो जाएगी. हर किसी का निर्माण, हर किसी की उत्पत्ति, हर किसी का विनाश किसी न किसी कारण से होता है. इसीलिए पटिच्चसमुप्पाद को कारण और कार्य अथवा परस्पर संवर्धन का नियम भी कहा जाता है. इस प्रकृति में, संपूर्ण अस्तित्व में जो कुछ भी विद्यमान है, जीव-निर्जीव, छोटा या बड़ा, कुछ भी इस नियम का अपवाद नहीं है. समूचे विश्व में कहीं भी बगैर कारण के कुछ भी नहीं होता.

दुनिया में अगर हिंसा और आतंकवाद है तो इसका मतलब है कि कुछ लोगों के दिल और दिमाग में भय, असुरक्षा, क्रोध और नफरत भरी हुई है और संबंधित सरकारें व प्रशासन प्रभावित लोगों के शिकवे-शिकायत नहीं दूर कर पा रहे हैं और उनके अंदर विश्वास नहीं पैदा कर पा रहे हैं. अगर लोग भूख से मर रहे हैं तो इसका कारण है कि उनके पास अनाज ख़रीदने के लिए पैसा नहीं है. अगर लोग गरीब हैं तो वे या तो बेरोजगार हैं और उनके पास आमदनी के साधन नहीं हैं या फिर जितना कमा रहे हैं उससे ज्यादा खर्च कर रहे हैं या फिर कोई उनका शोषण कर रहा है. इसी तरह

लोग अगर बीमार हैं, तो या तो अस्वास्थ्यकर परिस्थितियों में रहने के लिए बाध्य हैं या भर-पेट खाना नहीं मिल रहा है या वे शारीरिक मेहनत नहीं कर रहे हैं या फिर अपनी दिनचर्या गलत ढंग से प्रकृति के नियमों के खिलाफ जी रहे हैं या फिर किसी रोग के रोगी हैं और इलाज नहीं करवा पा रहे हैं. लेकिन हर वस्तु और घटना के पीछे कोई न कोई कारण अवश्य है. बगैर कारण के इस दुनिया में कुछ भी नहीं होता. इसलिए पटिच्चसमुप्पाद को कारण और प्रभाव का नियम भी कहते हैं. भगवान बुद्ध ने पटिच्चसमुप्पाद को अपनी शिक्षाओं का आधार बनाया.

भगवान बुद्ध ने बताया कि मन और शरीर लगातार एक दूसरे से प्रतिक्रिया करके एक दूसरे को प्रभावित करते हैं और प्रभावित होते रहते हैं. मन और शरीर का गहरा संबंध है, इंद्रियों का विषयों से टकराव होता ही रहता है जिसके कारण शरीर में जैव रासायनिक और विद्युत चुंबकीय प्रतिक्रियाएं लगातार होती रहती हैं. इसके कारण शरीर पर सुखद, दुःखद और न सुखद, न दुःखद संवेदनाएं उत्पन्न होती ही रहती हैं. सुखद संवेदनाओं के प्रति राग व दुःखद संवेदनाओं के प्रति द्वेष लगातार जागता ही रहता है. अवचेतन मन लगातार राग-द्वेष जगाता रहता है और राग-द्वेष के संखार बनाता रहता है.

इंद्रियों का जब अपने विषयों से टकराव होता है जैसे कि आंख का रूप से, कान का ध्वनि से, नाक का गंध से, जीभ का स्वाद से, त्वचा का स्पर्श से और मन का विचार से तो मानस का पहला हिस्सा जिसे उन दिनों की भाषा में 'विज्ञान' कहते थे यह सूचित करता है कि कुछ टकराव हुआ और ऐसा होते ही पूरे शरीर में एक तरंग प्रवाहित होती है, जैसे कि कांसे के बरतन पर चोट करने से होता है. ऐसा होते ही मानस का दूसरा हिस्सा जिसे उन दिनों की भाषा में 'संज्ञा' कहा जाता था इस टकराव का संग्रहित जानकारियों के आधार पर मूल्यांकन करके फैसला सुनाता है कि जो भी टकराव हुआ वह सुखद है या दुःखद या न सुखद है न दुःखद. उदाहरण के लिए हम जो भाषा जानते हैं या समझ सकते हैं उस भाषा में अगर कोई हमारी प्रशंसा करे, कोई सुखद समाचार दे तो हम पुलकित होते हैं हमारे अंदर सुखद तरंगें प्रवाहित हाने लगती है और अगर गाली दे या निन्दा करे, अपमान करे या कोई ऐसी बात बोले जो हमें अच्छी नहीं लगती तो हमें बुरा लगता है और दुःखद तरंगों का प्रवाह होता है. लेकिन हमारी वही प्रशंसा या बुराई किसी ऐसी भाषा में की जाए जो हम नहीं समझते हैं तो उसके प्रति हमारी प्रतिक्रिया नहीं होती. क्योंकि 'संज्ञा' तो मूल्यांकन संग्रहित

सूचनाओं के आधार पर करती है और उस भाषा का ज्ञान न होने के कारण 'संज्ञा' फैसला नहीं कर पाती. यह बिल्कुल वैसा ही है जैसे कि कम्प्यूटर में कोई ऐसी डिस्क डाली जाए, जिसका सॉफ्टवेयर कम्प्यूटर में न हो तो उस डिस्क को कम्प्यूटर पढ़ नहीं पाता. लेकिन अगर वह सॉफ्टवेयर कम्प्यूटर में मौजूद हो तो वह तुरंत पढ़ लेता है. ठीक इसी तरह, यह फैसला होते ही कि जो टकराव हुआ या जो सूचना मिली वह सुखद है या दुःखद, मानस का तीसरा हिस्सा जिसे उन दिनों की भाषा में 'वेदना' कहा जाता था अपना काम करता है और शरीर में जो तरंगे उत्पन्न हुईं थीं वे दुःखद या सुखद या फिर न सुखद न दुःखद संवेदनाओं में बदल जाती हैं और इन संवेदनाओं के उत्पन्न होते ही मानस का चौथा हिस्सा जिसे उन दिनों की भाषा में 'संखार' कहा जाता था अपना काम आरंभ करता है और सुखद संवेदनाओं के प्रति राग और दुःखद संवेदनाओं के प्रति द्वेष जगाता है. अगर संवेदना सुखद होती है तो हम उनके प्रति राग पैदा करते हैं और अगर दुःखद संवेदना है तो हम उसके प्रति द्वेष पैदा करते हैं. ये जो राग द्वेष की प्रतिक्रिया होती है उसके कारण मानस-पटल पर एक प्रतिबिंब या छवि बन जाती है जिसे पालि भाषा में संखार कहा जाता है. जिस तरह कर्म मन से, वचन से और शरीर के हो सकते हैं; उसी तरह संखार मन के हो सकते हैं, वाणी के हो सकते हैं और शरीर के हो सकते हैं.

ये संखार तीन प्रकार के बनते हैं :

पहली प्रकार के संखार पानी पर खींची हुई लकीर के समान होते हैं. ये संखार बनते ही मिट जाते हैं या थोड़ी देर बाद मिट जाते हैं. इनकी अवधि लंबी नहीं होती है. उदाहरण के तौर पर हम रोज अखबार और पत्र-पत्रिकाएं पढ़ते हैं, रेडियो और टेलिव्हिजन देखते सुनते हैं, खाना खाते हैं, लेकिन अगर कोई याद करना चाहे कि कुछ महीने पहले किस दिन, किस पल क्या पढ़ा था, क्या सुना था, क्या देखा था या क्या खाया था तो याद करना मुश्किल होगा, क्योंकि ये संखार बहुत ही अस्थायी होते हैं.

दूसरी प्रकार के संखार बालू पर खींची हुई लकीर जैसे होते हैं, जिन्हें मिटने में थोड़ा समय लगता है. उदाहरण के तौर पर अखबार की कोई ऐसी खबर जो हमारे दिल को छू जाती है और कई दिन तक हम उसके बारे में सोचते रहते हैं या कोई ऐसी पिक्चर जो हमें कई दिन तक याद आती रहती है या कोई ऐसा उत्सव जिसे हम कई दिन तक याद रखते हैं. इस प्रकार के संखार समय बीतने के साथ-साथ मिट जाते हैं.

तीसरी प्रकार के संखार पत्थर पर खींची हुई लकीर के समान होते

हैं जो अंतर्मन की गहराइयों तक बस जाते हैं, और जिन्हें समाप्त होने में बहुत लंबा समय लगता है. उदाहरण के तौर पर सगे-संबंधियों की मृत्यु और उनसे बिछुड़ाव, कोई बहुत सुखद या दुःखद घटना जो भुलाए नहीं भूलती है और हमारे न चाहते हुए भी अक्सर मानस-पटल पर उभरती रहती है और याद आती रहती है. ये संखार बहुत मोटे और गहरे होते हैं और हमें सबसे ज्यादा व्याकुल करते हैं. जब-जब ये संखार अपना सर उठाते हैं त्यों-त्यों हमारे अंदर राग और द्वेष बढ़ता ही जाता है.

इन संखारों के बनने का मूल कारण इनके स्वभाव के प्रति हमारा अज्ञान होना है. अज्ञान के कारण ही हम इनके प्रति अनजाने में ही लगाव पैदा कर लेते हैं और मन उन्हीं में गोता लगाता रहता है. **यही संखार पुनर्जन्म का कारण बनते हैं. जैसे संखार होंगे, वैसा ही जन्म होगा.**[३] अज्ञान के कारण बनने वाले इन संखारों की वजह से भव चक्र अबाध गति से चलता ही रहता है. इसी सिद्धान्त को पटिच्चसमुप्पाद कहते हैं. भगवान बुद्ध ने इसे दुःख चक्र का अनुसंधान करते हुए खोज निकाला.

भगवान बुद्ध ने कहा –

अनुलोमं -

अविज्जापच्चया संखारा, संखारपच्चया विञ्ञाणं,
विञ्ञाणपच्चया नाम-रूपं, नाम-रूपपच्चया सळायतनं,
सळायतनपच्चया फस्सो, फस्सपच्चया वेदना,
वेदनापच्चया तण्हा, तण्हापच्चया उपादानं,
उपादानपच्चया भवो, भवपच्चया जाति,
जातिपच्चया जरा-मरणं-सोक-परिदेव-दुक्ख-दोमनस्सुपायासा सम्भवन्ति।
एवमेतस्स केवलस्स दुक्खक्खन्धस्स समुदयो होति ।।[४]

अर्थ : अविद्या (अज्ञान) इस बात का कि शरीर के अंदर अवचेतन मन में लगातार कैसे राग और द्वेष की प्रक्रिया चल रही है और कैसे हम हर क्षण राग और द्वेष के गहरे-गहरे संखार बनाए जा रहे हैं और भव-चक्र के जाल में फँसते ही जा रहे हैं. अविद्या के कारण से संखार, संखार के कारण से विज्ञान, विज्ञान के कारण नाम-रूप(चित्त और शरीर), नाम-रूप के कारण छः इंद्रिया, छः इंद्रियों के कारण स्पर्श, स्पर्श के कारण वेदना, वेदना के कारण तृष्णा, तृष्णा के कारण उपादान (गहन आसक्ति), उपादान के कारण भव, भव के कारण जाति (जन्म), जाति(जन्म) के कारण बुढ़ापा, मृत्यु, शोक करना, रोना-पीटना, दुखित, बेचैन व परेशान होना होता है. इस प्रकार

सारे के सारे दुःख समुदय का उदय होता है. इसे ही दुःख-चक्र या भव-चक्र कहते हैं. यही संसार चक्र है.

भव के कारण ही जन्म होता है. बिना भव के जन्म संभव नहीं है. भगवान बुद्ध कहते हैं : मन, वचन और शरीर के कर्म जमीन के समान होते हैं. संज्ञान या चेतना बीज के समान होते हैं, और तृष्णा नमीं के समान है. जैसे बगैर नमी के सूखी मिट्टी में बीज नहीं उग सकते हैं, वैसे ही तृष्णा के बगैर पुनर्जन्म नहीं हो सकता.[५]

यह पटिच्चसमुप्पाद चक्र, नाम रूप स्कंध के जन्म व मरण का चक्र ही है. इसे कार्य-कारण-परंपरा चक्र भी कहते हैं. इसमें कहीं भी मैं, मेरा, आत्मा कहने को कुछ नहीं है. इसलिए इसे अनात्मवाद का सिद्धान्त भी कहा जाता है.

पटिलोमं -

अविज्जाय त्वेव असेसविरागनिरोधा संखारनिरोधो, संखारनिरोधा विञ्ञाणनिरोधो,
विञ्ञाणनिरोधा नाम-रूपनिरोधो, नाम-रूपनिरोधा सळायतननिरोधो,
सळायतननिरोधा फस्सनिरोधो, फस्सनिरोधा वेदनानिरोधो,
वेदनानिरोधा तण्हानिरोधो, तण्हानिरोधा उपादाननिरोधो,
उपादाननिरोधा भवनिरोधो, भवनिरोधा जातिनिरोधो,
जातिनिरोधा जरा-मरणं, सोक-परिदेव-दुक्ख-दोमनस्सुपायासा निरुज्झन्ति।
एवमेतस्स केवलस्स दुक्खक्खन्धस्स निरोधो होति ॥[६]

अर्थ : अविद्या (अज्ञान) के पूरी तरह निरोध करने से संखारों का निरोध हो जाता है, संखारों के निरोध से विज्ञान का निरोध हो जाता है, विज्ञान के निरोध से नाम रूप (चित्त और शरीर) का निरोध हो जाता है, नाम रूप के निरोध से छः इन्द्रियों का निरोध हो जाता है, छः इन्द्रियों के निरोध से स्पर्श का निरोध हो जाता है, स्पर्श के निरोध से वेदना का निरोध हो जाता है, वेदना के निरोध से तृष्णा का निरोध हो जाता है, तृष्णा के निरोध से उपादान (गहरी आसक्ति) का निरोध हो जाता है, उपादान के निरोध से भव का निरोध हो जाता है, भव के निरोध से जन्म का निरोध हो जाता है, जन्म के निरोध से बुढ़ापा, मृत्यु, शोक, रोना पीटना, बेचैनी व परेशानी का निरोध हो जाता हैं. इस प्रकार सारे के सारे दुःख समुदय का निरोध हो जाता है. प्रतिलोम, संसार चक्र या भवचक्र से धम्म चक्र में परिवर्तन है.

विपस्सना के अभ्यास से इस पूरे चक्र को, इसकी बारहो कड़ियों के साथ

इसी जन्म में अनुभव किया जा सकता है और सभी प्रकार के दुःखों छुटकारा पाया जा सकता है. सवाल यह उठता है कि भवचक्र को धम्मचक्र में परिवर्तित किया कैसे जाए? जब तक जीवन है, इंद्रियों का अपने विषयों से टकराव होता ही रहेगा. जब-जब जन्म होगा, शरीर के साथ-साथ इंद्रियां होगीं ही. इंद्रियों को कितना भी क्यों न रोका जाए, उनका अपने-अपने विषयों से टकराव होगा ही. पूरे विश्व में हम कहीं भी चले जाएं, कोई जगह ऐसी नहीं है, जहां इंद्रियों के विषय न हों. और अगर थोड़ी देर के लिए कोई ऐसी जगह मिल भी जाए तो भी मन तो हमेशा हमारे शरीर के साथ रहेगा ही और मन के अपने विषय है जिससे वह लगातार प्रतिक्रिया करता ही रहता है. कुछ अच्छा लगा तो उसके प्रति राग जगाता है, कुछ बुरा लगा तो उसके प्रति द्वेष जगाता है.

मन की स्वभावतः अवस्था 'पेण्डुलम' जैसी होती है. यह एक स्थान पर स्थिर और शांत नहीं रहता, यह हमेशा दुःखद या सुखद या असुखद या अदुःखद संवेदनाओं से जुड़ता रहता है.

भगवान बुद्ध की अदभुत खोज यह थी कि विषयों का इंद्रियों से संपर्क होने पर शरीर में दुःखद या सुखद या असुखद या अदुःखद संवेदना होती है, राग द्वेष उस संवेदना के प्रति जागते हैं. उदाहरण के लिए नशापान करने वालों का लगाव नशे-पान के प्रति न होकर नशेपान की वजह से होने वाली संवेदनाओं के प्रति ही होता है.

भगवान बुद्ध ने बताया कि भव-चक्र को तोड़ने के लिए वेदना से शुरूआत करनी पड़ेगी क्योंकि वेदना के कारण ही तृष्णा का जन्म होता है और तृष्णा के कारण उपादान अर्थात चिपकाव पैदा होता है. तृष्णा और उपादान के कारण भव उत्पन्न होता है. और भव के कारण ही जन्म होता है. इस पूरे चक्र का कारण अज्ञान है. इसलिए भवचक्र से मुक्त होने के लिए अज्ञान का दूर होना आवश्यक है. हमारे मन की आदत ही ऐसी होती है कि वह लगातार राग-द्वेष में लोट-पलोट लगाता रहता है. अगर संवेदना सुखद होती है तो उसे और अधिक मात्रा में चाहता है और संवेदना अगर दुःखद है तो उसको दूर करना चाहता है, लेकिन अगर संवेदनाओं को हम तटस्थ भाव से या भोक्ताभाव के बजाए दृष्टाभाव से देखें तो यह बात जल्द ही समझ में आ जाती है कि संवेदना चाहे जैसी हो वो अनित्य ही होती है, हर संवेदना क्षणिक होती है और ज्यादा देर तक नहीं टिकती. ये संवेदनाएं क्षण-प्रतिक्षण बदलती ही रहती हैं. अगर हम इनके अनित्य स्वभाव को अपने स्वयं के प्रत्यक्ष अनुभव द्वारा पहचान लें तो हम इनके प्रति राग और द्वेष जगाना बंद कर देंगे और

इन्हें भोक्ता भाव की जगह दृष्टाभाव से देखने लगेंगे. जैसे ही हम संवेदनाओं को दृष्टा भाव से देखने लगते हैं, इनके प्रति नया राग और द्वेष बनना बंद हो जाता है और राग-द्वेष के पुराने संखार जो कि अंतर्मन की गहराईयों में दबे पड़े होते हैं, वे मन की सतह पर आने लगते हैं, चूंकि हम उनके प्रति दृष्टाभाव बनाए रखते हैं इसलिए वे कमजोर होकर समाप्त होते जाते हैं और जैसे-जैसे राग द्वेष के संखार समाप्त होते जाते हैं, वैसे-वैसे मन उतना ही निर्मल और शांत होता चला जाता है. पटिच्चसमुत्पाद द्वारा बुद्ध ने सिद्ध किया कि अज्ञान के कारण ही दुःखचक्र या संसारचक्र चलता रहता है. इसमें कहीं भी मैं, मेरा, आत्मा या परमात्मा जैसा कुछ भी नहीं है. इंसान स्वयं अपने अज्ञान के कारण संखारों का निर्माण करता है और दुःखों में पड़ जाता है. आर्य आष्टांगिक मार्ग पर चलकर अपने अज्ञान को मिटाकर इस संसार चक्र को तोड़ा जा सकता है और दुःखों से मुक्ति पाई जा सकती है.

पटिच्चसमुत्पाद का व्यवहारिक पक्ष विपस्सना है जिसमें साधक स्वयं अपनी प्रत्यक्ष अनुभूति द्वारा संवेदनाओं के अनित्य स्वभाव को अनुभव कर सकता है और अज्ञान को दूर कर सकता है. अनित्य के प्रत्यक्ष ज्ञान से अज्ञान दूर होता है, नए संखार बनने बंद हो जाते हैं और पुराने संग्रहित संखार कमजोर होकर समाप्त होते जाते हैं,

'खीणं पुराणं नवं नत्थि सम्भवं'.

फिर एक अवस्था ऐसी आती है जहां पर चित्त सम्पूर्ण रुप से सभी संखारों से मुक्त हो जाता है,

'विसङ्खारगतं चित्तं, तण्हानं खयमज्झगा'.

जब कोई संखार ही नहीं रहेंगे तो नया विज्ञान नहीं बनेगा, नया विज्ञान नहीं बनेगा तो नया नाम-रुप(शरीर और चित्त)नहीं बनेगा, नया नाम-रुप नहीं बनेगा तो छः इंद्रियां भी नहीं बनेंगी, अगर इंद्रियां नहीं बनेंगी तो उनका विषयों से टकराव नहीं होगा, इंद्रियों का विषयों से टकराव नहीं होगा तो वेदना नहीं उत्पन्न होगी, जब वेदना नहीं उत्पन्न होगी तो फिर उस वेदना के प्रति तृष्णा भी नहीं जगेगी. जब तृष्णा नहीं पनपेगी तो उस तृष्णा के प्रति आसक्ति भी नहीं पैदा होगी, अगर आसक्ति ही नहीं होगी तो भव का निर्माण भी नहीं होगा. भव का निर्माण नहीं होगा तो नया जन्म भी नहीं होगा और अगर नया जन्म ही नहीं होगा तो बीमारियां, बुढ़ापा, मृत्यु, प्रियजनों से बिछड़ाव, अप्रिय लोगों से मिलाप नहीं होगा, अनचाही होने और मनचाही न होने का दुःख नहीं होगा और इस तरह सारे दुःखों से मुक्ति हो जाएगी.

विपस्सना शारीरिक संवेदनाओं के माध्यम से मानसिक विकारों को जड़ों से निकालने की अद्‌भुत वैज्ञानिक विद्या है जिसे कोई भी, कहीं भी, कभी भी आजमा कर देख सकता है. लेकिन इसके लिए कम से कम एक बार दस दिन के विपस्सना शिविर में शामिल होकर, सुखद व दुःखद संवेदनाएं अपनी अनुभूति से जाननी पड़ेंगी. कोई भी साधक केवल पढ़कर या सुनकर धम्मचक्र प्रवर्तन को नहीं समझ पायेगा जब तक कि वह स्वयं इसे अपनी अनुभूति से न जाने. पटिच्चसमुप्पाद के ज्ञान के बिना निर्वाण की प्राप्ति असंभव है. बौद्ध ग्रंथों के अनुसार जो वस्तु अपने ज्ञान से या समझ से परे है उस पर बहस करना, चर्चा करना और समय गंवाना अनुचित माना गया है. यदि कोई ऐसा करता है तो उसे वस्तुस्थिति का सम्यक् ज्ञान न हो कर मतिभ्रम ही होगा. अतः सुधी पाठकों को अपना बहुमूल्य समय इस सिद्धांत को अपनी अनुभूति पर आजमा कर देखने के लिए किसी प्रशिक्षित विपस्सना शिक्षक की देखरेख में कम से कम एक बार दस दिवसीय शिविर में शामिल हो कर विपस्सना साधना सीखनी चाहिए. विपस्सना साधना की विस्तृत जानकारी अगले अध्याय में दी गई है.

पांचवां अध्याय

विपस्सना

विपस्सना साधना भारतवर्ष की एक अत्यंत पुरातन साधना पद्धति है. करीब २५०० वर्ष पहले भगवान गौतम बुद्ध ने इसकी खोज कर लोक कल्याण के लिए इसे सर्वसुलभ बनाया था. तकरीबन ५०० वर्षों तक यह साधना पद्धति अपने शुद्ध रूप में भारत में प्रचलित रही, परंतु उसके बाद किन्हीं अवांछित तत्वों के सम्मिश्रण के कारण यह विकृत हो गई और वांछित परिणाम आने बंद हो गए. कालांतर में यह विधि भारतवर्ष से सर्वथा लुप्त हो गई. परंतु सौभाग्यवश भारत के पड़ोसी देश बर्मा में गुरू-शिष्य परंपरा से यह अपने शुद्ध रूप में कायम रही.

१९६९ में बर्मा देश के मशहूर उद्योगपति श्री सत्यनारायण गोयन्का जी को विपस्सना आचार्य श्री सयाजी उ बा खिन ने विधिवत् विपस्सना आचार्य घोषित किया और लोक कल्याणकारी साधना को भारत में और भारत से फिर शेष दुनिया में फैलाने का जिम्मा सौंपा. इस तरह १९६९ में विपस्सना साधना अपने जन्म स्थान भारत में फिर से अपने शुद्ध रूप में वापस आई. इस समय दुनिया के पांचों महाद्वीपों के ५० से ज्यादा देशों में विपस्सना साधना के ९१ केंद्र हैं और हर जाति, संप्रदाय और विभिन्न मतों के लाखों लोग इस अद्‌भुत पद्धति का लाभ उठा रहे हैं. विपस्सना साधना एक सार्वजनीन, सार्वकालिक और सार्वभौमिक साधना है, जिसे कोई भी, कभी भी, कहीं भी आजमा कर देख सकता है और इस विद्या का लाभ उठा सकता है.

विपस्सना साधना का मुख्य लक्ष्य चित्त की शुद्धि करना है. इसके माध्यम से साधक अपने अंदर संग्रहित राग-द्वेष-भय-मोह-लालच-आसक्ति इत्यादि विकारों, दैनिक जीवन के तनावों और मानसिक बंधनों से मुक्ति प्राप्त कर लेता है. वह जीवन में आने वाली समस्याओं के प्रति अभिमुख होकर उनका सफलतापूर्वक समाधान खोजने में समर्थ होता है. अप्रिय परिस्थितियों में अविचलित रह कर उनका सामना करने की क्षमता उसमें आ जाती है.

विपस्सना बुद्ध धम्म की आधारशिला है. विपस्सना से निर्वाण की अवस्था जीवनकाल में ही हासिल की जा सकती है. अर्हत अवस्था ही निर्वाण का द्योतक है. अर्हत पद पाने की चार अवस्थाऐं हैं. १) श्रोतापण्ण, २) सकृदागामी, ३) अनागामी, ४) अर्हत. यह चारों चित्त की अवस्थाएं हैं और वह जीवित

काल में ही प्राप्त की जा सकती हैं. अर्हत सारिपुत्र, अर्हत मोद्गल्यायन, अर्हत महेंन्द्र, अर्हत आनंद आदि अनेकों लोगों ने अर्हत पद अपने जीवनकाल में ही प्राप्त कर लिया था. यह चित्त की उच्चत्तम अवस्थाएं केवल 'ध्यान समाधि' और 'विपस्सना' के द्वारा ही प्राप्त की जा सकती है. समाधि आर्य आष्टांगिक मार्ग का दूसरा स्कंध है, और प्रज्ञा तीसरा स्कंध है. इन दोनों के तीन-तीन अंग है. यह सभी विपस्सना ध्यान साधना द्वारा ही पाये जा सकते हैं. भगवान बुद्ध ने मन को ही धम्म में प्रधान स्थान दिया है और मन को वश में करने के लिए, मन को जीतने के लिए विपस्सना का रास्ता बताया है.

विपस्सना पालि भाषा का शब्द है जिसका संधि विच्छेद होता है, ***वि+पस्सना. वि*** का अर्थ है सूक्ष्मतापूर्वक, वास्तव में, पूर्णतया, सकारात्मक आदि आदि और ***पस्सना*** का मतलब है देखना, जानना, परीक्षण-निरीक्षण करना, शोध करना, विश्लेषण करना, निष्कर्ष निकालना आदि आदि. स्थूल हमेशा भ्रम पैदा करता है, वास्तविकता नहीं दिखलाता. स्थूल के विभाजन और विश्लेषण से उसकी वास्तविकता समझ में आने लगती है. किसी भी वस्तु, स्थिति को विपस्सना की दृष्टि से देखना विज्ञान की उपज है. वैज्ञानिक भी किसी भौतिक वस्तु की वास्तविकता को जानने के लिए वस्तु का विभाजन करता है और सूक्ष्मता से उसका परीक्षण-निरीक्षण करता है और तब जाकर उसे वस्तु की सूक्ष्मतम सच्चाई का पता चलता है. यही प्रयोग भगवान बुद्ध ने मानवीय चित्त और शरीर पर किया. विपस्सना के द्वारा ही उन्होंने चार आर्य सत्य, और शरीर-चित्त के पंच स्कंध (रूप स्कंध, विज्ञान स्कंध, संज्ञा स्कंध, वेदना स्कंध, और संखार स्कंध) बताये हैं. विपस्सना के द्वारा ही उन्होंने छह भीतरी आयतन (छह भीतरी इन्द्रियॉ) बताये हैं. जैसे-चक्षु इन्द्रिय, जिह्वा इन्द्रिय, घ्राण इन्द्रिय, श्रोत इन्द्रिय, स्पर्श-इन्द्रिय और मनेन्द्रिय. भगवान बुद्ध की विपस्सना का ही प्रयोग कुछ मात्रा में वैज्ञानिक लोग करते हैं. वे लोग भौतिक वस्तु का पृथक्करण करके ही देखते हैं. पालि सुत्त है-

''विविधेन पस्सति ति विपस्सना, विसेसेन पस्सति ति विपस्सना, अनेकांगेन पस्सति ति विपस्सना, विभज्जेन पस्सति ति विपस्सना''[१]

विविधता से, विशेष रूप से, अनेक अंगो से, विभाजन, पृथक्करण करके देखने को ही विपस्सना कहते हैं.

जब हम किसी वस्तु अथवा परिस्थिति के टुकड़े-टुकड़े कर के साक्षी भाव से देखते हैं तब पता चलता है कि जो वस्तु अथवा स्थिति जैसी दिखती है वास्तव में वैसी होती नहीं है. ऊपरी या बाहरी तौर पर प्रतीत होने वाला उसका स्वरूप भी नकारने योग्य नहीं होता है क्योंकि वह भी एक सच्चाई

ही होती है, जिसे स्थूल अथवा भासमान सत्य कह सकते हैं. परंतु गहराई में जाने पर पता चलता हैं कि वास्तविक सच्चाई कुछ और ही है. ऐसा साफ-साफ पता लगने लगता है कि कोई भी वस्तु अथवा स्थिति स्थिर नहीं है. बल्कि क्षण-प्रति-क्षण उसमें कुछ न कुछ परिवर्तन होता ही रहता है. जब इस स्थिति का भान होने लगता है तब साधक भासमान सत्य को निःस्सार जानकर अपने दैनिक व्यवहार में वास्तविक सत्य को अपनाने लगता है. ऐसा करने से वह भासमान सत्य के कारण पैदा होने वाली उत्तेजनाओं और आशंकाओं से त्रस्त नहीं होता और होश का जीवन बिताने लगता है. जैसे ही वह होश का जीवन बिताने लगता है उसके काया, वाणी तथा चित्त के कर्म सुधरने लगते हैं और जैसे-जैसे इन कर्मों में सुधार आने लगता है वैसे-वैसे मानसिक तनावों से मुक्त होने लगता है और अपने अंतःस्थल में शांति का अनुभव करने लगता है.तब इसके फलस्वरूप चित्त से संबंध रखने वाले अनेकों रोगों का शमन होने लगता है और व्यसन उखड़ने लगते हैं.

बुद्ध ने जैसे मानव शरीर का विपस्सना द्वारा दर्शन किया वैसे ही मन का बड़ा सूक्ष्म विभाजन किया. शरीर और मन हमेशा परिवर्तित होते रहते हैं, बदलते रहते हैं. भगवान बुद्ध की यह अद्‌भुत खोज थी. विपस्सना ध्यान बुद्ध धम्म की अनुपम देन है. ***'चत्तारो सतिपट्ठाना'*** अर्थात् चार सतिपट्ठान के ध्यान हैं : १) कायानुपस्सना २) वेदनानुपस्सना ३) चित्तानुपस्सना और ४) धम्मानुपस्सना.

अपनी काया में क्षण-प्रतिक्षण हो रहे बदलाव को दृष्टाभाव से देखना कायानुपस्सना कहलाता है. इसी तरह शरीर में प्रकट होने वाली दुःखद-सुखद और अदुःखद-असुखद वेदनाओं को जो अनित्य है और हमेशा बदलती रहती है, उनको दृष्टाभाव से देखते रहना वेदनानुपस्सना कहलाता है. चित्त में उठने वाले तरह-तरह के विचारों को जो हर पल बदलते रहते हैं उनके प्रति प्रतिक्रिया किए बगैर दृष्टाभाव से देखते रहना चित्तानुपस्सना कहलाता है. पूरे अस्तित्व में प्रकृति के नियमों, निसर्ग की नियामता के अनुसार जो कुछ भी घट रहा है. उसका कोई कर्ता नहीं है. उस पर किसी की भी सत्ता नहीं चलती है, उसमें मैं और मेरा, आत्मा और परमात्मा कहने को भी कुछ नहीं है. समस्त प्रकृति बँधे-बँधाए नियमों से अपने आप संचालित हो रही है, इस सत्य को दृष्टाभाव से यथाभूत देखना धम्मानुपस्सना कहलाता है.

इन चारों के मूल में ही विपस्सना है. कोई भी भिक्खु या उपासक अर्हत्व की चारों अवस्थाओं को केवल विपस्सना मार्ग से ही हासिल कर सकता है. स्वयं भगवान बुद्ध को भी बोधिज्ञान या बुद्धत्व विपस्सना से ही प्राप्त हुआ.

विपस्सना आचार्य सयाजी उ बा खीन

(मार्च ६, १८९९ - जनवरी १९, १९७१)

विपस्सना आचार्य सत्यनारायण गोयन्का
(जन्म १९२४)

निर्वाण का अर्थ होता है क्लेशों से मुक्त हो जाना. क्लेशों से मुक्ति तभी संभव है जब चित्त से राग और द्वेष जड़ से निकल जाए. यह तो अब लगभग सभी धर्मों के प्रचारक कहते हैं कि राग-द्वेष ही दुःख का कारण हैं इसलिए राग-द्वेष नहीं करना चाहिए और चित्त को निर्मल रखना चाहिए. लेकिन **चित्त को निर्मल कैसे रखा जाए उसका व्यावहारिक पक्ष और वास्तविक विधि भगवान बुद्ध के अलावा किसी ने नहीं बताई.** भगवान बुद्ध पहले महामानव थे जो न केवल स्वयं मुक्त हुएं बल्कि लाखों-करोड़ों लोगो को विपस्सना सिखाकर उनको राग, द्वेष से मुक्त होकर निर्वाणपद पाने में सहायता की.

पालथी मारकर, आँखे मूंद कर, भगवान बुद्ध की जो भी मुद्रायें दिखती हैं वह ध्यानस्थ मुद्रायें ही हैं. और ध्यान अर्थात् किसी बाहरी ईश्वर, आत्मा-परमात्मा का ध्यान नहीं अपितु विपस्सना द्वारा स्वयं का बोध करना है. मन को वास्तविक रूप में जानना, मन के विकारों को दूर करना,मन को परिशुद्ध, निर्मल करना, यह विपस्सना द्वारा ही संभव है. विपस्सना ध्यान वास्तविकता पर और केवल सत्य पर ही आधारित होता है.

'विपस्सना का लक्ष्य पीड़ा तथा आत्मिक अनुभवातीत्वत्व से मुक्ति है. यह अंदरुनी शांति की ओर अग्रसर करता है जिसे इसके साधक अन्यों के साथ बांटना सीखते हैं. उपचार, रोग का उपचार नहीं अपितु मानव पीड़ा का अनिवार्य उपचार, विपस्सना का प्रयोजन है. विपस्सना नैतिक समर्पण, जीवनकालिक आत्मविश्लेषी अनुशासन, आत्मज्ञान और स्वतः उत्तरदायित्व के माध्यम से उपचार करती है. अध्यात्म के इस अभ्यास में पूरे जीवन का आलिंगन है. यहां कोई अंधी भक्ति नहीं है, कोई दैविक हस्तक्षेप नहीं है, कोई भावशून्य पराश्रित याचना नहीं है जो हमारा उद्धार करेगी. विपस्सना हमें अपने प्रति उत्तरदायी बनाती है क्योंकि यह आत्मअवलोवन द्वारा यह उजागर करती है कि हम अपनी प्रतिक्रियाओं तथा मान्यताओं को अपने जीवन में कितना अपनाते हैं. इस मार्ग में प्रत्येक पल के विचार को समचितता का बीज बनाना शामिल है जो स्नेह और शांति का फल देगा. विपस्सना के माध्यम से हम शरीर-मस्तिष्क, या पूर्व-पश्चिम, दोहरेपन से आगे जा सकते हैं तथा नैतिक जड़ों, सुविचारित विवेक तथा बुद्धिमत्ता को उनके सभी अनुरागपूर्ण रूपों में अंगीकार कर सकते हैं.'[२]

विपस्सना साधना सीखने के लिए किसी प्रशिक्षित विपस्सना शिक्षक की देख-रेख में १० दिवसीय प्रशिक्षण शिविर में शामिल होना पड़ता है. दस दिन के प्रशिक्षण शिविर में साधक को त्रिशरण व पंचशील की याचना करनी पड़ती है और दस दिनों तक पांचों शीलों का पालन करना होता है.

ये पांच शील इस प्रकार हैं :

पहला शील है- जीव-हिंसा से विरत रहना. इस शील से करुणाभाव जागृत होता है.

सब्बे तसन्ति दण्डस्स, सब्बे भायन्ति मच्चुनो ।

अत्तानं उपमं कत्वा, न हनेय्य न घातये॥

(सभी दंड से डरते हैं. सभीं को मृत्यु से भय लगता है. अतः सभी को अपने जैसा समझ कर न किसी की हत्या करें, न हत्या करने के लिए प्रेरित करें).[३]

दुनिया में कोई भी जीव सत्व अपनी खुशी से मरना नहीं चाहता. सभी प्राणियों को मृत्यु का भय होता है. जैसे हमें अपने प्राणों का मोह होता है, उसी तरह हमें अन्य प्राणियों के प्राणों को समझना चाहिए. हमें केवल मानव-हिंसा से ही नहीं वरन् अन्य प्राणियों की हत्या करने से भी बचना चाहिए. समाज में कानून और व्यवस्था बनाए रखने के लिए यह जरूरी है कि जैसा व्यवहार हम अपने साथ चाहते हैं वैसा ही व्यवहार हम दूसरे प्राणियों के साथ करें. जीव-हिंसा से विरत रहने का यह तो भासमान कारण है लेकिन जब साधक ध्यान से अपने अंदर देखना शुरू करता है तो जल्दी ही यह बात समझ में आ जाती है कि कोई भी इंसान तब तक हिंसा नहीं कर सकता जब तक कि वह अपने अंदर क्रोध न जगाए और जैसे ही क्रोध उत्पन्न होता है श्वांस अपनी स्वाभाविक गति खो देती है और शरीर के अंदर जैव-रासायनिक और विद्युत चुम्बकीय प्रतिक्रियाओं की वजह से हानिकारक जहरीले पदार्थ उत्पन्न होने लगते हैं जो हमें अत्यंत हानि पहुंचाते हैं.

इसलिए, भगवान बुद्ध कहते हैं कि क्रोध में रहना हाथ में जलते हुए अंगारे को पकड़े रहने जैसा है. अंगारा सबसे पहले पकड़ने वाले के हाथ को जलाता है, इसी तरह क्रोध सबसे पहले क्रोध करने वाले को नुकसान पहुँचाता है.

क्रोध के कारण मन अस्थिर हो जाता है और अस्थिर मन से शरीर में होने वाली संवेदनाओं को हम नहीं महसूस कर पाते. इसलिए साधना के लिए भी और सुखी जीवन के लिए भी इस शील का पालन आवश्यक है.

दूसरा शील है- चोरी से विरत रहना दुनिया का कोई भी इंसान यह नहीं चाहता कि कोई दूसरा व्यक्ति उसकी धन-संपदा को चुरा ले. इसलिए किसी भी व्यक्ति को यह अधिकार नहीं है कि वह दूसरे की श्रम से अर्जित धन-संपदा को चुराए. जैसे हम नहीं चाहते कि हमारी किसी भी वस्तु की चोरी हो वैसे ही हर कोई चाहता है. दूसरे को धोखा मत दो या अपने प्रभाव एवं सत्ता के प्रभाव का प्रयोग करके अन्य व्यक्तियों की वस्तुएं मत छीनो. इसी प्रकार दूसरे के श्रम और गाढ़े पसीने की कमाई से स्वयं लाभ उठाना भी इस शील के प्रतिकूल है. यदि सभी नागरिक इस शील के अनुरूप आचरण करेंगे

तो सामाजिक समानता का विकास होगा और लूट तथा हत्याओं की घटनाएं भी शीघ्र ही समाप्त हो जाएंगी. समाज में कानून और व्यवस्था बनाए रखने के लिए यह जरूरी है कि जैसा व्यवहार हम अपने साथ चाहते हैं वैसा ही व्यवहार हम दूसरे प्राणियों के साथ करें. चोरी से विरत रहने का यह तो भासमान कारण है लेकिन जब साधक ध्यान से अपने अंदर देखना शुरू करता है तो जल्दी ही यह बात समझ में आ जाती है कि कोई भी इंसान तब तक चोरी नहीं कर सकता जब तक कि वह अपने अंदर लालच न जगाए और जैसे ही लालच उत्पन्न होता है श्वांस अपनी स्वाभाविक गति खो देती है और शरीर के अंदर जैव-रासायनिक और विद्युत चुम्बकीय प्रतिक्रियाओं की वजह से हानिकारक जहरीले पदार्थ उत्पन्न होने लगते हैं जो हमें अत्यंत हानि पहुंचाते हैं. लालच के कारण मन अस्थिर हो जाता है और अस्थिर मन से शरीर में होने वाली संवेदनाओं को हम नहीं महसूस कर पाते इसलिए साधना के लिए भी और सुखी जीवन के लिए भी इस शील का पालन आवश्यक है.

भगवान बुद्ध कहते हैं कि अपना अहित किए बगैर कोई भी इंसान दूसरों का अहित नही कर सकता. अर्थात दूसरों का अहित करने से पहले अपना अहित अपना अहित करते हैं.' (थेरागाथा, गाथा १३९)

तीसरा शील है- ब्रह्मचर्य का पालन करना और व्यभिचार से विरत रहना. इस शील का पालन करने से परिवार में विश्वास और हर्ष बढ़ता है और दूसरे लोगों को अनावश्यक कष्ट से बचाया जा सकता है. कोई भी इंसान यह नहीं चाहता कि उसके सगे-संबंधी व्यभिचार करें यहां तक कि अति उन्नत और अतिविकसित देशों में भी इससे जहाँ अपने सगे-संबंधियों के प्रति विश्वासघात होता है, वहीं आत्मग्लानि की ग्रंथियां विकसित होती हैं. समाज में कानून और व्यवस्था बनाए रखने के लिए यह जरूरी है कि जैसा व्यवहार हम अपने साथ चाहते हैं वैसा ही व्यवहार हम दूसरे प्राणियों के साथ करें. व्यभिचार से विरत रहने का यह तो भासमान कारण है लेकिन जब साधक ध्यान से अपने अंदर देखना शुरू करता है तो जल्दी ही यह बात समझ में आ जाती है कि कोई भी इंसान तब तक व्यभिचार नहीं कर सकता जब तक कि अपने अंदर कामवासना न जगाए और जैसे ही कामवासना उत्पन्न होती है श्वांस अपनी स्वाभाविक गति खो देती है और शरीर के अंदर जैव-रासायनिक और विद्युत चुम्बकीय प्रतिक्रियाओं की वजह से हानिकारक जहरीले पदार्थ उत्पन्न होने लगते हैं जो हमें अत्यंत हानि पहुंचाते हैं. कुछ लोगों के होंठ और मुँह सूखने लगते हैं, दिल की धड़कन तेज हो जाती है और ब्लड-प्रेशर बढ़ जाता है. कई लोगों को स्नायुतंत्र की बीमारियां, डिप्रेशन, नर्वसनेस इत्यादि होने लगता है. कामवासना के कारण मन अस्थिर

हो जाता है और अस्थिर मन से शरीर में होने वाली संवेदनाओं को हम नहीं महसूस कर पाते. इसलिए साधना के लिए भी और सुखी जीवन के लिए भी इस शील का पालन आवश्यक है.

चौथा शील है- असत्य भाषण से दूर रहना. कोई भी इंसान यह नहीं चाहता कि लोग उसके खिलाफ चुगली करें और गलत बातें फैलाएं जिससे लोगों में विभाजन हो या घृणा बढ़े. हर इंसान की बातें सत्य और यथार्थ पर आधारित होनी चाहिए. हां कहने का अर्थ ''हां'' हो और नहीं कहने का अर्थ ''नहीं''. शब्द ही गलतफहमी और घृणा पैदा कर सकते हैं - इसलिए हम जो भी बोलें अति सावधानी से और सोच समझ कर बोलें. समाज में प्रेम और भाईचारा बनाए रखने के लिए यह जरूरी है कि जैसा व्यवहार हम अपने साथ चाहते हैं वैसा ही व्यवहार हम दूसरों के साथ भी करें. झूठ बोलने व चुगली करने से विरत रहने का यह तो भासमान कारण है लेकिन जब साधक ध्यान से अपने अंदर देखना शुरू करता है तो जल्दी ही यह बात समझ में आ जाती है कि कोई भी इंसान तब तक झूठ नहीं बोल सकता या चुगली नहीं कर सकता जब तक कि अपने अंदर भय और ईर्ष्या न जगाए और जैसे ही भय और ईर्ष्या उत्पन्न होती है श्वांस अपनी स्वाभाविक गति खो देती है और शरीर के अंदर जैव-रासायनिक और विद्युत चुम्बकीय प्रतिक्रियाओं की वजह से हानिकारक जहरीले पदार्थ उत्पन्न होने लगते हैं जो हमें अत्यंत हानि पहुंचाते हैं. भय और ईर्ष्या के कारण मन अस्थिर हो जाता है और अस्थिर मन से शरीर में होने वाली संवेदनाओं को हम नहीं महसूस कर पाते. इसलिए साधना के लिए भी और सुखी जीवन के लिए भी इस शील का पालन आवश्यक है.

वैज्ञानिक अनुसंधान करके इस नतीजे पर पहुँचे हैं कि ८० प्रतिशत से ज्यादा बीमारियां हमारे मन से उत्पन्न होती हैं. दिल की बीमारियां, डायबिटीज, कमर दर्द, पीठ-दर्द, तनाव और त्वचा की अधिकतर बीमारियां हमारे मन में पैदा होने वाली घृणा, क्रोध, ईर्ष्या, भय और लालच के कारण उत्पन्न होती हैं. दवाइयों से थोड़े समय के लिए आराम तो मिल जाता है, लेकिन जड़ें वैसी ही रह जाती हैं. वैज्ञानिकों को मानना है कि जैसे ही हम क्रोध, घृणा और मानसिक तनाव पैदा करते हैं, तो इसका सबसे पहला असर मस्तिष्क के बाहरी हिस्से *सिरेबल कार्टेक्स* पर पड़ता है. करीब १३ अरब स्नायु कोशिकाएँ क्रियाशील हो जाती हैं, जिसमें १० अरब कोशिकाएं मस्तिष्क के भीतर होती हैं. क्रोध और घृणा का संदेश ४०० कि.मी. प्रति घंटे की तेज रफ्तार से स्नायु तंत्र में दौड़ने लगता है. यह संदेश हाइपोथैलेमस में पहॅुचता है जहाँ से इसको गुर्दों के ऊपर मौजूद एड्रिल ग्लैंड में भेज दिया जाता है

और वहाँ पहुँचते ही शरीर को बीमार करने वाले चार प्रकार के हारमोन्स बनने शुरू हो जाते हैं. ये हारमोन्स जो हमें लड़ने या भागने की शक्ति देते हैं, घृणा और क्रोध के उत्पन्न होते ही बनने शुरू हो जाते हैं. इन हारमोन्स के बनते ही कलेजे(लिव्हर) से ग्लूकोज निकलना शुरू हो जाता है, जिससे लड़ने और भागने की ताकत आती है. इसके साथ ही दिल तेज गति से धड़कने लगता है जिससे शरीर को अधिक खून भेजा जा सके. रक्त को तेजी से पम्प करने के लिए उसके गाढ़ेपन को कम करके पतला करने के लिए होठों और त्वचा से पानी रक्त में खींच लिया जाता है, इसलिए गुस्सा और घृणा पैदा होने के थोड़ी देर बाद हमारा होंठ, मुँह और गला सूखने लगता है. पाचन क्रिया के लिए रक्त का जाना रूक जाता है और पाचन क्रिया या तो पूरी तरह बंद हो जाती है या बहुत धीमी हो जाती है. ब्लड-प्रेशर बढ़ जाता है. रक्त में थक्के बढ़ने लगते हैं. शरीर का पूरा रासायनिक संतुलन बिगड़ जाता है और रोगों से लड़ने की शरीर की अवरोधक क्षमता कम हो जाती है. बार-बार होने वाले क्रोध, घृणा और ईष्या के कारण बार-बार एड्रीनिल और कार्टीसोल हार्मोन्स बनते हैं और शरीर के रासायनिक सन्तुलन को बिगाड़ कर रोगों से लड़ने की अवरोधक क्षमता को कम कर देते हैं. हार्ट अटैक (दिल का दौरा), हाई कोलेस्ट्राल, कैंसर, इन्फ्लूएंजा, चिकन पॉक्स(चेचक) जैसी बीमारियां लग जाती हैं. हारमोन्स के श्राव से पेप्सिन नामक एन्जाईम अधिक मात्रा में बनने लगता है जिसके बनने से पेट का म्यूकस सूख जाता है और पेट में अल्सर हो जाते हैं.

हमारे मस्तिष्क का आकार हमारे शरीर का केवल दो प्रतिशत होता है लेकिन जो ऑक्सीजन हम श्वांस से लेते हैं. उसका बीस प्रतिशत उपयोग मस्तिष्क करता है. क्रोध, घृणा और ईर्ष्या उत्पन्न होते ही मस्तिष्क की क्रियाशीलता बढ़ जाती है, जिससे मस्तिष्क को और अधिक आक्सीजन और रक्त की जरूरत पड़ती है, जिससे दिल पर और अधिक रक्त भेजने के लिए दबाब पड़ता है. बार-बार ऐसा होने से दिल का दौरा पड़ जाता है. साथ ही बुढ़ापा जल्दी आ जाता है.

हमारा मस्तिष्क कम्प्यूटर की तरह काम करता है. मन के विकार जैसे कि क्रोध, लालच, वासना, ईर्ष्या, मोह, घृणा, राग और द्वेष कम्प्यूटर वाइरस की तरह हमारे मस्तिष्क पर हमला करते हैं और जैसे वाइरस कम्प्यूटर की सामान्य कार्यप्रणाली को तहस-नहस कर देता है, उसी प्रकार मन के विकार रूपी वाइरस हमारे मस्तिष्क और शरीर दोनों को दुष्प्रभावित करते हैं. जिस तरह कम्प्यूटर को सामान्य कार्यप्रणाली में लाने के लिए हम वाइरस रोधी सॉफ्टवेयर लगाते हैं, उसी तरह शील सदाचार का पालन करके अपने अंदर

करुणा और मैत्री जगाकर हम मन के विकारों का उपचार कर सकते हैं.

पांचवा शील है- मद्यपान या नशीले पदार्थों के सेवन से दूर रहना. मद्यपान और उत्तेजक पदार्थों के सेवन से चित्त की स्पष्टता समाप्त हो जाती है और साधक शरीर में होने वाली सूक्ष्म संवेदनाओं को महसूस नहीं कर पाता. नशे में रहकर वह स्वयं अपने लिए, अपने परिवार तथा अन्य लोगों के लिए अनेकों मुश्किलें पैदा करता है. मद्यपान और नशीले पदार्थों के सेवन से तन-मन-धन, मान-सम्मान, बुद्धि, समय और पारिवारिक शांति सभी का नुकसान होता है. इस शील का पालन करने से शरीर और मन स्वस्थ रहता है. जब शरीर और मन स्वस्थ रहता है तो इंसान सही सोच पाता है और सही फैसले ले पाता है.

इन शीलों का पालन इसलिए आवश्यक समझा गया है क्योंकि ऐसा करने से मन की उत्तेजना कम हो जाती है और उत्तेजना रहित मन से साधना का अभ्यास बेहतर ढंग से किया जा सकता है. यदि शील भंग करते हैं तो विकारों से अभिभूत हो कर मन उत्तेजित हो उठता है और अंतःकरण की गहराईयों तक पहुंचना संभव नहीं हो पाता है. शीलों का व्रत लेने के बाद मन को एकाग्र करना सिखाया जाता है. जिसे ***आनापान*** कहते हैं. आनापान के लिए विपस्सनाचार्य से आनापान सिखाने की याचना करने की औपचारिकता करनी पड़ती है. **आनापान** पालि शब्द है जो **आन+अपान** से बना है. ***आन*** अर्थात् आने वाला श्वांस, ***अपान*** अर्थात् जाने वाला श्वांस. श्वांस के आने जाने को अपने ही अनुभव से अपने ही नासिका के दोनों द्वारों पर देखना सिखाया जाता है. प्रशिक्षित मार्गदर्शक की देख-रेख में, साधक पालथी मार कर बैठ कर आँखें बंदकर अपने मन को अपनी नासिका के दोनों द्वारों पर केन्द्रित करके, नासिका द्वारा आने-जाने वाली हरेक स्वाभाविक, नैसर्गिक श्वांस को देखना सीखता है. इससे चंचल मन स्थिर और स्थूल मन सूक्ष्म हो जाता है जो कि शरीर में होने वाली सूक्ष्म संवेदनाओं को महसूस करने लायक बन जाता है. आनापान से मन की एकाग्रता और याद्दाश्त बढ़ती है.

साढ़े तीन दिनों तक आनापान के द्वारा समाधि का अभ्यास करने के पश्चात चौथे दिन विपस्सनाचार्य से विपस्सना सिखाने की याचना की औपचारिकता करनी होती है जिससे विपस्सना के जरिए अपने अंदर प्रज्ञा जागृत होती है. उस से ही अनित्य, परिवर्तन का बोध हाने लगता है. मन को श्वांस के आधार से एकाग्र करते हुए श्वांस को सामान्य व नैसर्गिक रूप में लेते हुए शरीर के भीतर क्षण-प्रति-क्षण उत्पन्न होने वाली तथा परिवर्तित होते रहने वाली वेदना-संवेदना को दृष्टाभाव से, तटस्थ भाव से, उपेक्षा भाव से, यथाभूत जानना सिखाया जाता है. देखते-देखते, जानते-जानते अपने भीतर लगातार वेदना-

संवेदनाओं का वास्तविक नैसर्गिक स्वभाव समझ में आने लगता है. साधक अपने प्रत्यक्ष अनुभव से जान लेता है कि कोई भी वेदना चाहे दुःखद हो या सुखद हो या अदुःखद और असुखद हो, स्थाई न होकर परिवर्तनशील होती है और हर पल बदलते ही रहती है. हम चाहें भी तो उसका बदलना रोक नहीं सकते. शरीर पर प्रकट होने वाली वेदना अपने आप प्रकट होती है और देखते ही देखते समाप्त हो जाती है, बदल जाती है. इसी तरह मन में प्रकट होने वाला हर विचार देखते ही देखते समाप्त हो जाता है, बदल जाता है. जब साधक अपने स्वयं के प्रत्यक्ष अनुभव से यह जान लेता है कि हर वेदना परिवर्तनशील है, नश्वर है, अनित्य स्वभाव वाली है, हर पल बदलते रहने वाली है तो वेदनाओं के प्रति तटस्थ भाव बनने लगता है. वेदनाओं के प्रति जो राग-द्वेष जगता रहता था, वह कम होने लगता है और धीरे-धीरे समाप्त होने लगता है. जो वेदना अज्ञान में मन को बांधे जा रही थी, वही वेदना ज्ञान के प्रकाश में मन को विमुक्त करने लगती है. शरीर का वास्तविक दर्शन, चित्त का वास्तविक दर्शन, उनका अनित्य, अनात्म और हमेशा बदलते रहने वाला स्वरूप, विपस्सना द्वारा ज्ञात होने लगता है.

बार-बार विपस्सना करने से अनित्य का बोध निरंतर बना रहता है. जिसके फलस्वरूप वीत रागता, वीत द्वेषता, और वीत मोहता की ओर अग्रसर होने लगते हैं. जैसे-जैसे राग-द्वेष और मोह के बंधन शिथिल पड़ने लगते हैं वैसे-वैसे पहले से संचित विकारों की उदीर्णा होने लगती है और उनकी निर्जरा होने लगती है. परिणामस्वरूप मन में अपूर्व शांति का संचार होने लगता है. इस तरह काया और चित्त के अनित्य स्वभावी प्रपंच का साक्षी भाव से दर्शन करते-करते तत्संबंधी आसक्तियों से छुटकारा पाता हुआ साधक काया और चित्त के परे इंद्रियातीत परम सत्य का साक्षात्कार कर लेता है जो कि नित्य है, शाश्वत है, ध्रुव है, अमृत है.

'विपस्सना का पथ, जैसाकि बुद्ध ने सिखाया है, गलत व क्षणिक मैं की रक्षा से उत्पन्न लालच, घृणा और मोह की नकारात्मकताओं से दूर, एक अनम्य आत्म-अवधारणा से उत्पन्न लालसा तथा विद्वेष से दूर ले जाता है. यह पथ अनुभवी अंतर्दृष्टि से उत्पन्न सद्‌गुणों और गुणों में जाकर खुलता है. अनित्य का एहसास स्वयं अपने तथा अपने चारों ओर मौजूद विश्व के भीतर एक गही अंतर्दृष्टि है. यह एक क्षणभंगुर विश्व में एक क्षणभंगुर जीवन से चिपके रहने की मूर्खता को उजागर करता है. यह आत्मासक्ति की मुट्ठी में जकड़ी गलत आशाओं को विश्राम देता है और अन्य सभी क्षणभंगुर जीवनों के साथ स्वतः पहचान के प्रवाह को सुसाध्य बनाता है. अनुभव से उत्पन्न एहसास कि सभी वस्तुएं अनित्य हैं, कि मैं अनित्य हूँ, से यथासंभव गूढ़ समानुभूति उत्पन्न होती

है; सभी प्राणियों के साथ कुटुम्ब की भावना जो अलग मैं के भ्रम से उत्पन्न वेदना से समान रूप से पीड़ित हैं; सभी प्राणियों के साथ भाईचारे की भावना जो अलगाव, मरण और मृत्यु की व्यथा से उद्धार के लिए तरसते हैं.'[४]

दसवें दिन मंगल मैत्री भावना का अभ्यास करांया जाता है जिसमें साधक संपूर्ण विश्व के मंगल की भावना करता है.

वैज्ञानिकों ने अनुसंधान करके यह सिद्ध किया है कि क्रोध, घृणा और ईर्ष्या के कारण शरीर का बिगड़ा हुआ रासायनिक सन्तुलन मंगल मैत्री की साधना करने से ठीक किया जा सकता है. मंगल मैत्री के अभ्यास से बढ़ा हुआ कोलेस्ट्राल कम हो जाता है, रोगों से लड़ने की शरीर की प्रतिरोधक क्षमता बढ़ जाती है. यदि रोजाना थोड़ी देर के लिए विपस्सना करके चित्त को निर्मल कर मंगल मैत्री की साधना की जाए तो बहुत सी बीमारियां ठीक हो जाती हैं. रोज के अभ्यास से मंगल मैत्री की तरंगें हमारे आस-पास के वातावरण को मंगल तरंगों से भर देती हैं जिससे हमारा मन-मस्तिष्क-वाणी और कर्म सभी प्रभावित होते हैं. लोगों के प्रति हमारे नजरिए में बदलाव आता है और परस्पर संबंध सुधरते हैं. समस्त जीवों के प्रति हमारे अंदर दया, करुणा और मैत्री बढ़ती है जिससे जैव रासायनिक प्रतिक्रियाएँ और विद्युत चुम्बकीय तरंगें संतुलित रहती हैं. हमारा जीवन सुखमय बनता है और समाज तथा विश्व को हम खुशियाँ बाँट सकते हैं. पेड़-पौधों समेत समस्त प्रकृति के प्रति मंगल मैत्री से पर्यावरण सुधरता है. भगवान बुद्ध ने मंगल मैत्री के द्वारा ही डाकू अंगुलिमाल और हाथी नालागिरी को अपने वश में किया था.

लगातार विपस्सना करने से कुछ लोगों को असाधारण शक्तियां और रिद्धियां भी प्राप्त होती हैं जैसे कि महामोग्गालन[५], उप्पलवण्णा[६], अनुरूद्ध[७], और सारिपुत्त[८] को प्राप्त थी. भगवान बुद्ध ने असाधारण शक्तियों से अभिभूत होने को हतोत्साहित किया है.[९] असाधारण शक्तियों का प्रदर्शन कर लोगों में श्रद्धा जगाना बौद्ध धम्म के नियमों के प्रतिकूल है.[१०] क्योंकि विपस्सना का अंतिम लक्ष्य चित्त को राग-द्वेष मोह से सम्पूर्ण रूप से मुक्त करना है. असाधारण शक्तियों और चमत्कार दिखाने के चक्कर में पड़ कर साधक पूर्ण मुक्ति के लक्ष्य से भटक सकता है, क्योंकि 'पूर्ण मुक्ति' तो चित्त और शरीर में घटित होने वाली प्रक्रियाओं की अनित्यबोध से ही संभव है.[११]

विपस्सना पूर्णतः वैज्ञानिक ध्यान विधि है. और सभी संप्रदायों के लोग इसका अभ्यास कर लाभ उठा रहे हैं. विपस्सना साधना के अभ्यास से अनेकों मानसिक एवं शारीरिक रोग ठीक हो जाते हैं, मन की एकाग्रता और याद्दाश्त बढ़ती है, कार्यकुशलता में वृद्धि होती है, रचनात्मक गुणों में निखार आता है, नैतिकता और अनुशासन तथा आत्मविश्वास के सद्गुणों

में वृद्धि होती है. नशीले पदार्थों के आदी लोगों को इन व्यसनों से मुक्त होने में सहायता मिलती है. मनोविकारों के दूर होने से मन निर्मल, शांत और प्रसन्न होता है तथा परिवार में सुख और शांति बढ़ती है. विपस्सना साधना द्वारा शील-सदाचार के पालन और करुणा, मैत्री, मुदिता और समता जैसे उच्च मानवीय गुणों को विकसित करके हम शान्ति और सुख का जीवन जी सकते हैं.

प्रत्येक उपासक, उपासिका और सुख-शांति चाहने वाले हर इंसान को किसी प्रशिक्षित विपस्सना शिक्षक की देख-रेख में दस दिन के विपस्सना शिविर में शामिल हो कर यह अद्भुत विद्या अवश्य सीखनी चाहिए. विपस्सना शिविर में शामिल होने के लिए कोई शुल्क या फीस नहीं ली जाती. विपस्सना साधना केंद्रों का खर्च पुराने साधकों द्वारा दिए दान पर ही चलता है. रहने और खाने की व्यवस्था मुफ्त होती है. इसलिए गरीब से गरीब व्यक्ति भी विपस्सना साधना केंद्रों में जा कर यह अद्भुत विद्या सीख कर लाभ उठा सकता है. शिविरों में विपस्सना सीखने के लिए प्रत्येक संप्रदाय, प्रत्येक जाति, प्रत्येक देश, प्रत्येक भाषा के लोग शामिल हो सकते हैं. सबके साथ समान व्यवहार किया जाता है और किसी के साथ कोई भेद-भाव नहीं किया जाता है. सामान्यतः उपासक की उम्र १८ वर्ष या उससे अधिक होनी चाहिए. शिविर समाप्त होने पर साधक अपनी सुविधा और सामर्थ्य के अनुसार चाहे तो दान दे सकता है लेकिन व्यवस्थापकों की तरफ से किसी से भी कोई दान माँगा नहीं जाता और जो दान लिया जाता है उसकी रसीद दी जाती है. चूंकि विपस्सना शिविर में शामिल होने वालों की संख्या काफी होती है इसलिए साधक को असुविधा से बचने के लिए साधना केंद्रों पर जाने से पहले पत्राचार या अन्य माध्यमों से उपलब्ध स्थानों की जानकारी प्राप्त कर अपना स्थान सुरक्षित करा लेना चाहिए. भारत के कुछ चुने हुए प्रमुख विपस्सना केंद्रों की जानकारी परिशिष्ट नं. २ में दी गई है.

भगवान बुद्ध का जीवनकाल अस्सी वर्ष का रहा. पैंतिस वर्ष की उम्र में उन्हें बुद्धत्व प्राप्त हुआ और वे सम्यक संबुद्ध बने. उसके बाद पैंतालीस वर्षों तक वे धम्मचारिका करते रहे और लोगों को धम्म सिखाते रहे. उनके उपदेशों को पालि भाषा में संग्रहित किया गया है. पंद्रह हजार पृष्ठों में पालि भाषा में संग्रहित मूल बुद्ध वाणी, फिर पैंतीस हजार अट्ठकथाएं और उन पर लिखी गई टीकाएं संग्रहित हैं. धम्मपथ पर चलने वाले प्रत्येक साधक के लिए बौद्ध वांड्मय का ज्ञान अत्यावश्यक है क्योंकि धम्म के व्यावहारिक पक्ष को सुदृढ़ करने के लिए सैद्धांतिक पक्ष का ज्ञान होना जरूरी है. बौद्ध वांड्मय की जानकारी अगले अध्याय में दी जा रही है.

छठवां अध्याय

बौद्ध वाङ्मय

मानव जीवन के सांस्कृतिक विकास में साहित्य एक बहुत ही महत्वपूर्ण भूमिका अदा करता है. साहित्य धम्म संस्थापकों के जीवन और उनके द्वारा दिए गए उपदेशों के बारे में प्रकाश डालता है और अनुयायियों को धम्म मार्ग पर चलने के लिए प्रेरित करता है.

बौद्ध वांङ्मय दुनिया का सबसे विशाल और विस्तृत साहित्य है. मूल बुद्ध वाणी पंद्रह हजार पृष्ठों में संग्रहित है. बुद्ध वाणी पर आधारित अट्ठकथाएं और अट्ठकथाओं की टीकाएं लगभग पैंतीस हजार पृष्ठों में संग्रहित है. इस प्रकार लगभग पचास हजार पृष्ठों का विशाल पालि साहित्य है. भगवान बुद्ध ने ४५ वर्षों तक धम्म चारिका की और जीवन के हर पहलू पर उपदेश दिए. उपदेशों को उनके जीवनकाल में कलमबद्ध नहीं किया गया क्योंकि लेखन विद्या तब तक बड़े पैमाने पर प्रचलन में नहीं थी. थोड़ा-बहुत जो लिखा जाता था, वह बड़ी मुश्किल से ताम्र पत्रों पर या ताड़-पत्रों पर लिखा जाता था. इसलिए बुद्ध की शिक्षाओं को उनके शिष्यों ने कंठस्थ करके गुरु-शिष्य परंपरा के द्वारा एक पीढ़ी से दूसरी पीढ़ी तक मौखिक रूप से पहुंचाया. भगवान बुद्ध के उपदेशों का संकलन और अनुमोदन अर्हत पद प्राप्त भिक्खुओं की सभा, जिसे **धम्म संगीति** कहते हैं, में किया जाता था. मूल बुद्धवाणी में पालि भाषा में है और उसके तीन भाग हैं, जिनको त्रिपिटक कहा जाता है. त्रिपिटक को पालि भाषा में 'तिपिटक' कहते हैं.

पहली धम्म संगीति का आयोजन बुद्ध के महापरिनिर्वाण के तीन महीने बाद, राजगृह के निकट सप्तपर्णी गुफा में किया गया था, जिसमें ५०० अर्हत पद प्राप्त भिक्खुओं ने भाग लिया था. यह धम्म संगीति राजा अजातशत्रु के संरक्षण में और अर्हत महाकाश्यप की अध्यक्षता में संपन्न हुई. इस धम्म संगीति में अर्हत महाकाश्यप ने अभिधम्म सुत्तों का, पूज्य भंते आनंद ने धम्म सुत्तों का तथा पूज्य भंते उपालि ने विनय सुत्तों का संगायन किया था. इस धम्म संगीति ने पूरे त्रिपिटक का संकलन और अनुमोदन किया.

पहली धम्म संगीति के लगभग १०० वर्षों के बाद (ई.पू. ३८३) दूसरी धम्म संगीति का आयोजन वैशाली में कालाशोक के संरक्षण में किया गया. अर्हत महा यश की अध्यक्षता में संपन्न हुई इस दूसरी धम्म संगीति में ७०० विद्वान भिक्खुओं ने भाग लिया था.

पहली धम्म संगीति के लगभग २३६ वर्षों के बाद तीसरी धम्म संगीति का आयोजन सम्राट अशोक के संरक्षण में पटालीपोक में किया गया. अर्हत मोगालिपुत्त तिस्स की अध्यक्षता में संपन्न हुई इस धम्म संगीति में १००० विद्वान भिक्खुओं ने भाग लिया था. इस धम्म संगीति में त्रिपिटक को संगायन करके दुहराया गया. कुछ भिक्खु मूल बुद्धवाणी में परिवर्तन करना चाहते थे. तीसरी धम्म संगीति ने ऐसे भिक्खुओं को संघ से निष्कासित कर दिया, और मूल बुद्धवाणी में कोई परिवर्तन किए बगैर ज्यों का त्यों संगायन करके अनुमोदन किया गया. इस धम्म संगीति के बाद पूज्य भंते महेंद्र और पूज्य भिक्खुणी संघमित्रा बुद्धवाणी को लेकर श्रीलंका गए; और गुरू-शिष्य परंपरा द्वारा बुद्धवाणी कंठस्थ कर वहां सुरक्षित रखा गया. आज बुद्ध धम्म श्रीलंका का राजधर्म बन गया है.

चौथी धम्म संगीति का आयोजन श्रीलंका के आलूविहार में ईसा पूर्व सन् ८३ में वहां के सम्राट वट्टागमानी के संरक्षण में और पूज्य भंते महारक्षित की अध्यक्षता में किया गया. यह धम्म संगीति ३ वर्षों तक चली. इस धम्म संगीति में, पहली बार त्रिपिटक को ताड़पत्रों पर लिखा गया. पूज्य भंते महारक्षित और ५०० अर्हत पद प्राप्त भिक्खुओं ने बुद्धवाणी का संगायन किया और ताड़पत्रों पर लिखा.

पहली बार त्रिपिटक को लिखा गया, जिसे अर्हत पद प्राप्त भिक्खुओं के संघ ने संगायन करके अनुमोदित किया.[1]

'भगवान बुद्ध के बाद ४०० वर्ष तक सारा धम्म साहित्य कंठस्थ रखा गया था. चौथी धम्म संगीति के दौरान इन्हें ताड़पत्रों पर लिखा गया. ताड़पत्रों पर लिखे जाने पर भी कई भिक्खुओं ने इसे कंठस्थ रखने की परंपरा कायम रखी. जो भिक्षु सुत्तपिटक को कंठस्थ रखते थे वे सुत्तधर, जो विनयपिटक को कंठस्थ रखते थे वे विनयधर और जो अभिधम्म को कंठस्थ रखते थे वे अभिधम्मधर कहलाए. जो तीनों को कंठस्थ रखते थे वे तिपिटकधर कहलाते थे.'[2]

पांचवीं धम्म संगीति का आयोजन वर्मा के मंडाले में सन् १८७१ में किया वहां के सम्राट इमदान के संरक्षण में किया गया. जिसमें २४०० विद्वान भिक्खुओं ने भाग लिया. इस संगीति की अध्यक्षता वरिष्ठ भिक्खुओं जगराभिवंश महाथेरा, पूज्य भंते नारिन्दाभिधज महाथेरा और पूज्य भंते सुमंगल सामी महाथेरा की संयुक्त अध्यक्षता में की गई. इस धम्मसंगीति के दौरान पूरे त्रिपिटक को पत्थर के ब्लॉकों पर लिखवा दिया गया है. पत्थर के ब्लॉकों पर लिखवाकर लायब्रेरी बनाई गई है.

छठवीं धम्म संगीति का आयोजन सन् १९५४ में १७ मई बुद्धपूर्णिमा के दिन

वर्मा सरकार के संरक्षण में और वहां के तत्कालिन प्रधानमंत्री यू नू के संरक्षण में किया गया. महापाषाण गुफा म्यानमार (वर्मा) में आयोजित इस धम्म संगीति में थाईलैंड, लावोस, कम्बोडिया, भारत, श्रीलंका, वर्मा सहित आठ देशों के २५०० पूज्य भिक्खुओं ने और सभी बौद्ध देशों के प्रतिनिधीयों ने भाग लिया. यह धम्म संगीति पूरे दो वर्षों तक चली और इसका समापन सन् १९५६ में बुद्ध पूर्णिमा के दिन हुआ, जिस दिन बुद्ध के महापरिनिर्वाण के 2500 वर्ष जिस दिन पूरे हुए. इस धम्म संगीति में संपूर्ण त्रिपिटक का एक बार फिर से संगायन और उसका अनुमोदन किया गया. इस संगीति में सभी देशों में प्रचलित पालि त्रिपिटक का सूक्ष्म परिक्षण कर तुलना की गई उनके बीच के अंतर को तलाशा गया और दुरुस्त किया गया. बहरहाल यह पाया गया कि कोई बड़े अंतर नहीं थे, विभिन्न स्क्रीप्टस में मामूली अंतर पाये गए और इस धम्मसंगीति द्वारा इन अंतरों को मिटा दिया गया. धम्म संगीति द्वारा अनुमोदन के पश्चात, त्रिपिटक के खंडों और उनपर टीकाओं को आधुनिक मुद्रणशैली में मुद्रित कर प्रकाशित करने के लिए तैयार किया गया. इस धम्मसंगीति गें भाग लेने वाले सभी देशों द्वारा इसका प्रकाशन किया गया, शिवाए भारत के. इस धम्मसंगीति द्वारा प्रकाशित त्रिपिटक अर्थात बुद्धवाणी को सही और सटीक गाना जाता है.

त्रिपिटक में भगवान बुद्ध की बुद्धत्व प्राप्ति के बाद के ४५ वर्षों की धम्मचारिका की विस्तृत जानकारी संग्रहित है. त्रिपिटक बौद्धों के मूल ग्रंथ हैं, जिनमें बुद्ध की शिक्षाओं का सार लिखा है. 'पिटक टोकरी को नहीं, उस साहित्य या वांड्मय को कहते थे जिसमें धर्मवाणी संग्रहित हो. अतः सुत्त, विनय और अभिधम्म ये तीन उपदेश जिस साहित्य में संग्रहित हैं वे पिटक कहलाए.'[३]

त्रिपिटक के ३ विभाग है - विनय पिटक, सुत्त पिटक और अभिधम्म पिटक.

विनय पिटक

विनय पिटक में भिक्खु और भिक्खुणियों के रहन-सहन के नियम(विनय) और अनुशासन से संबंधित उपदेश हैं. विनय पिटक को 'आणा(आज्ञा) देसना' कहते हैं. विनय पिटक में प्रत्येक नियम के बारे में विस्तार से उल्लेख किया गया है कि कौन सा नियम और कायदा किस पृष्ठभूमि में और क्यों बनाया गया है. अलग-अलग पृष्ठभूमि से आए हुए भिक्खु और भिक्खुणियां अपने-अपने संघों में कैसे एक प्रेम और सौहार्द के वातावरण में रहकर अपनी आध्यात्मिक यात्रा पूरी करें. विनय पिटक में पांच ग्रंथ है :

१) महावग्ग २) चुल्लवग्ग ३) पाचिविय ४) पाराजिक ५) परिवार

सुत्त पिटक

सुत्त पिटक को 'वोहार(व्यवहार) देसना' कहते हैं. सुत्त पिटक में मुख्यतः भगवान बुद्ध द्वारा अलग-अलग समयों पर अलग-अलग लोगों को दिए गए उपदेश हैं. इसमें महास्थविर सारिपुत्र, महास्थविर मोग्गलायन और महास्थविर आनंद द्वारा दिए गए उपदेश जिन्हें भगवान बुद्ध ने भी मान्यता दी थी, शामिल हैं. सुत्त पिटक में पांच निकाय हैं :

(१) दीघ निकाय (२) मज्झिम निकाय (३) संयुत्त निकाय
(४) अंगुत्तर निकाय (५) खुद्दक निकाय

दीघ निकाय :

इस निकाय में चौंतीस प्रवचनों का समावेश है और उनको तीन भागों में इस प्रकार बांटा गया है :

(१) शीलखण्ध वग्ग (नैतिकता से संबंधित विभाग)

(२) महावग्ग (विस्तृत विभाग)

(३) पाथिक वग्ग (पथिक नामक नंगे तपस्वी से संबंधित विभाग)

मज्झिम निकाय :

मज्झिम निकाय में एक सौ बावन सुत्तों का संकलन है जिन्हें 'पन्नस' नाम के तीन ग्रंथों में संग्रहित किया गया है, 'पन्नस' का अर्थ होता है पचास. पहले ग्रन्थ 'मूल पन्नस' में पचास सुत्त हैं जिनको पांच वग्गों में बांटा गया है. दूसरे ग्रन्थ 'मज्झिम पन्नस' में भी पचास सुत्त हैं इन्हें भी पांच वग्गों में बांटा गया है. तीसरे ग्रन्थ उपारि पन्नस (जिसका अर्थ पचास से अधिक)में बावन सुत्त हैं और उनको भी पांच वग्गों में बांटा गया है. इस निकाय के सुत्तों से उस समय की सामाजिक विचारधाराओं, सामाजिक संस्थाओं, आर्थिक व राजनीतिक जीवन के बारे में पता चलता है.

संयुत्त निकाय :

संयुत्त निकाय में विभिन्न प्रकार के छोटे-छोटे सात हजार सात सौ बासठ सुत्त हैं, जिनको विषय वस्तु के हिसाब से पांच मुख्य भागों में वर्गीकृत किया गया है.

(१) सगाथ वग्ग (२) निदान वग्ग (३) खंध वग्ग
(४) सळायतन वग्ग (५) महा वग्ग

प्रत्येक वग्ग को छप्पन समूहों में विभक्त किया गया है. संबंधित विषयों को एक समूह में वर्गीकृत करने के कारण इनको संयुत्त कहा जाता है.

अंगुत्तर निकाय :

अंगुत्तर निकाय में नौ हजार पांच सौ सत्तावन सुत्त संकलित किए गए हैं, जिनको ग्यारह निपातों में विभक्त किया गया है. प्रत्येक निपात को दस-दस सुत्तों के वग्गों में विभाजित किया गया है.

खुद्दक निकाय :

सबसे ज्यादा सुत्त खुद्दक निकाय में संकलित किए गए हैं. इस निकाय में भगवान बुद्ध के उपदेश और उनसे संबंधित विचारों को पदों के रुप में संकलित किया गया है. भगवान बुद्ध के जन्म से संबंधित घटनाएं और उनके जीवन से संबंधित ऐतिहासिक घटनाओं को पदों के रुप में संकलित किया गया है. इसके अलावा अनेकों बौद्ध भिक्खुओं (जिनको थेरा कहा जाता था) के और भिक्खुणियों (जिनको थेरी कहा जाता था) के व्यक्तिगत संघर्ष उनकी आध्यात्मिक उपलब्धियों और उनके व्यक्तिगत प्रत्यक्ष अनुभवों को भी पद के रुप में संकलित किया गया है.

खुद्दक निकाय के १८ ग्रंथ इस प्रकार हैं :

(१) खुद्दक पाठ	(२) धम्मपद	(३) उदान
(४) इतिवूत्तक	(५) सुत्तनिपात	(६) विमान वत्थु
(७) पेतवत्थु	(८) थेरी गाथा	(९) थेर गाथा
(१०) जातक	(११) निद्देस	(१२) पटिसम्भिदामग्ग
(१३) अपदान	(१४) बुद्धवंस	(१५) चरियापिटक
(१६) नेत्तीपकरना	(१७) पेटकोपदेस	(१८) मिलिन्द प्रश्न

अभिधम्म पिटक

अभिधम्म पिटक तीनों पिटकों में सर्वाधिक महत्वपूर्ण हैं, क्योंकि इसमें भगवान बुद्ध द्वारा बताए गए धम्म की व्यापक शिक्षा है और उनकी शिक्षाओं व दर्शन का संपूर्ण सार है. अभिधम्म सुत्तों का संगायन स्वंय अर्हत महाकाश्यप ने पहली धम्म संगीति में किया था.

भिक्खु और भिक्खुणियों के लिए तो अभिधम्म का ज्ञान अनिवार्य है ही, सत्य की शोध में लगे साधकों के लिए भी अभिधम्म की जानकारी अत्यावश्यक है, क्योंकि धम्म से संबंधित हर पहलू की और गूढ़ से गूढ़तम प्रश्नों के उत्तर अभिधम्म में दिए गए हैं. अभिधम्म पिटक को 'परमत्थ देसना' कहते हैं, क्योंकि अभिधम्म पिटक में परमार्थ सत्य से संबंधित बातें हैं. अभिधम्म के अनुसार परमार्थ चार हैं- चित्त, चैतसिक, रूप और निर्वाण.

धम्म के मार्ग पर चलने वाले हर उपासक-उपासिका के लिए अभिधम्म पिटक अत्यंत ही उपयोगी है. अभिधम्म की जानकारी के बगैर बुद्ध की धम्म शिक्षा को सही और पूर्ण रूप से नहीं समझा जा सकता, क्योंकि धम्म-शिक्षा की कुंजी अभिधम्म में निहित है.

अभिधम्म पिटक में मूल सात ग्रंथ इस प्रकार है :

(१) धम्मसंगिनी (२) विभंग (३) धातुकथा (४) पुग्गलपञ्ञति
(५) कथावत्थु (६) यमक (७) पट्ठान.

इन मुख्य त्रिपिटकों के बड़े-बड़े ४१ महाकाय मूल ग्रंथ हैं. उसके बाद इन ग्रंथों पर अट्ठकथा और अट्ठकथाओं पर टीकाएं लिखी गई है जो सौ ग्रंथों से अधिक है व २५०० से अधिक वर्षों से बौद्ध परम्परा को सहेजे हुए है.

बौद्ध ध्यान साधना पर लिखा गया ग्रंथ *विशुद्धीमग्ग* है. जो बुद्ध द्वारा सिखाई गई ध्यान साधना को विस्तार से समझाता है.

धम्मपद मूल त्रिपिटक पर आधारित बाबासाहेब डॉ. आम्बेडकर द्वारा लिखा गया ग्रंथ ***'दि बुद्धा एण्ड हिज धम्मा '*** व उसका अनुवाद ***'बुद्ध और उनका धम्म '***, ***'बुद्धा और कार्ल मार्क्स '***, ***'रिवोल्यूशन एण्ड काउंटर रिवोल्यूशन '(क्रांति और प्रतिक्रांति)*** तथा पी. लक्ष्मी नरसु द्वारा लिखित ***'इसेंस ऑफ बुद्धिज्म '*** प्रसिद्ध हैं.

विपस्सना विद्यापीठ, धम्म गिरी, इगतपुरी के विपस्सना विशोधन विन्यास की ओर से मूल पालि त्रिपिटक और अट्ठकथाओं का संकलन किया गया है जिसमें लगभग १५४ ग्रंथ प्रकाशित हो चुके हैं. विपस्सना विशोधन विन्यास धम्मगिरी इगतपुरी जिला नाशिक महाराष्ट्र से यह सभी ग्रंथ प्राप्त किए जा सकते हैं.

ताइवान के ताइपेई स्थित बुद्धा एजूकेशन फाउंडेशन ने संपूर्ण त्रिपिटक को १२६ भागों में प्रकाशित किया है. ये सभी १२६ भाग विपस्सना विशोधन विन्यास धम्मगिरी से प्राप्त किए जा सकते हैं.

इनके अलावा आज इंटरनेट के युग में अनेकों वेबसाइटस हैं, जिन पर बुद्ध, बुद्ध के उपदेश और धम्म से संबंधित जानकारियां उपलब्ध हैं. कुछ वेबसाइटस के पते यहां परिशिष्ट में दिए गए हैं.

भगवान बुद्ध और उनके प्रमुख अनुयायियों ने जिन-जिन स्थानों पर धम्मचारिका की वहां पर धम्मतरंगों का होना स्वाभाविक है. श्रद्धालुओं को उन स्थानों पर ध्यान करने से धम्म-संवेग जागता है, अतः भगवान बुद्ध और उनके प्रमुख अनुयायियों की धम्मचारिका से संबंधित महत्वपूर्ण स्थानों और तीर्थस्थलों की जानकारी अगले अध्याय में दी जा रही है.

संदर्भ सूची

पहला अध्यायः

१. सिद्धार्थ गौतम का जन्म ईसा पूर्व ६२३ में हुआ था, ऐसा कुछ लेखक मानते हैं. संदर्भः नारद,''दि बुद्धा एण्ड हिज टीचिंग्स'', बुद्धिस्ट मिशनरी सोसायटी, कुआलालम्पुर, मलेशिया, १९८८ पृष्ठ १

२. राहुल सांकृत्यायन, ''बुद्धचर्य्या'', भारतीय बौद्ध समिति, लखनऊ, १९९५ पृष्ठ ४

३. तिक न्यात हन्ह,''जहं जहं चरन परे गौतम के'', हिंद पॉकेट बुक्स,नई दिल्ली, २००१. 'जम्बू वृक्ष के नीचे' पृष्ठ ५७

४. अंगुत्तर निकाय, १.१३४

५. डॉ. भीमराव आंबेडकर,''भगवान बुद्ध और उनका धम्म'',सिद्धार्थ प्रकाशन, मुंबई, १९९५,'सिद्धार्थ गौतम : बोधिसत्व किस प्रकार बुद्ध बने?' पृष्ठ १९

६. उपरोक्त, पृष्ठ २१

७. तिक न्यात हन्ह,''जहं जहं चरन परे गौतम के'', हिंद पॉकेट बुक्स, नई दिल्ली, २००१. 'अजन्मा बालक' पृष्ठ ८०-८१

८. उपरोक्त, पृष्ठ ८१

९. उपरोक्त, पृष्ठ ८१

१०. डॉ. भीमराव आंबेडकर,''भगवान बुद्ध और उनका धर्म'', सिद्धार्थ प्रकाशन, मुंबई, १९९५, 'सिद्धार्थ गौतम : बोधिसत्व किस प्रकार बुद्ध बने?' पृष्ठ २४

११. उपरोक्त, पृष्ठ २५

१२. आचार्य सत्यनारायण गोयन्का, 'क्या बुद्ध दुक्खवादी थे?' विपस्सना विशोधन केंद्र, इगतपुरी, अगस्त २०००,'दुःखनिवारक सुखप्रसारक बुद्ध' पृष्ठ २५

१३. उपरोक्त, पृष्ठ २०

१४. डॉ. भीमराव आंबेडकर, ''भगवान बुद्ध और उनका धम्म'', सिद्धार्थ प्रकाशन, मुंबई, १९९५, 'सिद्धार्थ गौतम : बोधिसत्व किस प्रकार बुद्ध बने?' पृष्ठ २९-३०

१५. उपरोक्त, पृष्ठ ३४-३६

१६. उपरोक्त, पृष्ठ ४३-४४

१७. उपरोक्त, पृष्ठ ४९-५०

१८. उपरोक्त, पृष्ठ ५१-५२

१९. मज्झिम निकाय, ३६

२०. अंगुत्तर निकाय, ८.२०

२१. दीघ निकाय, ३२७

२२. संयुत्त निकाय, २.३६

२३. उदान ३.१०

२४. अंगुत्तर निकाय, ब्राह्मणवग्गो, महासुपिनसुत्त २.५.१९६

२५. तिक न्यात हन्ह,''जहं जहं चरन परे गौतम के'', हिंद पॉकेट बुक्स, नई दिल्ली, २००१. 'शरीर पीड़न तप' पृष्ठ १२२

२६. धम्मपद श्लोक १५३, १५४

२७. संयुत्त निकाय खंड ५, पृष्ठ ४२०

२८. विनय पिटक - १.१३

२९. उपरोक्त १.१६

३०. उपरोक्त १.२३

३१. मज्झिम निकाय - ६३

३२. डॉ. भीमराव आंबेडकर, ''भगवान बुद्ध और उनका धम्म'',सिद्धार्थ प्रकाशन, मुंबई, १९९५,'धर्म दीक्षाओं का आंदोलन', जन्मभूमि का आवाहन' पृष्ठ १३०

३३. राहुल सांकृत्यायन, बुद्धचर्या, भारतीय बौद्ध समिति, लखनऊ, १९९५. महापरिनिब्बाण सुत्त, पृष्ठ ५००

३४. दीघनिकाय - २.११९

३५. आचार्य सत्यनारायण गोयन्का, 'तिपिटक में सम्यक संबुद्ध', भाग-२, विपस्सना विशोधन केंद्र, इगतपुरी, १९९६,'इतिपि सो भगवा भगवा' पृष्ठ ४४९-४५२

दूसरा अध्यायः

१. धम्मपद श्लोक ३२७ प्रकरण ९ पाप वग्ग, प्रकरण २३ नाग वग्ग

२. डॉ. भीमराव आंबेडकर, ''भगवान बुद्ध और उनका धर्म'',सिद्धार्थ प्रकाशन, मुंबई, १९९५, पृष्ठ २१८

विलियम हार्ट,''द आर्ट ऑफ लिविंग-विपस्सना मेडिटेशन एज टॉट बाई एस.एन. गोयनका'',विपस्सना विशोधन केंद्र. 'द सर्च' पृष्ठ २१

३. संयुत्त निकाय, महावग्ग संयुक्त पाली- उपरोक्त पृष्ठ २१

४. तिक न्यात हन्ह,''जहं जहं चरन परे गौतम के'', हिंद पॉकेट बुक्स, नई दिल्ली, २००१. 'वेलूवन का दान' पृष्ठ २०६

५. धम्मपद श्लोक, ११९-१२०

६. धम्मपद श्लोक,११३, प्रकरण ८, सहस्स वग्ग

७. धम्मपद श्लोक,११४, प्रकरण ८, सहस्स वग्ग ८(१३)

८. धम्मपद श्लोक,१७३, प्रकरण ८, सहस्स वग्ग १३(५)

९. धम्मपद श्लोक, २१३, प्रकरण १६, पिय वग्ग

१०. डॉ. भीमराव आंबेडकर, ''भगवान बुद्ध और उनका धर्म'',सिद्धार्थ प्रकाशन, मुंबई, १९९५, पृष्ठ ३५५

११. नारद, ''दि बुद्धा एण्ड हिज टीचिंग्स'', बुद्धिस्ट मिशनरी सोसायटी, कुआलालम्पुर, मलेशिया, १९८८. 'द बुद्धाज चिफ ऑपोनेन्टस अण्ड सपोर्टर्स' पृष्ठ १५९

१२ दीघा निकाय - ३

१३. सुत्तवेंपत्त कडवे - ३३

१४. मज्झिम निकाय - पृष्ठ ८५

१५. संयुत्त निकाय - ३ पृष्ठ २६६

१६. संयुत्त निकाय - ४ पृष्ठ ३३६

१७. अंगुत्तारा निकाय - ३ पृष्ठ २७९

१८. संयुत्त निकाय - १ पृष्ठ ९०

१९. कांचा इलाया,''गॉड एज पॉलिठीकल फिलोसॉफर : बुद्धाज चैलेंज टू ब्राह्मनीज्म'', साम्य, कोलकाता, २००१ पृष्ठ ११८५

२०. उपरोक्त, पृष्ठ १९२-१९३

२१. नारद,''दि बुद्धा एण्ड हिज टीचिंग्स'', बुद्धिस्ट मिशनरी सोसायटी, कुआलालम्पुर, मलेशिया, १९८८ 'चैरेक्टरीस्टीक्स ऑफ बुद्धिज्म-बुद्धिज्म अण्ड वुमेन- पृष्ठ ३१३

२२. डॉ. विमलकीर्ति, थेरी गाथा, सम्यक प्रकाशन, नई दिल्ली. २००३, पृष्ठ ६३,

२३. उपरोक्त, पृष्ठ २०१,

२४. कांचा इलाया,''गॉड एज पॉलिठीकल फिलोसॉफरः बुद्धाज चैलेंज टू ब्राह्मनिज्म'', साम्य, कोलकाता, २००१ पृष्ठ १९५

२५. दीघा निकाय - १

२६. आचार्य सत्यनारायण गोयन्का, ''राजधर्म कुछ ऐतिहासिक प्रसंग'', विपस्सना विशोधन केंद्र. इगतपुरी

२७. उपरोक्त

२८. तिक न्यात हन्ह,''जहं जहं चरन परे गौतम के'', हिंद पॉकेट बुक्स,नई दिल्ली, २००१. 'दर्शन सिद्धातों का तर्क जाल' पृष्ठ ३९७-३९८

२९. डॉ. भिक्षु धर्मरक्षित संपादित व अनुवादित, ''सुत्तनिपात'', मोतीलाल बनारसीदास पब्लिशर्स, दिल्ली,१९९५, पृष्ठ २०-२१

३०. तिक न्यात हन्ह,''जहं जहं चरन परे गौतम के'', हिंद पॉकेट बुक्स,नई दिल्ली, २००१. 'उदात्तता ही प्रेम' पृष्ठ २७७

३१. धम्मपद १.५

तीसरा अध्यायः

१. अंग्गुतर निकाय ३.६५

२. तिक न्यात हन्ह,''जहं जहं चरन परे गौतम के'', हिंद पॉकेट बुक्स,नई दिल्ली, २००१.

३. ब्रह्मपाल सुत्त, मज्जिमनिकाय, ७४

४. धम्मपद, १.१६

५. धम्मपद, १.१५

६. तिक न्यात हन्ह,''जहं जहं चरन परे गौतम के'', हिंद पॉकेट बुक्स,नई दिल्ली, २००१.

७. धम्मपद, २०.२७६

८. धम्मपद, १.५

९. धम्मपद, ११.१६०

१०. धम्मपद, ३.४२

११. धम्मपद, ३.४३

१२. धम्मपद, १.१

१३. धम्मपद, १.२

१४. धम्मपद, १४.१८३

१५. धम्मपद, १.२०

१६. डॉ. भीमराव आंबेडकर,''भगवान बुद्ध और उनका धम्म'',सिद्धार्थ प्रकाशन, मुंबई, १९९५, पृष्ठ २१८

विलियम हार्ट,''द आर्ट ऑफ लिविंग-विपस्सना मेडिटेशन एज टॉट बाई एस.एन. गोयनका'',विपस्सना विशोधन केंद्र. 'द सर्च' पृष्ठ २१

१७. आचार्य सत्यनारायण गोयन्का,' मंगल जगे गृही जीवन में' विपस्सना विशोधन केंद्र, इगतपुरी,जुलाई २०००,पृष्ठ ९-११

चौथा अध्यायः

१. मज्झिम निकाय - २८:१

२. संयुत्त निकाय - १२:२१

३. संखार उपपत्ति सुत्त, मज्झिम निकाय १२०

४. महातन्हासांख्य सुत्त, मज्झिम निकाय -३८

५. अङ्गुत्तर निकाय - ३:७६

६. महातन्हासांख्य सुत्त, मज्झिम निकाय -३८

पांचवां अध्यायः

१. संयुत्त निकाय ३: १.८

२. डॉ. पॉल आर. फ्लेश्चमैन, विपस्सना मेडिटेशन :हीलिंग द हीलर, विपस्सना विशोधन संस्थान, इगतपुरी, जनवरी १९९५,

३. धम्मपद १०.१२९

४. डॉ. पॉल आर. फ्लेश्चमैन, विपस्सना मेडिटेशन :हीलिंग द हीलर, विपस्सना विशोधन संस्थान, इगतपुरी, जनवरी १९९५, पृष्ठ २६-२७

५. अङ्गुत्तर निकाय - १.१४, कः३

६. उपरोक्त

७. संयुत्त निकाय सुत्त १२-२४

८. उदान ४.४.१०-१२

९. विसुदिमग्ग ३.५६

१०. दीघनिकाय, सीलक्खन्ध वग्गो ११.२.४

११. सत्येंद्रनाथ टंडन, पतंजलि के योगसूत्र का एक पुर्नमूल्यांकन, विपस्सना विशोधन संस्थान, इगतपुरी, १९९५, पृष्ठ १०३

छठवां अध्यायः

१. नारद,''दि बुद्धा एण्ड हिज टीचिंग्स'', बुद्धिस्ट मिशनरी सोसायटी, कुआलालम्पुर, मलेशिया, १९८८.'व्हाट इज बुद्धिज्म'पृष्ठ २७१

२. आचार्य सत्यनारायण गोयन्का,''आत्म-कथन'', भाग-१, विपस्सना विशोधन केंद्र. इगतपुरी दिसंबर २००३. 'एक आकस्मिक घटना' पृष्ठ ८४

३. उपरोक्त